MARCUS HÜNNEBECK

Im Auge des Mörders

MARCUS HÜNNEBECK

IM AUGE DES MÖRDERS

Thriller

LYX
EGMONT

Originalausgabe September 2015 bei LYX
verlegt durch EGMONT Verlagsgesellschaften mbH,
Gertrudenstr. 30–36, 50667 Köln

1. Auflage
Redaktion: Claudia Schlottmann
Umschlaggestaltung & -illustration: büro süd, München
Satz: Greiner & Reichel, Köln
Printed in EU (670421)
ISBN 978-3-8025-9736-7
www.egmont-lyx.de

MIX
Papier
FSC FSC® C083411

Für Petra

1

Manchmal wachte Michaela nachts auf und glaubte, seinen Atem an ihrem Hals zu spüren. In diesen finsteren Momenten befürchtete sie, dass er zurückgekehrt war. So wie er es angekündigt hatte.

Zwölf Wochen waren seit seiner Drohung vergangen. Derart lange hatte er nie zuvor gewartet, um sein Werk zu vollenden.

Die zuständige Soko spekulierte mittlerweile, ob er möglicherweise wegen eines harmloseren Vergehens inhaftiert worden war, und überprüfte alle Verhaftungen der letzten Zeit. Doch Michaela wusste es besser. Der Mann, der bereits fünf andere Frauen vergewaltigt und vier von ihnen getötet hatte, würde zurückkehren, um auch sie zu töten.

Vom Sessel aus schaute sie sich in dem spärlich möblierten Raum um. Nichts verlieh der Wohnung, in der sie vor ihm Schutz finden sollte, eine persönliche Note. Michaela hatte seinetwegen alles aufgegeben. Ihr gemütliches Zuhause, ihre Freunde, ihren Job. Nur um am Leben zu bleiben. Tagsüber arbeitete sie verschiedene Anwaltsmagazine aus den letzten Monaten durch, um sich hinsichtlich der aktuellen Rechtsprechung auf den neuesten Stand zu bringen. Abends lenkte sie sich mit Fernsehen von den quälenden Gedanken ab. Wenn die Verzweiflung sie übermannte, wünschte sie sich, wenigstens zu erfahren, warum sie in sein Visier geraten war. Hatte er ihren beruflichen Werdegang verfolgt und sie aufgrund einer ihrer Prozesse ausgesucht? Natürlich hatte die Polizei diese vage Möglichkeit bedacht, ohne jedoch bei den Nachforschungen auf einen Verdächtigen zu stoßen. Sie hatte keine schlagzeilenträchtigen Mandanten vertreten. Zu ihren Klienten gehörten Männer, die wegen Körperverletzung vor Gericht standen, genauso wie Frauen, die sexuell belästigt worden waren, oder Eltern, deren minderjährige Kinder im Internet Urheberrechtsverletzungen begangen hatten. Nichts Weltbewegendes. Was hatte ihn auf sie aufmerksam werden lassen? Die äußere Ähnlichkeit mit den beiden letzten Opfern? Aber wie passte das zu dem völlig anderen Aussehen der ersten drei getöteten Frauen? War es vielleicht ihre Hobbyschauspielerei gewesen? Hatte er sie in einer Aufführung der Laientheatergruppe –

Ein Geräusch in der Küche riss sie aus ihren Überlegungen. Ihr Puls begann zu rasen. Nach drei Monaten kannte sie das Brummen des Kühlschrankmotors ebenso gut wie das Klappern, wenn die gläserne Küchentür nicht richtig geschlossen war.

Der Laut, den sie gerade vernommen hatte, war neu. Sie stand auf, schlich zum Bett und öffnete leise die oberste Schublade des Nachttisches. Darin befand sich ein großes Fleischmesser, das sie dort aus Furcht vor ihm direkt nach ihrer Unterbringung in der Schutzwohnung deponiert hatte.

Da war es wieder.

Hantierte er etwa am Küchenfenster?

Die Wohnung lag im zweiten Stock. Eigentlich war es unmöglich, dass der Mörder durch eines der Fenster eindrang. Doch er hatte schon weitaus schwierigere Hindernisse überwunden, um seine Ankündigung wahr zu machen.

Mit klopfendem Herzen huschte sie bis zur halb geöffneten Durchgangstür. Ihre nackten Füße erzeugten auf dem abgewetzten dunkelblauen Teppich keinerlei Geräusch. Aus dem angrenzenden Raum drang eine Art Knistern.

Sie atmete tief ein, schloss kurz die Augen und malte sich aus, ihren Vergewaltiger in der Küche zu überraschen und ihn hinterrücks zu erstechen. Falls sich die Gelegenheit bot, dürfte sie nicht zögern. Es wäre eine klassische Notwehrhandlung – kein Gericht dieser Welt würde sie dafür verurteilen.

Ihre Sinne waren dermaßen geschärft, dass sie nun sogar den tropfenden Wasserhahn wahrnahm.

Der Moment der Abrechnung war gekommen. Ihre freie Hand zitterte, als sie die Milchglastür aufstieß. Um ihn zu erschrecken, stieß sie einen animalischen Schrei aus. Er sollte zusammenzucken und vor seinem letzten Atemzug sein Ende kommen sehen. Er sollte wenigstens für einen Augenblick die Angst fühlen, die zu ihrem ständigen Begleiter geworden war.

Aber das Fenster war geschlossen.

Hektisch sah sie sich um, fest davon überzeugt, dass er neben dem Türrahmen lauerte und ihr gleich die Waffe entwinden würde.

Doch außer ihr war niemand in der Küche.

Trotzdem ertönte der seltsame Laut erneut, und sie entdeckte dessen Verursacher. Eine braune Motte flog immer wieder gegen die Fensterscheibe, möglicherweise angezogen vom Licht der Straßenlaterne.

Michaela stürzte nach vorn und schlug mit der linken Handfläche auf das Tier. Der pelzige Körper wurde unter ihrer schweißigen Haut zerquetscht, sie erschauerte vor Ekel und strich an der Fensterscheibe entlang, wobei sie einen schleimigen Film auf dem Glas hinterließ. Danach öffnete sie den Leitungshahn und spülte die Reste des Insekts mit lauwarmem Wasser fort. Dabei liefen ihr Tränen über die Wangen. Dieser Albtraum war noch lange nicht ausgestanden.

Weil das Ekelgefühl anhielt, legte sie das Messer auf die Arbeitsfläche und griff zur Spülmittelflasche. Sie drückte eine übertrieben große Portion der gelben Flüssigkeit in ihre Hand und sah beim Verreiben zu, wie die Verbindung aus Reinigungsmittel und Wasser weißen Schaum bildete.

Während sie eine Stunde später auf den hoffentlich traumlosen Schlaf wartete, dachte Michaela wehmütig an ihr eigenes Schlafzimmer, das sie nach Feng-Shui-Prinzipien eingerichtet hatte. Wie lächerlich ihr das mittlerweile vorkam. Sie hatte damals sogar einen auf diese chinesische Lehre spezialisierten Einrichtungsberater engagiert, um die größtmögliche Harmonie in ihren Wohnräumen zu erzielen. Aber den Täter hatte das nicht davon abgehalten, ihr die Arme hinter dem Rücken zusammenzubinden, ihr einen Knebel in den Mund zu stopfen und sie brutal zu missbrauchen.

Gerade als dieses schreckliche Erlebnis zum wiederholten Male vor ihrem inneren Auge ablief, piepste ihr Handy. Überrascht angelte sie nach dem Mobiltelefon, das auf dem Nachttisch lag. Diese Nummer kannten nur wenige Personen. Sie hatte von der Polizei eine neue SIM-Karte erhalten, damit sie Kontakt zu ihrer Familie halten konnte. Außerdem nutzte die Anwaltskanzlei diese Möglichkeit, um mit ihr zu kommunizieren. Michaelas laufende Fälle waren von einem Kollegen übernommen worden, der gelegentlich eine Frage zu den Aktennotizen hatte.

Das Display zeigte eine eingegangene SMS an, die Peter Strunk geschickt hatte. Peter war der erfolgreichste Familienrechtsanwalt der Kanzlei. Einige Wochen vor der Vergewaltigung hatten sie begonnen, miteinander auszugehen. Nach dem dritten Date waren sie schließlich bei ihm zu Hause gelandet. Weil sie den Sex mit ihm genossen hatte, war es nicht bei diesem einen Mal geblieben, doch natürlich hatte das, was ihr widerfahren war, die Liaison abrupt beendet.

Ich vermisse dich so sehr. Wir sollten uns bald wiedersehen. Vielleicht schon heute Nacht?

War das sein Ernst?, fragte sie sich kopfschüttelnd. Glaubte er tatsächlich, dass sie nach dem erlittenen Trauma wieder für ein schnelles Vergnügen zur Verfügung stand? Je länger sie auf den Text starrte, desto mehr Ärger stieg in ihr hoch. Aufgebracht drückte sie auf ›Antworten‹.

Ich kann das echt nicht glauben. Nach allem, was ich durchmachen musste, schreibst du mir eine solche SMS? Unfassbar!

Am liebsten wäre sie viel deutlicher geworden, aber falls es jemals eine Rückkehr in ihr altes Leben geben würde, müsste sie sich mit ihm in der Kanzlei arrangieren. Insofern war diese relativ zurückhaltende Erwiderung wahrscheinlich klüger.

Michaela schickte die SMS ab und schaltete anschließend das Handy lautlos. Bestimmt würde er ihr rasch eine Entschuldigung senden, auf die sie allerdings keinen Wert legte.

* * *

Zum vierten Mal las Peter Strunk Michaelas Worte durch, ohne ihren Inhalt ganz zu begreifen. Er hatte sich bisher nicht bei ihr gemeldet, weil er nicht wusste, wie er als Mann auf die brutale Vergewaltigung reagieren sollte.

Nach einigem Zögern wählte er ihre neue Mobilfunknummer. Zwanzig Sekunden später informierte ihn eine weibliche Stimme, dass er mit einer Mailbox verbunden sei. Ging Michaela absichtlich nicht ans Telefon?

Für einen Moment spielte er mit dem Gedanken, die Verbindung wortlos zu trennen.

»Hi, Michi«, sagte er jedoch nach ein paar Sekunden des Schweigens, da die Mailbox sie ohnehin über seinen Anruf informieren würde. »Tut mir leid, dass ich mich bislang nicht gemeldet habe. In der Kanzlei ist wieder mal der Teufel los. Das kennst du ja. Ich hoffe, dir geht's –« Gerade noch rechtzeitig stoppte er seinen unbesonnenen Redefluss und räusperte sich. »Scheiße, das ist nicht einfach für mich. Übel, was dir dieser Mistkerl angetan hat. Ich wünschte, ich wäre an dem Abend bei dir gewesen. Na ja. Ich habe deine SMS erhalten. Ich kapier bloß nicht, welche Mitteilung du meinst. Ich habe dir nichts geschickt. Vielleicht telefonieren wir morgen mal miteinander. Gute Nacht.«

Natürlich hoffte er, dass sie auf sein Gesprächsangebot nicht eingehen würde. Falls sie sich meldete, würde das wahrscheinlich ein sehr unangenehmes Telefonat werden. Solche Komplikationen konnte er in seinem Leben nicht gebrauchen.

Um sich von der Horrorvorstellung eines klärenden Gespräches mit Michaela abzulenken, trat er an seine Hausbar und mixte sich einen Longdrink. Danach fiel er erschöpft vom langen Arbeitstag in seinen bequemen Ledersessel und sah sich eine Naturdokumentation im Fernsehen an.

2

Eva atmete tief ein und hielt dann die Luft an. Die goldene Mitte der siebzig Meter entfernt stehenden Zielscheibe befand sich im Visier ihres Sportbogens. Der Bogen war gespannt, ihr Körper verharrte regungslos an der Schießlinie. Mit einem minimalen Fingerzucken gab sie die Sehne frei, die nach vorn federte und den Pfeil beschleunigte. Schon jetzt ahnte sie, dass der Versuch gelungen war.

Leise hörten sie und ihr Konkurrent Philipp Sekunden später, wie der leichte Carbonpfeil klackend in die Scheibe einschlug. Philipp hob sein kompaktes Sportfernglas an die Augen, musterte das Ergebnis und verzog mürrisch den Mund.

»Angeberin«, murmelte er frustriert. »Wieder eine Zehn.«

Damit lag Eva zwei Schüsse vor dem Ende ihres Wettstreits uneinholbar in Führung.

Die Vereinsmitglieder, die zuvor auf dem Bogensportplatz in Leverkusen mit ihnen trainiert hatten, dann jedoch irgendwann auf ihren Wettkampf aufmerksam geworden waren, applaudierten lautstark. Walter Brunner, ein älterer Mann, der als Vereinsvorsitzender zwar jeden Tag auf dem Trainingsgelände war, den Sport allerdings nicht mehr ausübte, schlug Philipp halb tröstend, halb schadenfroh gegen das Schulterblatt.

»Hättest dich halt nicht mit einer fünffachen deutschen Meisterin messen sollen«, belehrte er ihn. »Aber die fünfzig Euro wird Eva bestimmt der Vereinskasse spenden.«

Eva sah Walter überrascht an. »Wie kommst du denn darauf? Ich habe beim Einkaufsbummel dieses wunderbare Paar

Schuhe entdeckt. Falls ich einen weiteren Mutigen finde, der es mit mir aufnehmen möchte, sind sie bezahlt. Bist du interessiert?«

»Ohne meine verfluchte Arthrose würde ich dir gern zeigen, was man von einem alten Sack noch lernen kann«, antwortete er.

Eva zwinkerte ihm zu. Walter war vor langer Zeit ihr erster Trainer gewesen und hatte ihre Begeisterung fürs Bogenschießen geweckt.

Sie richtete die Aufmerksamkeit wieder auf das Ziel und spannte einen neuen Pfeil ein. Bei ihrem bisherigen Resultat konnte sie in der erst wenige Wochen laufenden Freiluftsaison eine Trainingsbestleistung erzielen. Diesen Frühling war es ihr noch leichter als sonst gefallen, sich von der Hallensaison mit den lediglich achtzehn Metern entfernt stehenden Zielscheiben auf die großen Entfernungen umzustellen. Der nächste Schuss, der im Neuner-Ring landete, unterstrich dies. Mit einer Zehn beendete sie den äußerst zufriedenstellenden Trainingsabend.

Sie legte den Bogen auf dem pinkfarbenen Ständer ab, ehe sie Richtung Scheibe lief, um ihre Pfeile zu ziehen. Bei dem kleinen Marsch genoss sie die warme Frühlingsluft. Am rechten Rand des Sportplatzes, der an ein Waldgebiet grenzte, standen hohe Eichen. Im Sommer unterbrach sie das Training manchmal für einen Spaziergang, um störende Gedanken zu vertreiben. Spätestens, wenn sie den Bach erreichte, hatte sie ihre innere Unruhe meist im Griff.

Das Geräusch eines Flugzeuges, das sich im Landeanflug auf den Flughafen Köln-Bonn befand, störte in diesem Moment die Idylle. Aber sie hatte gelernt, die Außenwelt beim Schießen komplett auszublenden. Das galt auch für die Fahrgeräusche von der nahen A3, die der Wind ebenfalls gelegentlich herübertrug.

Als sie an die Schießlinie zurückkehrte, drückte ihr Philipp einen Fünfzigeuroschein in die Hand. »Glückwunsch«, sagte er zerknirscht.

Mit einem angedeuteten Knicks bedankte sie sich. Philipp war zwar einer der besten männlichen Schützen des Vereins, doch für einen Sieg bei wichtigen Meisterschaften fehlte ihm die notwendige Konstanz. In jeden seiner Wettkämpfe streute er schwache Schüsse ein. Trotzdem hielt er sich für einen ausgereiften Bogensportler, der an seiner Technik nichts mehr verbessern musste. Vielleicht half ihm dieser finanzielle Verlust, um in den nächsten Wochen an seiner Einstellung zu arbeiten.

Eva trat zu Walter und überließ ihm das Geld. »Für die Jugendkasse.«

»Danke. Kommst du gleich mit ins Klubhaus?«

Nach einem Blick auf die Uhr schüttelte sie bedauernd den Kopf. Trotz der verkehrsgünstigen Lage des Sportplatzes benötigte sie bis zu ihrem Haus in Köln fast eine halbe Stunde. »Ich muss noch an einem Text feilen.«

Zu Hause angekommen, streifte sie die Schuhe ab und ging zuerst ins Schlafzimmer. Dort ließ sie den Rucksack, in dem ihre Bogensportutensilien verstaut waren, vom Rücken gleiten und lehnte ihn an den weißen Kleiderschrank. Im Gegensatz zu den meisten anderen Vereinsmitgliedern ließ sie das Sportgerät zwischen den Trainingseinheiten nicht in der Tasche. Deswegen hatte sie sich vor Jahren einen hüfthohen Schrank gekauft, dessen gläserne Türen sie nun öffnete. Danach nahm sie den Mittelteil des Bogens, die Wurfarme, die Sehne, das abschraubbare Visier und die Pfeile aus dem Rucksack. Sorgfältig deponierte sie die Einzelteile auf den drei Schrankbrettern, ehe sie das angrenzende Arbeitszimmer betrat und den Computer einschaltete.

Zehn Minuten später hatte sie ihre privaten Mails überprüft und wandte sich seufzend der Arbeit zu. Seit ihrem Journalistikstudium war Eva als freie Journalistin tätig. Die damit verbundene Eigenständigkeit kam ihrem Freiheitsdrang entgegen. Sie hätte es nicht ausgehalten, für eine Zeitschrift im Angestelltenverhältnis zu schreiben, ungeachtet der Vorteile, die ein fester Job mit sich brachte. Ihr war es wichtig, Artikel über die Themen zu verfassen, die ihr am Herzen lagen, um sie dann an interessierte Verlagshäuser zu verkaufen. Die dafür notwendige Selbstdisziplin aufzubringen, fiel ihr allerdings manchmal schwer. An einem lauen Frühlingsabend wie diesem hätte sie lieber draußen auf der Terrasse gesessen, einen fruchtigen Cocktail getrunken und der Natur gelauscht. Oder sich am Blumenbeet zu schaffen gemacht. Stattdessen musste sie entscheiden, ob sie sich um ihren Blog kümmern oder den Bericht zum Thema Personenschutz zu Ende bearbeiten sollte, um ihn ausnahmsweise vierundzwanzig Stunden vor der Deadline abzugeben. Da sie das Magazin, das den Artikel in Auftrag gegeben hatte, nicht mit einer verfrühten Abgabe verwirren wollte, fiel die Wahl auf ihr Blogprojekt.

An ihrem dreißigsten Geburtstag hatte Eva in weinseliger Stimmung beschlossen, die Möglichkeiten des Internets beruflich intensiver zu nutzen. Seitdem waren fünf Jahre vergangen, und aus einem Experiment war der Eva-Haller-Blog entstanden, der jeden Monat mehr als zwanzigtausend Aufrufe verzeichnete. Auf der Webseite veröffentlichte sie hauptsächlich Beiträge, in denen es um die Benachteiligung der Frau in der modernen Gesellschaft ging. Das Projekt hatte ihr den Ruf eingebracht, Feministin zu sein, wogegen sie sich keineswegs sträubte. Denn was sollte falsch daran sein, für die Gleichberechtigung und Selbstbestimmung von Frauen einzutreten? Im letzten Herbst war sie von der *Emma* interviewt worden, wodurch die regelmäßigen Klickzahlen noch einmal in die Höhe geschnellt waren. Inzwischen zahlten verschiedene Firmen insgesamt eine ansehnliche Summe, um auf ihrem Blog werben zu dürfen.

Als sich die Startseite aufgebaut hatte, fragte sich Eva, ob sie nicht ein neues Foto hochladen sollte. Auf dem Bild, mit dem sie die Besucher begrüßte, waren ihre eigentlich dunkelblonden Haare hellblond gefärbt und deutlich länger, als sie sie momentan trug. Die derzeit braune Tönung war eine Idee ihres Friseurs gewesen; die Kürzung auf Kinnlänge hatte sie sich gewünscht, damit ihre natürlichen Wellen stärker hervortraten.

Ohne eine Entscheidung getroffen zu haben, wandte sich Eva den Leserkommentaren zu. Jeder ihrer Einträge wurde in der Regel mindestens vierzig Mal kommentiert; bei sehr kontroversen Themen vervielfachte sich diese Anzahl. Frauen lobten meistens ihren Mut, Klartext zu reden – manche meinten allerdings, sie würde den Kampf der Geschlechter mit ihren Worten nur zusätzlich schüren. Bei Männern rief sie andere Reaktionen hervor. Viele von ihnen versuchten, Evas Argumente zu entkräften, und daraus ergaben sich gelegentlich fruchtbare Diskussionen. Leider war die Homepage auch ein Tummelplatz für Wirrköpfe, die sie wegen ihrer feministischen Haltung aufs Übelste beleidigten. Allzu niveaulose Beschimpfungen löschte sie umgehend, die übrigen regten den Meinungsaustausch an.

Anfang der Woche hatte Eva kundgetan, was sie von der Entlassung einer bei den Wählern beliebten Bundesministerin hielt, die den Fehler begangen hatte, nicht gut genug über interne Vorgänge in ihrem Ministerium informiert gewesen zu sein. Eva vertrat die Auffassung, dass es nicht zu einem Führungswechsel gekommen wäre, wenn ein Mann das Ressort geleitet hätte. Zur Untermauerung dieser Position dienten ihr zwei ähnlich gelagerte Vorfälle in der letzten Wahlperiode, bei denen die entsprechenden Minister mit einer Rüge der Kanzlerin davongekommen waren.

Die Anzahl der Kommentare hatte mittlerweile die Fünfziger-Grenze überschritten; allein in den vergangenen vier Stunden waren vierzehn neue hinzugekommen. Zwei Verfasser benutzten üble Beschimpfungen, ein anderer bezeichnete sie als ›Alice-Schwarzer-Hure‹, was ihr zwar ein müdes Lächeln entlockte, den Beitrag jedoch trotzdem nicht vor der Löschung bewahrte.

Ein paar Minuten später klingelte das Festnetztelefon und unterbrach sie bei ihrer Antwort auf das besonders gelungene Statement einer regelmäßigen Blog-Leserin, die mit einem weiteren Beispiel Evas Einschätzung bekräftigte. Verärgert löste Eva ihre Augen vom Bildschirm und griff zum Mobilteil des schnurlosen Telefons, auf dessen Display ›Unbekannt‹ stand.

»Haller!«

Keine Antwort.

»Wer ist da?«, fragte sie genervt, doch noch immer erfolgte keine Reaktion.

»Idiot!«, rief sie wütend in den Hörer und unterbrach abrupt die Verbindung.

Seit einiger Zeit häuften sich Anrufe dieser Art in den Abendstunden. Eva vermutete, dass ein hasserfüllter Leser des Blogs ihre Telefonnummer herausgefunden hatte und sie nun belästigte. Wieder einmal nahm sie sich vor, eine Trillerpfeife zu kaufen und sie griffbereit auf den Schreibtisch zu legen. So wie sie es ihren Leserinnen vor Jahren in einem Artikel als Schutzmaßnahme gegen Stalker geraten hatte. Wenn diese Störungen nicht bald nachließen, müsste sie tatsächlich aktiv werden. Aber noch hoffte sie, dass der Unbekannte irgendwann den Spaß an seinen Telefonstreichen verlieren würde.

Mühsam ordnete sie ihre Gedanken neu. Sie löschte den zuletzt geschriebenen Satz, der ihr zu zahm vorkam. Gerade als sie mit der Umformulierung zufrieden war, läutete das Festnetztelefon erneut.

»Verdammt!«, fluchte sie. Morgen früh würde sie endlich eine Trillerpfeife besorgen. Beim Blick auf das Display sah sie jedoch zu ihrer Überraschung eine Düsseldorfer Rufnummer.

»Haller!«

»Pfaff, guten Abend.«

Der Name sagte ihr nichts. »Guten Abend«, erwiderte sie dementsprechend reserviert.

»Ich bin der Geschäftsführer der *For Your Information GmbH*«, stellte sich der Anrufer vor.

Es handelte sich dabei um den Webdienstleister, der Evas Blog supportete. Sie wurde hellhörig. Würde jetzt etwa eine Beschwerde folgen, weil sich manche Besucher offenbar nicht an die Netiquette hielten? »Wie kann ich Ihnen helfen?«, fragte sie.

»Wir mussten in den letzten Tagen vermehrt Angriffe auf Ihr Projekt abwehren«, informierte Pfaff sie.

»Ihre Server wurden angegriffen?«, vergewisserte sie sich.

»Nicht unsere Server generell, sondern ausschließlich Ihr Blog.«

»Oh.«

»Bislang war unser Schutzmechanismus ausreichend, allerdings fürchte ich, dass wir demnächst an unsere Grenzen stoßen, denn die Versuche werden immer raffinierter. Da ich morgen Vormittag in Köln zu tun habe, wollte ich mich erkundigen, ob Sie kurz Zeit für mich hätten. Dann könnten wir über geeignete Gegenmaßnahmen sprechen.«

»Warum nicht?«, entgegnete sie.

»Passt Ihnen elf Uhr? Vielleicht im Café des Schokoladenmuseums?«

»Einverstanden. Aber seien Sie gewarnt: Pünktlichkeit gehört nicht zu meinen Stärken.«

Pfaff lachte laut auf. »Bis morgen.«

Sein sympathisches Lachen hallte zwar noch eine Weile in ihrem Ohr nach, doch es vertrieb nicht das ungute Gefühl, das sich aufgrund seines Hinweises in ihrer Magengrube festgesetzt hatte. Erst die Anrufe, nun die Bemühungen, ihre Webseite zu kapern. Hatte es etwa jemand auf sie abgesehen?

Wegen dieses beunruhigenden Gedankens verschob sie die letzte Überarbeitung des Personenschutzartikels auf den nächsten Tag. Stattdessen surfte sie zur Homepage der *For Your Information GmbH*, in der Erwartung, ein Bild des Geschäftsführers zu finden, da sie sonst keinen Anhaltspunkt hätte, um ihn im Café zu erkennen. Eine Viertelstunde später brach sie ihre aufs komplette Internet ausgedehnte Recherche erfolglos ab. Im Web existierte nicht ein einziges Foto von ihm. Also hoffte sie darauf, dass er sie erkennen würde.

3

»Siebzehn, vierzehn«, gab Polizeiobermeister Wienand per Funk den Code durch. Die Siebzehn bedeutete, dass sie sich am vereinbarten Ort befanden, die Vierzehn, dass es keinerlei Auffälligkeiten seit der vorherigen Meldung gegeben hatte.

»Zentrale hat verstanden. Ende.«

Er hängte das Sprechteil in die Halterung, sein Kollege Ritter schaute gelangweilt aus dem Beifahrerfenster des unscheinbaren Passats. Es war ihre fünfte gemeinsame Nachtschicht in Folge, und ihnen waren bereits vorgestern die Gesprächsthemen ausgegangen.

So fühlten sich bestimmt alte Ehepaare, dachte Wienand amüsiert.

Ein silberfarbenes Auto fuhr langsam die Straße entlang, anscheinend auf der Suche nach einem Parkplatz. Da die beiden Polizisten nichts zu tun hatten, beobachteten sie den Fahrer, der etwa dreißig Meter von ihnen entfernt eine Parklücke auf der gegenüberliegenden Seite entdeckte. Insgesamt benötigte er drei Versuche, bevor der Wagen einrangiert war.

»Kein Einparkgenie«, murmelte Ritter. »Erinnert mich an meine Alte.«

Wienand schmunzelte. Mit der Ehe seines Partners konnte es nicht zum Besten stehen, denn er ließ keine Gelegenheit aus, über seine Frau zu lästern.

Die Tür des silberfarbenen Fahrzeugs öffnete sich, und ein Mann stieg mühevoll aus. Er trug einen Trenchcoat, hatte ungepflegte, lange Haare und einen grauen Vollbart. Doch viel mehr als seine äußere Erscheinung zog der Gegenstand, der im Licht einer Straßenlaterne in der Hand des Mannes zu erkennen war, die Aufmerksamkeit der Beamten auf sich: eine halb geleerte Whiskyflasche.

Wienand deutete darauf. »Das erklärt seine Einparkschwierigkeiten.«

»Im Gegenteil«, widersprach Ritter. »Sollte er den fehlenden Inhalt intus haben, hat er fantastisch eingeparkt.«

Der Betrunkene entfernte sich schwankend ein paar Schritte von seinem Auto, ehe er innehielt und umkehrte. An der Fahrertür hantierte er eine Weile am Schloss herum, bevor es ihm gelang, den Schlüssel hineinzustecken.

»Was machen wir jetzt?«, fragte Wienand. »Alarmieren wir eine Streife? Der hätte in diesem Zustand nicht fahren dürfen.«

Nachdem der Mann offenbar mit dem Ergebnis seiner Bemühungen zufrieden war, gönnte er sich einen Schluck zur Belohnung.

»Unfassbar«, brummte Ritter.

Torkelnd kam die Gestalt auf sie zu. Unterdessen griff Wienand zum Funkgerät.

»Warte!«, stoppte Ritter seinen Tatendrang.

»Wieso?«

»Wenn wir den Vorfall melden, fliegt unsere Überwachung auf.«

»Der Typ ist eine Gefahr für die Allgemeinheit«, entgegnete Wienand.

Als wollte der Betrunkene diese Aussage unterstreichen, blieb er mitten auf der Fahrbahn stehen, kramte in seinem Mantel und steckte sich etwas in den Mund, was er mit Whisky hinunterspülte. Danach schaute er genau zu ihnen herüber.

»Der hat uns entdeckt«, stöhnte Wienand.

Wie zum Gruß hielt der Mann die Flasche in die Höhe und kam wankend näher.

»Was nun?«

»Falls er nervt, wimmle ich ihn ab«, erwiderte Ritter gelassen.

Der Alkoholisierte stützte sich auf der Motorhaube ihres Fahrzeugs ab und starrte ins Innere, ehe er den Polizisten zuzwinkerte. Zu ihrer Überraschung führte er anschließend mit seiner freien Hand eine eindeutige Bewegung aus.

»Hält der uns für ein schwules Pärchen, das es im Auto treibt?«, entrüstete sich Wienand.

Stolpernd erreichte der Mann die Beifahrertür. Ritter gab ihm per Handzeichen zu verstehen, dass er verschwinden solle. Der Betrunkene fasste sich jedoch mit leidendem Gesichtsausdruck an den Bauch und hockte sich hin.

»Oh nein! Ich glaube, der muss kotzen.«

Ritter öffnete die Tür und stieg aus, um den Störenfried zu verjagen. Bevor er ein Wort sagen konnte, sprang der Unbekannte auf, zog blitzschnell eine Taser-Waffe aus dem Trenchcoat und drückte sie ihm an den Hals. Der Beamte zuckte zusammen und kippte wie ein nasser Sack zu Boden.

Geschockt von diesem Anblick, reagierte Wienand einen Moment zu langsam. Er nestelte noch am Achselholster, um die Pistole zu ziehen, als er den Stromschlag spürte. Sein Kopf sackte aufs Lenkrad.

* * *

In aller Ruhe musterte er die Umgebung. Niemand schien sein Treiben bemerkt zu haben. Nun musste er das Observationsteam für eine Weile außer Gefecht setzen, um sein Werk genüsslich vollenden zu können. Einer Tasche seines Trenchcoats entnahm er ein Betäubungsmittel, das er beiden injizierte.

Dann tastete er den auf dem Asphalt liegenden Polizeibeamten ab und fand in dessen rechter Hosentasche zwei an einem Ring befestigte Schlüssel. Er war sich sicher, dass diese ihm den Zugang zur Schutzwohnung ermöglichen würden.

Ächzend hob er den Mann an und bugsierte ihn auf den Beifahrersitz. Die Polizisten stellten keine Gefahr mehr für ihn dar; er konnte die verbliebene Zeit also wie geplant nutzen. Während er die Perücke abnahm und den falschen Vollbart abriss, näherte er sich dem Haus, in dem sein letztes Opfer seit zwölf Wochen wie eine Gefangene lebte. Es hatte ihm Spaß gemacht, ein paar Stunden zuvor noch ein wenig mit ihr zu spielen. Der Server der Anwaltskanzlei war leicht zu hacken gewesen. So hatte er sowohl ihre neue Telefonnummer als auch die ihres ehemaligen Liebhabers in Erfahrung gebracht, von dessen Existenz er wusste, weil er Michaela Wochen vor der ersten Begegnung beobachtet hatte. Eine SMS mit gefälschter Absenderkennung, und schon hatte sie glauben müssen, Peter habe ihr eine unangebrachte Nachricht geschickt. Aber jetzt war die Zeit der Spiele vorbei. Heute Nacht würde er sie erlösen.

* * *

Michaela wachte schweißgebadet auf. Wieder einmal hatte er sie bis in ihre Träume verfolgt. Stöhnend fuhr sie sich mit einer Hand durchs Gesicht. Erfahrungsgemäß lag sie nach einem solchen Albtraum bis zum Morgengrauen wach. Um diesen deprimierenden Gedanken abzuschütteln, griff sie zu ihrem Handy und entsperrte das Display. Das Mailbox-Symbol informierte sie über einen verpassten Anruf mit hinterlassener Nachricht. Michaela schwang die Beine aus dem Bett und blieb auf der Matratze sitzen. Da sie nichts anderes zu tun hatte, würde sie sich Peters Rechtfertigungsversuch anhören.

Sie baute die Verbindung zur Mailbox auf und vernahm seine schuldbewusst klingende Stimme. Beinahe hätte sie aufgelegt, doch dann wollte sie wissen, wie er ihr die Kurznachricht erklären würde.

»Bla, bla, bla«, kommentierte sie seine ersten Worte.

»Übel, was dir dieser Mistkerl angetan hat.«

Das konnte man wohl sagen!

»Ich wünschte, ich wäre an dem Abend bei dir gewesen. Na ja. Ich habe deine SMS erhalten. Ich kapier bloß nicht, welche Mitteilung du meinst. Ich habe dir nichts geschickt.«

»Hast du nicht?«, wunderte sie sich.

In diesem Moment hörte sie, wie ein Schlüssel vorsichtig ins Schloss der Wohnungstür geschoben wurde. Gleichzeitig ahnte sie, wer die Nachricht verfasst hatte.

»Oh mein Gott!«, wisperte sie, während ihr das Mobiltelefon aus der Hand glitt.

Weil sie bei offener Zimmertür schlief, sah sie den Maskierten sofort, als er die Wohnung betrat. Er entdeckte sie im selben Augenblick. Hektisch riss Michaela die Nachttischschublade auf, um an das Messer zu gelangen. In ihrer Panik zog sie viel zu fest. Der hölzerne Kasten sprang aus den Schienen und landete auf dem Boden, wodurch die Waffe herausfiel. Der Eindringling stürmte auf sie zu. Bevor er sie packen konnte, schlug sie mit der Schublade nach ihm, um ihn am Kopf zu treffen, erwischte jedoch nur seine Schulter. Schmerzerfüllt stöhnte er auf. Unterdessen sank Michaela auf die Knie. Glücklicherweise war das Messer nicht unters Bett gerutscht. Sie berührte mit den Fingern bereits den Griff, als der Mann nach ihr trat. Sein Schuh knallte mit voller Wucht gegen ihr Kinn. Sie wurde zurückgeschleudert, ihr Nacken prallte auf die Kante des Nachtschränkchens, und sie verlor das Bewusstsein.

Als sie zu sich kam, wünschte sie, beim Aufprall gegen das Möbelstück wäre ihr Genick gebrochen. Der nach wie vor maskierte Mann hatte sie mittlerweile entkleidet, ihr die Hände hinter dem Rücken gefesselt und den Mund mit einem Pflaster verklebt. Er kniete nackt auf der Matratze zwischen ihren am Bettgestell festgebundenen Beinen.

Ihr Denkvermögen arbeitete auf Hochtouren. Nur die zu ihrem Schutz abgestellten Polizisten besaßen einen Wohnungsschlüssel. Also musste er sie außer Gefecht gesetzt und ihnen den Schlüssel abgenommen haben.

Verzweifelt stieß Michaela vom Heftpflaster gedämpfte Schreie aus. Eventuell würde sie jemand hören. Gleichzeitig versuchte sie, die Hände freizubekommen. Vielleicht hatte er einen Fehler gemacht, der es ihr ermöglichte, den Knoten zu lösen. Sie wollte nicht sterben! Ihm nicht wehrlos ausgeliefert sein! Wenn es einen Gott gab, musste er ihr einfach beistehen.

Der Mann legte eine Hand an ihre Kehle und drückte langsam zu.

»Nicht zappeln, nicht schreien«, befahl er.

Mir egal, dachte sie, und schrie weiter. Soll er mich erwürgen! Erneut vergewaltigt zu werden wäre schrecklicher.

Als die Atemluft knapper wurde, übernahm jedoch ihr Überlebensinstinkt die Regie. Sie verstummte und atmete hektisch durch die Nase. Mit kaltem Blick beobachtete er sie wie ein Versuchskaninchen. Der Druck am Hals ließ nach, und ihre Atmung wurde ruhiger. Dann beugte er seinen Oberkörper zu ihr herunter, bis die weiche Wolle der Maske ihre Wange berührte. Hastig ruckte sie mit dem Kopf zur Seite, um den Kontakt zu unterbrechen. Doch seine Unterarme, mit denen er sich auf ihrem Busen abstützte, konnte sie nicht abschütteln.

»So ist es besser«, flüsterte er. »Oder willst du mir den Spaß verderben?«

Grob kniff er sie in eine Brust. Gequält stöhnte Michaela auf, aber dieser Schmerz markierte lediglich den harmlosen Anfang der folgenden Tortur.

4

Beim Klingeln des Telefons zuckte Ferdinand Grohl zusammen. Er registrierte die Nummer im Display, die ihm allzu vertraut war.

Wie sollte er reagieren? Seine Leute gingen wahrscheinlich davon aus, dass sie ihn aus dem Schlaf rissen. Stattdessen näherte er sich mitten in der Nacht einer roten Ampel, die in diesem Moment auf Gelb umsprang.

Er betätigte den Blinker, bog ab und hielt vor der nächsten Einfahrt an.

»Grohl«, meldete er sich und versuchte, müde zu klingen. Allerdings brachte er kein überzeugendes Gähnen zustande.

»Polizeimeister Kruse. Entschuldigen Sie die Störung, Herr Polizeirat, aber wir haben ein Problem.«

»Welches?«

»Die Meldung des Observationsteams Beta ist seit fünf Minuten überfällig.«

»Haben Sie es angefunkt?«

»Mehrfach ohne Erfolg.«

»Verdammt!« Grohl schloss die Augen und spielte die verschiedenen Alternativen durch. Der Anrufer erwartete von ihm eine Entscheidung über die zu treffenden Maßnahmen. »Alarmieren Sie das mobile Einsatzkommando. Wir treffen uns in –« Er stockte, um keinen Flüchtigkeitsfehler zu begehen. Wie lange würde er theoretisch inklusive Ankleiden benötigen? Von seinem Haus aus mindestens eine Viertelstunde. Viel früher würde die Eingreiftruppe ohnehin nicht eintreffen. »In fünfzehn Minuten vor Ort. Falls die Kollegen zuerst ankommen, sollen sie stürmen. Vielleicht erwischen wir ihn am Tatort. Und benachrichtigen Sie ebenfalls einen Notarzt! Außerdem muss das Überwachungsband überprüft werden.«

»Wird erledigt!«

Grohl trennte die Verbindung. Eine Weile wartete er in seinem Auto, ehe er das Fahrzeug wendete und zur Schutzwohnung fuhr.

Das MEK war vor ihm eingetroffen, ebenso der Krankenwagen. Grohl stellte seinen Pkw hinter dem Mannschaftsbus ab und rannte auf den Arzt zu. Die beiden Beamten lagen regungslos in stabiler Seitenlage auf einer Rettungsdecke.

»Was ist mit ihnen?«, rief der Polizeirat.

Der Arzt schaute zu Grohl hoch, nachdem er einem der Männer eine Spritze gesetzt hatte. »Sie sind bewusstlos. Der Puls ist verlangsamt, der Blutdruck aber nicht besorgniserregend. Wahrscheinlich hat er sie narkotisiert.«

»Ich brauche sie schnellstmöglich bei Bewusstsein. Sie sollen mir erklären, wie sie überrumpelt wurden.«

Ohne eine Antwort abzuwarten, lief er auf Thorsten Richter, den Chef des Einsatzkommandos, zu. Kurz schüttelten sie sich zur Begrüßung die Hände.

»Die Wohnung ist gesichert. Ein Blutbad. Die Frau ist tot, von dem Dreckskerl fehlt jede Spur. Von außen steckte übrigens der Wohnungsschlüssel in der Tür«, erläuterte ihm Richter die Situation. »Kommt das Überwachungsteam wieder auf die Beine?«

»Hängt davon ab, wie sie ihr Versagen rechtfertigen.«

Im Laufschritt betrat Grohl das Haus. Er nahm jeweils zwei Stufen auf einmal und grüßte die vor der Wohnung wartenden Männer mit einem Kopfnicken.

Im Wohnzimmer lag ein blutverschmiertes Filetiermesser auf dem Boden, direkt neben einer verdreckten Zange. Der Serienmörder hatte seine Vorgehensweise beibehalten.

»Die Zunge liegt im Spülbecken«, teilte ihm ein Mann mit, dessen Sturmhaube bis zur Stirn hochgeschoben war. Seine Stimme klang zittrig, was Grohl nicht verwunderte.

Statt in die Küche zu gehen, begab sich der Sokoleiter ins Schlafzimmer. Das Opfer lag gefesselt auf der blutgetränkten Matratze. Zahlreiche Schnittwunden verunstalteten den Körper. Doch das war nichts im Vergleich mit dem blutüberströmten Mund, der von zwei Metallklammern offen gehalten wurde. Am Ende des Martyriums hatte der Mörder die Zunge mit der Zange gepackt und sie mithilfe des Messers abgetrennt.

Das Läuten des Handys riss Grohl aus seinen Gedanken.

»Ja!«, begrüßte er den Anrufer aus dem Präsidium harsch.

»Wir haben die Aufnahme der Überwachungskamera geprüft. Er ist nicht durch die Vordertür hereingekommen«, informierte ihn ein nervöser Polizeibeamter, der das Pech hatte, die Nachricht überbringen zu müssen.

»Das kann nicht sein!«, brüllte Grohl. »Von außen steckt der Schlüssel!«

»Wir haben uns die Aufzeichnung zweimal angesehen. Er hat nicht die Wohnungstür benutzt.«

»Sind Sie taub?« Langsam verlor Grohl die Geduld. »Nimmt die Kamera noch auf?«

»Nein. Der Aufnahmemodus ist gestoppt.«

»Schalten Sie sie wieder ein!«, befahl Grohl.

»Aber –«

»Sofort!« Der Polizeirat stürzte in den Hausflur und stellte sich direkt vor die kleine Kameralinse, die im Türspion der gegenüberliegenden, leer stehenden Wohnung versteckt war.

»Sehen Sie mich?«

»Nein«, antwortete der Polizist.

»Er hat unser System gehackt«, sprach der Sokoleiter das Offensichtliche aus. »Sie betrachten gerade eine Endlosschleife.« Damit beendete er das Gespräch.

Die Überwachung des Hausflurs war eine Idee seiner Stellvertreterin gewesen, die darüber hinaus vorgeschlagen hatte, in sämtlichen Räumen Kameras zu installieren. Doch mit Letzterem war Michaela Fink nicht einverstanden gewesen. In der fremden Umgebung hatte sie sich wenigstens ein gewisses Maß an Privatsphäre erhalten wollen. Aufnahmegeräte in der Wohnung hätten sie jedoch auch nicht retten können, wenn es möglich war, die Technik der Polizei zu überlisten.

Draußen auf der Straße zündete sich Grohl eine Zigarette an und warf einen Blick in den bewölkten Nachthimmel, ehe er die umliegenden Häuser musterte. Das Nikotin beruhigte seine Nerven; den Rauch auszuatmen hatte einen beinahe therapeutischen Effekt. Mittlerweile brannten hinter deutlich mehr Fenstern Lichter als bei seinem Eintreffen. Selbst nachts schien die Polizeipräsenz Gaffer anzuziehen. Er entdeckte eine ältere Frau auf einem Balkon, die zu ihm herüberstarrte. Ob sie wohl genau wie er unter Schlaflosigkeit litt? Grohl ging davon aus, dass es keine brauchbaren Zeugenhinweise geben würde, trotzdem würde er tagsüber einige Schutzpolizisten Befragungen in der Nachbarschaft durchführen lassen. Nur um sicherzugehen. Vorausgesetzt, der Polizeipräsident entzog ihm nicht die Leitung des Falls.

Aus dem Augenwinkel sah er, dass ihn der Notarzt herbeiwinkte. Bestimmt war einer der beiden bewusstlosen Beamten aufgewacht. Grohl schnippte die Kippe weg und eilte zum Krankenwagen.

5

Wie jeden Morgen lief ihr favorisierter Nachrichtensender im Fernsehen, während Eva frühstückte. Als Journalistin fühlte sie sich verpflichtet, über die neuesten Ereignisse informiert zu sein, doch heute hörte sie nur mit halbem Ohr zu. Sie fand es interessanter, aus dem Fenster zu schauen und dem prasselnden Regen zuzusehen, der eine Pfütze auf ihrer gefliesten Terrasse gebildet hatte.

Die Erkennungsmelodie des Senders, die für Eilmeldungen verwendet wurde, erregte allerdings ihre Aufmerksamkeit.

»Wie die Polizei eben bestätigte«, erklärte der Nachrichtensprecher, »hat in Köln vor wenigen Stunden der als *Wiederkehrer* berüchtigt gewordene Serienmörder zum sechsten Mal zugeschlagen.«

Entsetzt legte Eva das angebissene Mehrkornbrötchen mit Lachs auf den Teller zurück und starrte auf den Bildschirm.

Als der Beitrag zu Ende war, stand sie auf und ging in ihr Arbeitszimmer. Vor dem Treffen im Schokoladenmuseum hatte sie zwar noch an dem fertigzustellenden Artikel über Personenschutz basteln wollen, aber das musste nun warten. Sie schaltete den Computer ein und surfte zu ihrem Blog. Seit gestern Abend waren lediglich fünf Kommentare hinzugekommen – keiner davon so relevant, dass er es wert gewesen wäre, sofort darauf zu antworten. Stattdessen schrieb sie einen neuen Blogeintrag, den sie mit ›Polizeiversagen‹ betitelte. Für ihre Leser fasste sie die bisherigen Geschehnisse zusammen. Der Unbekannte hatte nachweislich vor elf Monaten das erste Mal eine Frau vergewaltigt, eine Woche gewartet und war dann erneut in ihre Wohnung eingebrochen, um sie zu töten. Seinem zweiten Opfer kündigte er die Rückkehr an, doch die Polizisten, bei denen sie die brutale Vergewaltigung anzeigte, nahmen ihre Angst nicht ernst, dass es sich um denselben Täter handeln könnte. Zwei Wochen später war sie tot. Die dritte Frau wurde in ein Schutzprogramm aufgenommen, was den Mörder nicht daran hinderte, die zu ihrer Bewachung abgestellten Polizisten zu überwältigen und sein Werk zu vollenden. Die vierte Leidtragende ahnte, was ihr bevorstand, und tötete sich wenige Tage nach der Vergewaltigung selbst. Die Fünfte konnte der Serientäter trotz Bewachung ebenfalls ermorden.

Bei einer Pressekonferenz vor einigen Monaten hatte Polizeirat Ferdinand Grohl (56) versichert, dass es dem Mörder nicht gelingen würde, ein weiteres Mal zuzuschlagen. Anfangs hatte die Polizei mehr Beamte denn je eingesetzt, um das letzte Vergewaltigungsopfer Michaela F., eine erfolgreiche Anwältin, vor dem Tod zu bewahren. Doch anscheinend musste der Täter nur so lange warten, bis die Aufmerksamkeit der Ordnungshüter nachließ. Gemäß dem Bericht eines Nachrichtensenders waren gestern Nacht lediglich zwei Polizisten für die Observation der Schutzwohnung eingeteilt. Zwei! Denen es übrigens den Umständen entsprechend gut geht. Wie hoch wäre wohl der Personaleinsatz gewesen, wenn bei einem der früheren Fälle ein Beamter getötet worden wäre? Wie viele Polizeikräfte werden zu jedem Fußballspiel der Kölner Geißböcke abkommandiert?

Vorläufig bleibt nur die Hoffnung, dass Polizeirat Grohl die richtigen Konsequenzen zieht und die Ermittlungen mit fähigerem Personal endlich zum Abschluss gebracht werden. Ich werde an dieser Stelle darüber berichten.

Fünfzehn Minuten nach der vereinbarten Zeit stürmte Eva aus dem Parkhaus, eilte am Sport- und Olympiamuseum vorbei und steuerte das Schokoladenmuseum an. Nachdem sie die Drehtür passiert hatte, lief sie durchs Foyer zum Café. Granitboden, dunkle Hölzer und die lange Theke mit der großen Kuchenvitrine verliehen dem Ort ein besonderes Ambiente, für das sie gerade allerdings nicht empfänglich war. Stattdessen schaute sie sich hastig um. Die meisten Gäste waren zu zweit oder in größeren Gruppen da. An einem der Tische vor dem dreißig Meter langen Panoramafenster mit herrlichem Blick auf den Rhein saß ein einzelner Mann. Er nippte an einem hohen Kakaoglas und schien den Ausblick trotz des Regens zu genießen. Vor ihm stand ein Kuchenteller, auf dem ein paar Krümel lagen.

»Herr Pfaff?«, sprach sie ihn atemlos an.

Er drehte sich zu ihr um. Nach einem kurzen Moment breitete sich ein Lächeln auf seinem Gesicht aus. »Mit Ihnen habe ich gar nicht mehr gerechnet.«

Pfaff erhob sich und schüttelte ihr mit angenehmem Druck die Hand. Der Geschäftsführer war wenige Zentimeter größer als sie – Eva schätzte ihn auf einen Meter achtzig –, schlank, hatte volles, braunes Haar, einen gut gestutzten Vollbart, braune Augen und trug einen perfekt sitzenden anthrazitfarbenen Anzug. Von dem Bart abgesehen eine attraktive Erscheinung, dachte sie.

»Entschuldigen Sie bitte meine Verspätung. Aufgrund gewisser Ereignisse musste ich einen neuen Blogeintrag verfassen. Das hatte ich in meiner zeitlichen Planung nicht berücksichtigt.«

»Kein Problem«, beruhigte Pfaff sie. »Meine Lebensgefährtin kommt auch ständig zu spät. Nach all den Jahren habe ich mich daran gewöhnt.«

Eine schwarz gekleidete Kellnerin trat an den Tisch und fragte Eva nach ihren Wünschen.

»Ich kann die Trinkschokolade *Knuspergold* und die Waldfruchttorte wärmstens empfehlen«, stellte Pfaff fest. »Von der Schokolade hätte ich gern noch ein Glas.«

»*Knuspergold*?«, wunderte sich Eva.

»Das ist unsere Trinkschokoladenvariante mit Haselnussaroma, einer Knuspernuss und Sahne«, erklärte die blonde Frau.

»Für mich bitte nur einen Espresso«, entschied Eva.

»Das ist mein Lieblingsplatz«, meinte Pfaff, nachdem die Bedienung gegangen war. »Durch die gläserne Front habe ich jedes Mal das Gefühl, direkt über dem Wasser zu sitzen.«

»Sind Sie oft hier?«

»Mittlerweile seltener als es mir lieb ist. Ich bin in Köln geboren und aufgewachsen, ehe es mich vor einigen Jahren der Liebe wegen nach Düsseldorf verschlagen hat.«

»Für einen Ur-Kölner ist das ein ungewöhnlicher Ortswechsel.«

»Gut, dass die Kölner so tolerant sind. Mein Auto ist trotz des Kennzeichens mit dem ›D‹ noch nie verkratzt worden, wenn ich in meiner Heimatstadt zu tun hatte.«

Bis die Kellnerin die Bestellung brachte, tauschten sie sich über Belanglosigkeiten aus. Doch kaum hatte Pfaff einen Schluck von seiner Schokolade genommen, wurde er plötzlich ernst.

»Die Angriffe auf Ihren Blog bereiten mir Sorge«, gestand er. »Wir sind ein relativ kleines Unternehmen und daher für Hacker nicht sonderlich interessant. Natürlich zahlen manche unserer Kunden mit Kreditkarte, aber ein lohnenswertes Ziel geben wir deshalb nicht ab.«

»Sie haben gestern gesagt, dass die Angriffe nicht gegen Ihre Server im Allgemeinen gerichtet waren.«

»Richtig. Sie zielten ausschließlich auf Ihr Projekt ab.« Wieder nippte er an dem Glas. »Wie gut kennen Sie sich mit Schadsoftware-Angriffen aus?«

»Ist nicht mein Fachgebiet.«

»Die meisten Attacken finden am Arbeitsplatz des Nutzers statt«, erklärte ihr Pfaff mit offensichtlicher Begeisterung für das Thema. »Sie öffnen eine Mail, laden den Anhang herunter, und schon haben Sie sich einen Virus eingefangen. Oder Sie besuchen eine präparierte Website, und Ihr Rechner infiziert sich dort. Medienwirksamer sind die groß angelegten Hacks auf Firmenserver. Diese dienen dazu, die Homepages der Firmen lahmzulegen oder sensible Daten zu stehlen. Das ist in Ihrem Fall jedoch anders. Denn der Hacker versucht, Kontrolle über Ihren Blog zu erlangen. Deswegen frage ich mich, wen Sie herausgefordert haben.«

»Keine Ahnung«, entgegnete Eva. »Mein Blog macht nicht alle Leser glücklich.«

Pfaff stieß ein gutmütiges Lachen aus. »Ich habe einige Kommentare überflogen. Sie müssen ein dickes Fell haben.«

Eva zuckte mit den Achseln. »Mir liegen diese Themen zu sehr am Herzen, als dass ich mich von ein paar Vollidioten einschüchtern lassen würde.«

»Haben Sie in letzter Zeit E-Mail-Nachrichten erhalten, die Ihnen nicht koscher vorgekommen sind?«

Sie überlegte einen Moment, ehe sie den Kopf schüttelte. »Mir ist nichts Ungewöhnliches aufgefallen.«

Pfaff griff in die linke Jackentasche seines Anzugs und holte einen USB-Stick heraus, den er auf den Tisch legte. »Ich vermute, der Hacker wird versuchen, Sie direkt anzugreifen, wenn er bei uns nicht weiterkommt. Was für eine Firewall nutzen Sie?«

Eva nannte ihm den Anbieter ihres Schutzprogramms.

»Nicht schlecht. Für den Normalanwender sogar bestens geeignet.« Er deutete auf den Stick. »Hierauf befindet sich eine Firewall, wie sie Privatleute niemals installieren würden. Die Lizenzkosten sind exorbitant. Ich überlasse sie Ihnen kostenfrei. Sie müssen lediglich auf die .exe-Datei doppelklicken, der Rest läuft automatisch ab.«

»Wow!«, entfuhr es Eva verblüfft. »Vielen Dank. Aber warum bieten Sie mir das an?« Hätte er nicht von einer Lebensgefährtin gesprochen, würde sie nun eine Einladung zum Essen erwarten.

»Irgendwie fühle ich mich für Sie verantwortlich, denn Sie sind eine unserer ersten Kundinnen gewesen.« Pfaff entnahm seiner anderen Anzugtasche eine mattsilberne Visitenkartenbox. Er drückte einen Knopf, und der Deckel sprang auf. Die Karten waren in einem edlen Champagnerton gehalten, von dem sich die schwarze Schrift gestochen scharf abhob. »Darauf finden Sie meine Durchwahl und meine Mobilfunknummer. Rufen Sie mich sofort an, falls Ihnen Ungereimtheiten an Ihrer Homepage auffallen.«

»Berechnen Sie mir zukünftig eigentlich das Servicepaket Deluxe?«, fragte Eva in neckischem Ton.

»Nein. Für Sie erfinde ich das Paket Superdeluxe Plus«, antwortete er amüsiert und lehnte sich entspannt zurück. Der geschäftliche Teil ihres Treffens war damit offensichtlich beendet.

* * *

Nachdem Eva abends vom Training der Jugendlichen zurückgekehrt war und den Bogen in den Schrank gepackt hatte, konnte sie es kaum erwarten, sich die Kommentare zu ihrem neuesten Blogeintrag anzusehen. Doch erst einmal musste sie ihren Artikel fertigstellen. Deswegen öffnete sie nicht den Internetbrowser, sondern rief das Schreibprogramm auf.

Sie hatte in den letzten Wochen zahlreiche Informationen zum Thema Personenschutz zusammengetragen und im Rahmen ihrer Recherche einen Leibwächter namens Stefan Trapp kennengelernt. Der ehemalige Bundeswehroffizier hatte sich nach dem Ende seiner Soldatenkarriere für die Freiberuflichkeit entschieden und konnte von jedem Schutzbedürftigen, der über das nötige Kleingeld verfügte, engagiert werden. Einige der Passagen über den am Kölner Stadtrand lebenden Mann gefielen ihr noch nicht hundertprozentig. Ob das daran lag, dass sie ihn ausgesprochen attraktiv gefunden hatte und ihn deshalb ins beste Licht rücken wollte? Sie nahm die betreffenden Textstellen genauer unter die Lupe und vertiefte den Absatz, der von den fünf Kampfsportarten handelte, die Trapp beherrschte, und davon, aus welchem Grund er Kung-Fu favorisierte. Da ihr noch ein paar Hundert Zeichen zur Verfügung standen, ging sie auf den Begriff ›Kung-Fu‹ ein, der in China ursprünglich für eine Fähigkeit gebraucht wurde, die man sich durch harte, geduldige Arbeit erworben hatte. Danach widmete sie sich den technischen Aspekten von Trapps Tätigkeit. In seiner Wohnung befand sich seinen Angaben zufolge eine Computerausstattung, die man allenfalls bei einem Geheimdienstmitarbeiter erwarten würde. Der Mann hatte ihr ausführlich erklärt, warum ihn diese hochmoderne Ausrüstung zu einem besseren Bodyguard machte.

Nachdem Eva mit ihrem Text zufrieden war, startete sie ihr E-Mail-Programm. Sie schrieb dem zuständigen Redakteur des Magazins einige erklärende Sätze, hängte das Dokument an und schickte es ab. Sobald der Text abgenommen war, würde sie eine Rechnung folgen lassen.

Als sie zu ihrem Blog surfen wollte, erinnerte sie sich an den

USB-Stick in ihrer Jackentasche. Nach dem Treffen mit Pfaff war sie nicht dazu gekommen, die Software zu installieren. Eva ging in den Flur und holte den Stick. An ihrem PC stellte sie fest, dass die Installation so einfach war, wie Pfaff es versprochen hatte. Nach weniger als fünf Minuten zeigte ihr ein Popup-Fenster an, dass der Vorgang erfolgreich abgeschlossen war.

Nun konnte sie sich mit gutem Gewissen um ihren Blog kümmern. Wie erwartet, hatte der Artikel hohe Wellen geschlagen. Obwohl er noch keine zwölf Stunden online war, hatten sich mehr als hundert Kommentare angesammelt. Zahlreiche Leser stimmten ihr zu und äußerten sich ähnlich schockiert über den Mord und die Unfähigkeit der Polizei, die Frauen zu beschützen. Einer empörte sich darüber, dass sie sich angeblich abfällig über den 1. FC Köln ausgelassen hatte, was sie kopfschüttelnd zur Kenntnis nahm. Bei einem der letzten Kommentare stockte ihr allerdings der Atem.

Glaubst du wirklich, die Polizei kann mich aufhalten? Egal, wie viele Leute sie abstellen, ich werde ihnen immer einen Schritt voraus sein. Niemand stoppt mich. Am besten legst du dich jetzt schlafen, damit du für unser Rendezvous ausgeruht bist. Ich bin auf dich aufmerksam geworden und werde dich bald besuchen. Träum was Schönes, meine Süße.

Dieser Eintrag hatte wütende Reaktionen erhalten. Dem Verfasser wurde vorgeworfen, auf Kosten der Blogbetreiberin einen geschmacklosen Witz zu machen. Aber Eva verstand den Beitrag nicht als Scherz. Mit zittrigen Fingern war sie versucht, ihn zu löschen. Doch ehe sie die linke Maustaste drückte, fiel ihr etwas ein. Pfaffs Visitenkarte steckte in ihrem Portemonnaie. Nach einem Blick auf die Uhr zögerte sie jedoch. Was würde seine Freundin zu einem solch späten Anruf sagen?

Kurz darauf wählte sie dennoch die Mobilfunknummer und schwor sich, spätestens nach dem vierten Klingeln aufzulegen.

»Pfaff«, hörte sie nach wenigen Sekunden am anderen Ende der Leitung.

»Eva Haller hier. Darf ich mein Servicepaket Superdeluxe Plus auch um diese Uhrzeit in Anspruch nehmen, oder bekommen Sie dann Ärger mit Ihrer Partnerin?«

»Meine Lebensgefährtin ist mit einer Bekannten unterwegs. Wie kann ich Ihnen helfen?«

»Ich habe vorhin auf meiner Homepage einen sehr unangenehmen Kommentar zu meinem letzten Artikel gefunden. Normalerweise entferne ich beleidigende Texte, bei diesem würde mich allerdings interessieren, ob Sie mit Ihren Möglichkeiten herausfinden können, wer ihn geschrieben hat.«

Pfaff erkundigte sich nach dem Inhalt und zeigte sich ebenfalls schockiert. »Sie müssen die Polizei informieren«, riet er ihr.

Eva lachte bitter. »Was soll das bringen? Die Frauen sind trotz Polizeischutz ermordet worden. Grohls Leute scheinen extrem unfähig zu sein.«

»Ich mache Ihnen einen Vorschlag. Morgen früh im Büro versuche ich, etwas über den Verfasser herauszufinden, womit Sie zur Polizei gehen können. Selbst wenn er harmlos ist, sollten Sie ihm auf die Finger klopfen.«

»Einverstanden«, sagte Eva nach kurzem Zögern – obwohl sie kein Vertrauen in die Fähigkeiten der Soko hatte. Falls sie tatsächlich in Gefahr schwebte, würde sie wohl eher einen Leibwächter wie Stefan Trapp engagieren.

6

Zur Beruhigung ihrer angespannten Nerven arbeitete Eva am nächsten Vormittag draußen im Garten und bedeckte die Erde im Blumenbeet mit einer dicken Schicht Mulch. Eine befreundete Bogenschützin hatte ihr zu dieser Maßnahme geraten, um das stark wuchernde Unkraut am Wachstum zu hindern.

Sie griff gerade erneut in den Fünfzig-Liter-Sack, als im Wohnzimmer das Telefon klingelte. Hastig erhob sie sich. Auf dem Weg nach drinnen streifte sie die Gartenhandschuhe ab, die sie achtlos auf die braun geflieste Terrasse fallen ließ. An der Tür schlüpfte sie aus den Clogs und lief barfuß bis zum Wohnzimmertisch. An der übertragenen Rufnummer sah sie, dass es sich um den Anrufer handelte, auf dessen Nachricht sie seit dem Frühstück ungeduldig gewartet hatte.

»Eva Haller!«

»Pfaff hier. Ich habe schlechte Neuigkeiten«, sagte er ohne einleitenden Small Talk.

»Oh«, entfuhr es ihr enttäuscht.

»Die IP-Adresse war leicht herauszubekommen«, führte Pfaff aus. »Leider gehört sie zu einem Internetcafé in der Kölner Innenstadt. Ich habe dort angerufen, aber der Laden hat täglich sechzehn Stunden geöffnet und verfügt über vierzehn Internetplätze. Da werden wir wohl keinen Angestellten finden, der sich daran erinnert, wer zu einer bestimmten Uhrzeit an dem entsprechenden Computer gesessen hat.«

»Verdammt! Ich hatte gehofft, Sie könnten den Kerl aufspüren«, bekannte Eva.

»Sie sollten die Polizei informieren«, wiederholte Pfaff seine gestrige Empfehlung.

* * *

Gemeinsam mit seiner Stellvertreterin Andrea Traunstein hatte sich Ferdinand Grohl gerade in einem der Besprechungsräume des Kriminalkommissariats eingefunden, als die Tür aufflog und der Polizeipräsident hereinstürmte, gefolgt vom Oberbürgermeister samt Assistentin.

Grohl ahnte, dass er seinen Hals nur mit einer klugen Taktik aus der Schlinge würde ziehen können.

»Ich will eine Erklärung für das Desaster!«, forderte Polizeipräsident Wöhler, noch bevor alle Anwesenden Platz genommen hatten.

»Mir standen nicht genug Einsatzkräfte zur Verfügung«, verteidigte sich der Leiter der Sonderkommission betont ruhig.

»Nicht genug Einsatzkräfte? Ich habe Ihrer Soko bereits fünfhundert Überstunden genehmigt.«

»Und mich bei meinem letzten Antrag darauf hingewiesen, dass wir mit den vorhandenen Ressourcen auskommen müssen.«

»Gibt es denn wenigstens Ermittlungsfortschritte?«, hakte der Oberbürgermeister nach.

Ehe Grohl etwas entgegnen konnte, ergriff seine Vertreterin das Wort. »Die Auswertung der Tatumstände hat kaum neue Aufschlüsse gebracht«, berichtete sie. »Lediglich für die Vermutung, dass er über Insiderkenntnisse verfügt, liegen erhärtende Verdachtsmomente vor.«

»Von welchen Kenntnissen sprechen Sie?«, fragte die Assistentin.

»Er wusste, in welcher Wohnung die Frau untergebracht

war, er hat sich in die Videoüberwachung gehackt, und er hat die Polizisten erst außer Gefecht gesetzt, nachdem sie ihre stündliche Rückmeldung per Funk getätigt hatten.«

»So blieb ihm etwa eine Stunde Zeit, ehe wir von dem Vorfall erfuhren«, ergänzte Grohl.

»Wie gelangt er an diese Informationen?«, erkundigte sich der Oberbürgermeister.

»Anscheinend greift er unbemerkt auf unsere EDV-Systeme zu«, vermutete Traunstein.

»Wie kann er die Firewall überwinden?«, wunderte sich Wöhler.

Grohl zuckte mit den Achseln. »Das lasse ich prüfen. Ich benötige dafür jedoch zusätzliche Systemanalytiker.«

»Ich möchte an dieser Stelle noch einmal die offene Streitfrage aus der letzten Sitzung ansprechen«, warf Traunstein ein, bevor der Polizeipräsident seine Einwilligung für den Einsatz weiterer EDV-Kräfte geben konnte.

»Oh nein«, stöhnte Grohl. »Sie alle kennen meine Einstellung dazu.«

»Wenn wir mit dem Verdacht an die Öffentlichkeit gehen, würden wir potenzielle Opfer warnen«, begründete seine Stellvertreterin ihren Standpunkt. »Es liegt doch auf der Hand, dass der Mörder Frauen tötet, die sich für die Rechte von Frauen einsetzen. Jedes Opfer passt in dieses Schema.«

»Gegen diese Theorie spricht, dass bislang kein Medienvertreter einen solchen Zusammenhang erkannt hat«, entgegnete ihr Chef. »Ich halte ihn nach wie vor für verdammt weit hergeholt. Zumal Ihre Annahme nicht berücksichtigt, dass sich die letzten drei Opfer ziemlich ähnlich sahen. Ein Aspekt, den Sie offensichtlich unter den Tisch fallen lassen wollen, während ihn der BKA-Analytiker für bedeutsam hält.«

Grohl beobachtete den Polizeipräsidenten, der wahrscheinlich mit dem festen Vorsatz in den Raum gestürmt war, ihn als Leiter der Soko abzusetzen. Wöhler hatte die Hände verschränkt und starrte auf seine Handflächen.

»Es gibt jetzt zwei Möglichkeiten«, begann Grohl. »Sie können mich abservieren und dem Ratschlag meiner Kollegin bezüglich dieser vagen Vermutung folgen. Stellt sie sich allerdings als falsch heraus, wird man Ihnen später vorwerfen, fahrlässig Panik in der Bevölkerung geschürt zu haben. Stellt sie sich als richtig heraus, wird man Ihnen trotzdem den Vorwurf machen, nicht frühzeitig genug in diese Richtung ermittelt zu haben. Alternativ können Sie mich auf meiner Position belassen und mir zusätzliche Informatiker bewilligen, die nach Spuren des Eindringlings in unserem System suchen. Vielleicht stoßen wir so auf seine Fährte. Oder wir nutzen dieses Wissen, um ihm beim nächsten Mal eine Falle zu stellen.«

* * *

Traunstein folgte Grohl nach der Besprechung in sein Büro.

»Ich kann Ihre Verbohrtheit nicht verstehen«, sagte sie wütend.

Grohl zuckte mit den Achseln. Er hingegen konnte ihre Verärgerung sehr wohl nachvollziehen. Bestimmt war sie heute Morgen mit der Überzeugung zur Arbeit gefahren, die Leitung der Soko übertragen zu bekommen. Doch die Aussicht, unter Grohls Verantwortung den Täter in einen Hinterhalt locken zu können, hatte den Polizeipräsidenten dazu veranlasst, ihm eine letzte Bewährungschance zu geben.

»Nur ein einziger Hinweis an die Medien«, bat sie ihn.

»Unterstehen Sie sich!«, warnte er sie schneidend. »Wir haben das ausführlich besprochen! Sollte ein Journalist in absehbarer Zeit diesen Verdacht äußern, werde ich höchstpersönlich überprüfen, ob seine Informationen von Ihnen stammen, und gegebenenfalls ein Disziplinarverfahren gegen Sie einleiten.«

Missmutig drehte sie sich um und verließ sein Zimmer. Kaum hatte die Polizeioberkommissarin die Tür geschlossen, klingelte Grohls Dienstapparat.

»Ja!«, meldete er sich.

»Herr Polizeirat, eine Journalistin namens Eva Haller besteht darauf, mit Ihnen persönlich zu sprechen. Es geht – «

»Ich ahne, worum es geht«, unterbrach Grohl die Polizistin. »Verbinden Sie mich mit ihr!«

Nach Beendigung der Warteschleifenmusik meldete er sich und wurde von Haller begrüßt, die sich vorstellte. Dann berichtete sie ihm von einem Kommentar, den ein Unbekannter auf ihrer Homepage hinterlassen hatte.

»Und nun wenden Sie sich wegen einer solchen Lappalie an die in Ihren Augen unfähige Polizei?«, fragte Grohl. »Wissen Sie, mit wie vielen falschen Bekennerschreiben und -anrufen wir uns herumplagen müssen? Außerdem melden sich hier ständig Frauen, die Drohungen erhalten. Meistens stecken Ex-Partner oder verschmähte Liebhaber dahinter. Sollen wir diese Damen alle beschützen? Wie sieht es denn bei Ihnen mit Verflossenen aus? Könnte das eine Erklärung sein? Übrigens: Ich habe Ihren gestrigen Blogeintrag gelesen. Eine Unverschämtheit! Als ob wir Michaela Fink absichtlich geopfert hätten. Halten Sie sich einfach mit öffentlichen Diffamierungen zurück, und diese Spinner kreuzen im Internet erst gar nicht Ihren Weg!« Ohne Vorwarnung legte er auf.

Gut, dass der Anruf nicht zu Traunstein durchgestellt worden war, dachte er. Die wäre ansonsten wohl trotz seiner dringenden Warnung ins Plaudern geraten. So konnte die unangenehme Journalistin zumindest vorerst keine Interna veröffentlichen.

7

Fassungslos starrte Eva das Telefon an. Sie hatte mit vielem gerechnet, aber nicht damit, vom Leiter der Soko abgewiesen zu werden. Zugegeben: Sie war selbst nicht sicher, ob sie die Drohung ernst nehmen musste – ihr jedoch vorzuwerfen, sie habe diese Situation selbst verschuldet, war eine böswillige Unterstellung.

Als sie das Mobilteil in die Ladestation stellte, bemerkte sie, dass ihre Hand leicht zitterte. Wut stieg in ihr hoch. Wenn Grohl glaubte, so mit ihr umspringen zu können, irrte er sich. Ohne die Terrassentür zu schließen, stürmte sie ins Arbeitszimmer. Doch nachdem sie den Startknopf des Computers gedrückt hatte, wurde ihr klar, dass die offene Tür unter den aktuellen Umständen ein Risiko darstellte. Missmutig lief sie zurück und verriegelte den Zugang nach draußen. Danach schlüpfte sie in bequeme Hausschuhe und machte sich daran, die Leser ihres Blogs über das Verhalten der Polizei ins Bild zu setzen.

Knappe anderthalb Stunden später bearbeitete sie ein letztes Mal den Text, an dem sie ausführlich gefeilt hatte. Sie hatte die provokante erste Version mittlerweile entschärft und hauptsächlich den Wortlaut des Telefonats kommentiert wiedergegeben.

Bevor sie die Schaltfläche zur Veröffentlichung des Artikels betätigte, kamen ihr allerdings Zweifel. Würde sie den Spinner damit nicht geradezu einladen, weitere Spielchen mit ihr zu treiben? Eva überlegte eine Weile, wie sie mit diesem Dilemma umgehen sollte, ehe sie den Artikel schließlich publizierte und gleichzeitig die Kommentarfunktion deaktivierte. Als sie das erledigt hatte, beschloss sie, den Rest des Tages freizunehmen und ihre innere Anspannung durch Bogenschießen abzubauen.

* * *

»Eva«, begrüßte Walter sie erfreut. »Ich bin so froh, dich zu sehen.« Der Vereinsvorsitzende kam ihr strahlend entgegen.

Am Tonfall erkannte sie, dass seine überschwängliche Freude nicht nur mit ihrer Person zu tun hatte. »Aus welcher Patsche soll ich dir helfen?«, erkundigte sie sich.

In gespielter Entrüstung zog er die Augenbrauen hoch. »Darf ich mich nicht einfach freuen, dass du so unerwartet früh hier auftauchst? Aber wenn du es schon ansprichst: Ich habe ein organisatorisches Problem. Ralf hat sich bei einem Arbeitsunfall den rechten Fuß gebrochen und muss einige Wochen Gips tragen.«

»Autsch«, entfuhr es Eva mitfühlend. »Der Arme.«

»Ja«, bestätigte Walter. »Ausgerechnet heute, wo sein Schnupperkurs starten soll, an dem fünf Interessenten teilnehmen wollen. Kannst du den übernehmen?«

Eva seufzte. Einerseits war sie mit dem Training der Junioren und ihren eigenen Übungseinheiten ausgelastet. Andererseits bereitete es ihr großen Spaß, Neulingen den anspruchsvollen Sport näherzubringen. Sie stellte den schweren Rucksack auf den Boden und fischte in einer Seitentasche nach ihrem Handy.

»Sechs Termine, wie üblich?«, fragte sie und öffnete ihren digitalen Terminkalender.

»Genau. Jeweils donnerstags um siebzehn Uhr. Fünfundsiebzig Euro Aufwandsentschädigung für dich bei fünf Teilnehmern, der Rest geht wie immer in die Vereinskasse.«

Nachdem sie sich durch ihre Terminplanung geklickt hatte, nickte sie. »Alles klar.«

Vom Schießplatz drang das unverkennbare Geräusch eines Pfeils zu ihnen herüber, der in den Holzrahmen eines Zielscheibenständers eingedrungen war, gefolgt von einem Fluch. Amüsiert schauten sie zu dem Trainierenden hinüber, der seinen Bogen wegen des Fehlschusses wutentbrannt ablegte und zur Scheibe stapfte.

»Vielleicht sollte ich Kai in die Gruppe aufnehmen«, schlug Eva vor.

»Ich fürchte, er würde dieses Angebot nicht zu schätzen wissen«, vermutete Walter.

»Ihr Männer seid halt beratungsresistent«, erwiderte sie grinsend. Es tat ihr unglaublich gut, von ihrem Ärger abgelenkt zu werden.

* * *

Einige Minuten vor Beginn des Kurses trug sie das benötigte Material in den Anfängerbereich des Platzes, wo das Ziel nur acht Meter von der Schusslinie entfernt stand und mit der größtmöglichen Papierauflage versehen war, welche die höchste Trefferquote garantierte. Gerade bei der ersten Übungseinheit kam es darauf an, keinen der Interessenten zu überfordern. Da sie die Kraft der Teilnehmer nicht einschätzen konnte, hatte sie die Sportbögen mit Wurfarmen bestückt, die ein leichtes Ziehen der Sehne ermöglichten. Als sie die mit jeweils sechs Pfeilen gefüllten Köcher auf den Rasen gelegt hatte, entdeckte sie einen knapp vierzigjährigen Mann, der langsam näher kam.

»Sind Sie zum Schnuppertraining hier?«, fragte sie.

Ihr Gegenüber musterte sie eingehend. »Genau. Ich soll mich bei einem gewissen Ralf melden.«

»Ralf fällt leider verletzungsbedingt aus. Daher übernehme ich das Training. Ich heiße Eva Haller.« Sie streckte ihm eine Hand entgegen.

Plötzlich lächelte er und ergriff ihre Hand, die er feierlich schüttelte. »Was für eine angenehme Überraschung. Ich bin Jochen Wilde.«

In seinem Rücken tauchte eine etwa fünfzigjährige Frau auf. »Wo finde ich den Trainer Ralf?«

Wichtigtuerisch drehte sich Jochen zu ihr um. »Der ist verletzt«, gab er sein Wissen preis. »Doch wir haben Glück. Diese bezaubernde junge Dame wird den Schnupperkurs leiten.«

Grinsend wandte sich die Frau Eva zu. »Da haben Sie aber schnell einen Fan gefunden. Ich heiße Erika Schoffel.«

Zehn Minuten später war die Gruppe vollständig, und Eva erklärte zuerst die beim Bogenschießen notwendigen Schutzmaßnahmen. »Um zu vermeiden, dass die Sehne mit der Kleidung in Berührung kommt, liegt für jeden Schützen ein Streifschutz parat, den man auf der Brust trägt.« Eva hielt ihr Exemplar deutlich sichtbar in die Höhe. »In erster Linie dient er einem korrekten Schussablauf. Wenn nämlich die Sehne die Hand verlässt, schlägt sie oft an den Oberkörper, ohne dass man es merkt. Durch die Berührung mit der Oberbekleidung weicht der Schuss im ungünstigsten Fall stark ab, obwohl der Schütze keinen Fehler gemacht hat. Bei wem kann ich denn mal vorführen, wie er anzulegen ist?«

Jochens Arm schnellte in die Höhe. »Gern bei mir«, rief er.

Sie verkniff sich ein Lächeln und bat ihn, sich umzudrehen.

»Normalerweise würde ich einer attraktiven Frau nicht den Rücken zukehren«, entgegnete er verschmitzt.

Eva trat nah an ihn heran, um ihm für alle gut sichtbar den Schutz anzuziehen. Irritiert registrierte sie, wie er die Augen schloss und tief einatmete. Es wirkte fast so, als würde er ihren Geruch inhalieren wollen.

Nachdem die anderen Teilnehmer ebenfalls einen Streifschutz angelegt hatten, fuhr sie in ihren Ausführungen fort. Sie kam auf den Armschutz zu sprechen, der einen schmerzhaften Kontakt der Sehne mit dem Unterarm verhindern sollte. Jochen meldete sich erneut, doch sie wählte lieber Erika aus, um das Anlegen zu demonstrieren.

* * *

»Eva, Eva, Eva«, flüsterte Jochen bei seiner Rückkehr nach Hause.

Wie perfekt der Tag verlaufen war. Anstelle eines Mannes hatte Eva sie trainiert. Als wäre das vom Schicksal für ihn arrangiert worden. Die neunzigminütige Einheit war jedoch viel zu schnell vorbei gewesen. Zudem hatte er im Anschluss keine Gelegenheit gefunden, mit ihr zu plaudern. Allerdings tröstete ihn das Wissen, sie demnächst wiederzusehen. Und bis dahin konnte er sich das Internet zunutze machen.

Nachdem er in seiner Souterrainwohnung die Rollläden heruntergelassen hatte, setzte er sich an den Computertisch. Während er darauf wartete, dass der PC hochfuhr, griff er zu einem schwarzen Edding. Er zog die Kappe ab und schrieb ihren Vornamen verschnörkelt auf seinen linken Arm. Natürlich wollte er sich keinen allzu großen Hoffnungen hingeben, aber er hatte eindeutig ein sinnliches Knistern zwischen ihnen wahrgenommen. Bestimmt hatte er ihr Interesse geweckt, denn es war schon auffällig gewesen, wie viel Mühe sie sich gegeben hatte, damit er mit seinen Schüssen Treffer erzielte. Den übrigen Kursmitgliedern hatte sie weniger Zeit gewidmet. Ob sie wohl auch gerade an ihn dachte?

Jochen startete den Browser und gab ihren Namen ein. Das Web lieferte ihm unzählige Ergebnisse. Es war erstaunlich, wie leicht man im Netz Informationen über Personen finden konnte, sobald sie ein wenig in der Öffentlichkeit standen. Obwohl sie nur eine Randsportart betrieb, entdeckte er Dutzende Bilder, die sie auf diversen Siegerpodesten zeigten. Besonders bei den deutschen Meisterschaften wirkte sie sehr selbstzufrieden.

Ihr Blog bot das meiste Material, um sie näher kennenzulernen. Auf dem dazugehörigen Foto sah sie seiner Meinung nach noch attraktiver aus als vorhin auf dem Schießplatz. Er bevorzugte bei Frauen lange, blonde Haare, und für einen kurzen Moment gab er sich der Illusion hin, dass sie die Frisur ihm zuliebe wieder ändern würde.

Doch vor allem diente ihm die Homepage dazu, eine Vorstellung von ihren Ansichten zu gewinnen. Er las den aktuellsten Eintrag, aus dem deutlich ihre Enttäuschung sprach, von der Polizei abgekanzelt worden zu sein.

8

Nachdem sie viel Zeit auf dem Trainingsgelände vertrödelt hatte, kam Eva erst gegen halb neun Uhr abends nach Hause. Sie brachte den Rucksack ins Schlafzimmer und packte die empfindlichen Einzelteile ihres Bogens in den Schrank. Dann ging sie ins Arbeitszimmer. Der freie Tag hatte zwar ihre Anspannung vermindert, aber nun nagte das schlechte Gewissen an ihr, weil sie außer dem Blogeintrag erwerbsmäßig nichts geleistet hatte. Dabei wollte sie endlich ihr nächstes Projekt in Angriff nehmen. Vor einigen Wochen hatte sie ein auf Sporttrainingsbücher spezialisierter Verlag kontaktiert und ihr Interesse geweckt mit dem Angebot, ein Fachbuch über Bogensport zu verfassen. Bis zum Ende des Monats sollte sie ein mehrseitiges Konzept einreichen, hatte bislang allerdings keine einzige Zeile geschrieben. Eva griff zu der kleinen, halb vollen Wasserflasche, die neben dem Monitor stand. Sie schraubte den Deckel ab und trank den Inhalt mit zwei Schlucken leer, ehe sie den Einschaltknopf des Computers drückte. Während der Startphase schaute sie durchs Fenster in den Garten. Ihr Blick fiel auf den Mulchsack, der noch immer im Beet lag. Durch die Ereignisse am Vormittag hatte sie ihn total vergessen. Sie klickte auf ihr E-Mail-Programm, um zumindest kurz ihr Postfach zu überprüfen. Danach würde sie den Plastiksack ins Gartenhäuschen schleppen.

Die Software listete ihre unterschiedlichen E-Mail-Konten auf. Überrascht bemerkte sie den Eingang von siebzehn Nachrichten bei der ausschließlich für ihren Blog benutzten Mailadresse. Jede dieser Mitteilungen informierte sie über einen neu verfassten Kommentar und gab ihr die Möglichkeit, direkt zu antworten. Die hohe Anzahl irritierte sie jedoch, weil sie diese Funktion für den aktuellsten Eintrag deaktiviert hatte. Mit unguter Vorahnung startete sie den Browser und surfte zu ihrer Homepage. Da der letzte Artikel länger als die Seitenansicht des Bildschirms war, scrollte sie nach unten und stieß fassungslos auf zahlreiche Leserkommentare, von denen sie der erste sofort in Panik versetzte.

Wundert dich die Reaktion der Bullen? Sie haben doch bereits daran zu knabbern, dass ich ihnen immer wieder aufs Neue meine Überlegenheit demonstriere. Glaubst du wirklich, sie wollen dann auch noch von einer feministischen Journalistin Unfähigkeit vorgeworfen bekommen?

Allerdings möchte ich mich für deine Blogbeiträge bedanken. Ich kann mir kaum vorstellen, dass die Bullen nach deiner Meinungsäußerung großes Interesse haben, dich zu schützen.

Wir sehen uns.

Ziemlich bald.

Wie in Trance überflog sie die anderen Postings, die sich entweder über die Polizei oder über den Troll ärgerten, der Eva unnötig provoziere. Anders als ihre regelmäßigen Besucher hielt sie diesen Menschen keineswegs für harmlos. Ehe sie zu ihrem Handy griff, schloss sie das Browserfenster, um nicht weiter mit der beängstigenden Botschaft konfrontiert zu werden. In den Telefonkontakten suchte sie zunächst nach der mittlerweile abgespeicherten Büronummer vom Inhaber der Webdienstleistungsfirma, die sie trotz der fortgeschrittenen Uhrzeit anwählte. Nach dem sechsten Freizeichen nahm ein Anrufbeantworter das Gespräch entgegen und forderte sie auf, eine Nachricht zu hinterlassen. Weil Eva dafür zu ungeduldig war, unterbrach sie die Verbindung und probierte es stattdessen auf Pfaffs Mobiltelefon, bei dem sie jedoch direkt zur Mailbox weitergeleitet wurde.

»Hallo, Herr Pfaff. Eva Haller. Entschuldigen Sie die späte Störung. Auf meiner Webseite ist schon wieder etwas Beunruhigendes passiert. Rufen Sie mich bitte umgehend an, sobald Sie das hier abhören. Sie erreichen mich mindestens bis Mitternacht. Und morgen früh ab sieben Uhr. Danke.«

Da sie vorläufig zur Untätigkeit verdammt war, verließ sie ihr Arbeitszimmer und lief auf die Terrasse, wo sie das Smartphone ablegte. Sie schleppte den Mulchsack ins Gartenhäuschen, das sie anschließend abschloss – obwohl sie das normalerweise nicht machte. Danach starrte sie wie hypnotisiert aufs Handy. Nach zehn Minuten ertrug sie das Warten nicht mehr. Also ging sie zurück zum Schreibtisch, um im Internet eine Servicenummer ihres Webproviders herauszusuchen. Tatsächlich gab es eine kostenfreie Hotline, die bis zweiundzwanzig Uhr besetzt war. Anstelle eines Freizeichens erklang nach dem Anwählen sofort eine männliche Computerstimme, die den Anrufer willkommen hieß und um ein wenig Geduld bat. Kaum hatte ruhige Instrumentalmusik eingesetzt, meldete sich ein Supportmitarbeiter.

»*For Your Information,* Meier. Was kann ich für Sie tun?«

»Haller. Guten Abend. Ich bin Kundin bei Ihnen und fürchte, mein Blog ist gehackt worden.«

Der Mitarbeiter schnaubte ungläubig. »Geben Sie mir bitte Ihre Kundennummer oder die Blogadresse.«

Eva nannte ihm die Adresse und legitimierte sich dann mit ihrem Geburtsdatum sowie der Nennung ihrer Bankverbindung.

»So«, sagte der Kundenbetreuer gedehnt. »Laut meiner Datenbank funktioniert Ihr Blog einwandfrei. Sie hatten heute einhundertsiebenundvierzig Zugriffe. Außerdem haben Sie einen Beitrag eingestellt. Wieso glauben Sie, Ihre Seite sei gehackt worden?«

»Ich bin mit Herrn Pfaff diesbezüglich im Gespräch. Leider konnte ich ihn vorhin nicht erreichen. Ich habe bei meinem heutigen Artikel die Kommentarfunktion deaktiviert, trotzdem –«

»Das ist richtig«, unterbrach er sie. »Anfangs hatten Sie die Funktion ausgeschaltet, um neunzehn Uhr vier haben Sie sie dann aber wieder freigegeben.« Sein arroganter Tonfall deutete darauf hin, dass er ihr Anliegen nicht ernst nahm.

»Um neunzehn Uhr war ich nicht einmal zu Hause«, entfuhr es ihr wütend.

»Neunzehn Uhr vier«, korrigierte er sie.

»Das war nicht der erste Angriff auf meine Homepage«, informierte Eva ihn. »Herr Pfaff hat mich deswegen bereits kontaktiert.«

»So ein Quatsch«, entgegnete der Kundenbetreuer. »Ich arbeite seit zweieinhalb Jahren hier. Unsere Server wurden in der ganzen Zeit kein einziges Mal angegriffen.«

»Behaupten Sie, ich lüge?«, fragte sie aufgebracht.

»Ich hatte in der Vergangenheit schon oft Kontakt mit Kundinnen, die uns die Schuld für ihr technisches Unvermögen in die Schuhe schieben wollten.«

»Von diesem Telefonat wird Herr Pfaff erfahren«, warnte sie ihn und legte zornig auf.

* * *

Am nächsten Morgen saß Eva ohne Appetit am Wohnzimmertisch und verzichtete sogar darauf, den Fernseher einzuschalten. Die neuesten Nachrichten interessierten sie ausnahmsweise überhaupt nicht; stattdessen wartete sie unruhig auf den bisher nicht erfolgten Rückruf.

Als das Telefon um Viertel vor acht endlich klingelte, griff sie hektisch nach dem Mobilteil und stieß beinahe den Orangensaft um. Die gelbe Flüssigkeit schwappte zwischen den Rändern des Glases hin und her, ehe es wieder fest auf der Tischplatte stand.

»Hallo, Herr Pfaff«, begrüßte sie den Anrufer, den sie anhand seiner Rufnummer identifiziert hatte.

»Guten Morgen. Ich habe Ihre Nachricht erst um ein Uhr früh abgehört. Da wollte ich Sie trotz Ihres Spezialpakets nicht aus dem Bett klingeln. Was ist passiert?«

Bevor sie ihn über den neuesten Vorfall in Kenntnis setzte, machte sie zunächst ihrem Ärger wegen der Behandlung, die ihr an der Hotline widerfahren war, Luft.

»Dafür kann ich mich nur entschuldigen«, sagte Pfaff betreten. »Für Sie nur zur Erklärung: Herr Meier steckt mitten in einem hässlichen Sorgerechtsstreit mit seiner Ex-Frau. Trotzdem hätte er Ihnen als Kundin mehr Respekt entgegenbringen müssen. Ich werde mit ihm darüber reden. Soll er sich danach bei Ihnen melden?«

»Darauf kann ich verzichten.« Dann kam Eva auf ihr eigentliches Anliegen zu sprechen. Sie berichtete Pfaff von der ausgeschalteten Kommentarfunktion, die ohne ihr Zutun wieder aktiviert worden war. »Und zu allem Überfluss behauptete dieser Meier, Ihre Firma sei in den letzten zweieinhalb Jahren nie angegriffen worden«, schloss sie ihre Ausführungen.

»An dieser Stelle muss ich ihn allerdings verteidigen«, entgegnete Pfaff. »Die meisten meiner Mitarbeiter wissen nichts von den Angriffen auf Ihren Blog. Ich wollte vermeiden, dass unsere Kunden davon erfahren. Deswegen ist lediglich ein IT-Experte eingeweiht. Letztlich sind wir ein kleiner Fisch. Wenn der Hackerangriff bekannt wird, können wir auf absehbare Zeit die Neukundenakquise komplett vergessen und würden wohl außerdem etliche Bestandskunden verlieren.« Er hustete kurz, ehe er ihr versprach, mit seinem Fachmann Rücksprache zu halten und ihr schnellstmöglich Bescheid zu geben.

* * *

»Dieser Eindringling ist verdammt gerissen«, erklärte ihr Pfaff eine Stunde später.

Eva saß vor dem PC und hatte bis zum erneuten Klingeln des Telefons eine denkbare Kapiteleinteilung für das Bogensportbuch skizziert.

»Er hat es geschafft, unsere verstärkten Sicherheitsvorkehrungen auszutricksen und kurzfristig die Kontrolle Ihres Blogs zu übernehmen. Außer der Aktivierung der Kommentarfunktion hat er allerdings keine weiteren Eingriffe vorgenommen. Die IP-Adresse ist übrigens einem thailändischen Rechner zugeordnet. Also hat er sie manipuliert. Sofern Sie das wünschen, stelle ich der Polizei die Protokolle zur Verfügung. Dann würden die sehen, dass der Hacker kein harmloser Spinner ist.«

Eva malte sich Grohls mögliche Reaktionen aus. Entweder würde er sich ähnlich abweisend verhalten wie bei ihrem Telefonat, oder sie müsste ihm dankbar sein, falls er Maßnahmen zu ihrem Schutz ergriff. Maßnahmen, von deren Wirksamkeit sie nicht überzeugt war. Die vorherigen Opfer hatten zuletzt wie Gefangene gelebt und waren am Ende doch gestorben. Über Wochen quasi eingesperrt zu sein – abgeschnitten von der Außenwelt –, konnte sie sich nicht vorstellen. Plötzlich kam ihr eine Idee, die sie möglicherweise aus dem Fokus des Mörders bringen könnte. »Das würde nichts nützen«, sagte sie. »Auf den

Leiter der Sonderkommission wirkt meine Arbeit wie ein rotes Tuch. Trotzdem danke.«

Sie unterhielten sich zwar noch ein wenig, aber mit ihren Gedanken war Eva längst woanders. Schließlich verabschiedeten sie sich voneinander, und Pfaff erneuerte seine Zusicherung, dass sie ihn zu jeder Uhrzeit anrufen dürfe.

Als sie aufgelegt hatte, überprüfte sie in ihrem elektronischen Kalender die anstehenden Verpflichtungen in den kommenden Tagen. Abgabetermine gab es keine, sonstige Aufgaben hatte sie nicht eingetragen. Deshalb griff sie zum Festnetztelefon, um ihre langjährige Freundin Moni zu kontaktieren. Nachdem sie eine Weile miteinander geplaudert hatten, kam Eva auf den eigentlichen Grund ihres Anrufs zu sprechen.

»Ist euer Ferienhaus auf Borkum derzeit belegt? Ich muss unbedingt das Konzept für ein Buch entwickeln, finde hier in Köln allerdings nicht die nötige Ruhe.«

»Wann brauchst du es denn?«

»Im Idealfall von heute bis nächsten Donnerstag.«

»Was für ein spontaner Entschluss. Das sieht dir wieder ähnlich«, lachte Moni. »Du hast Glück. Das Haus ist erst ab dem übernächsten Wochenende reserviert.«

Sie einigten sich auf einen Freundschaftspreis, und Moni erklärte ihr, welcher Nachbar aktuell die Schlüssel aufbewahrte.

Anschließend rief Eva den Vorsitzenden ihres Vereins an und bat ihn, für die folgende Trainingseinheit der Junioren einen Ersatztrainer zu besorgen, weil sie aus Recherchegründen verreisen müsse. Er erwähnte den Schnupperkurs, doch sie versprach ihm, bis dahin zurück zu sein.

Fünf Minuten später loggte sie sich in ihren Blog ein und entfernte schweren Herzens die beiden Beiträge, die sich um die Mordserie drehten. Sie hoffte, dass der Unbekannte dadurch das Interesse an ihr verlor. Wenn er lediglich ein Internettroll war, würde er wohl auf eine andere Spielwiese wechseln. Der Gedanke, mit den Veröffentlichungen den Mörder angelockt zu haben, ängstigte sie so sehr, dass sie ihn weit von sich wegschob.

Nachdem sie im Internet die Wettervorhersage für die Nordseeinsel aufgerufen hatte, packte sie innerhalb einer Stunde die benötigten Kleidungsstücke in eine große Reisetasche und verfrachtete sie zusammen mit ihrem Laptop und der Bogensportausrüstung in ihren Wagen. Von früheren Besuchen auf der Insel kannte sie die dortigen Übungsmöglichkeiten, sodass sie Gelegenheit haben würde, in ihrem Trainingsrhythmus zu bleiben. Zuletzt traf sie im Haus einige Vorkehrungen für ihre knapp einwöchige Abwesenheit und brach noch vor Mittag Richtung Eemshaven in den Niederlanden auf, von wo sie mit der Fähre übersetzen würde.

9

Zwei Tage, nachdem die beiden Artikel gelöscht worden waren, aktualisierte die Journalistin ihren Blog und postete etwas über ein belangloses Thema, das nur eine halbherzige Debatte auslöste. Danach passierte wieder nichts. Am vierten Tag wurde er deshalb misstrauisch und ortete ihre Handynummer. Er lokalisierte sie auf Borkum, womit sie für ihn außer Reichweite war. Er wollte nicht auf einer Insel zuschlagen, da die Überfahrt registriert werden würde. Ohnehin bestand kein Grund zur Eile – irgendwann würde sie zurückkehren. Um sich darauf vorzubereiten, fuhr er mit seinem Auto in die Wohngegend, in der sie lebte. Neben ihrem Haus, das vom Bürgersteig der kleinen Seitenstraße durch einen breiten Grünstreifen getrennt war, riegelte ein dunkelblaues Tor die Zufahrt zum Grundstück ab.

Das Gebäude wirkte alt und hatte viel Charme. Ihm gefielen vor allem die dunkelblauen Fensterläden, die einen schönen Kontrast zum ausgeblichenen Hellgelb des Außenanstrichs darstellten. Seine Recherchen hatten ergeben, dass das Haus in den Sechzigern von ihren Eltern erbaut worden war und 2006 nach dem Tod der Mutter in Eva Hallers Besitz übergegangen war.

Er parkte seinen Wagen in einer Querstraße und schlenderte seelenruhig zum Haus zurück. Sein Handy ans Ohr haltend, bewegte er gelegentlich die Lippen. Hinter den Fenstern nahm er keinerlei Bewegung wahr. Neben ihrer fast vollständig ausgebliebenen Internetaktivität war dies ein weiteres Indiz dafür, dass sie vorübergehend untergetaucht war. Mittlerweile ärgerte er sich, dem Drang nachgegeben zu haben, sie auf ihrer Homepage zu bedrohen. Doch die Verlockung war zu groß gewesen. Außerdem konnte sie nicht ausschließen, dass der Verfasser der Kommentare lediglich ein harmloser Spinner war. Und für einen Internettroll gab niemand dauerhaft sein Leben auf.

Nachdem er zu seinem Pkw zurückgekehrt war, suchte er sich eine Beobachtungsposition, von der er ihr Eigenheim ungestört observieren konnte.

Einige Stunden später verschaffte er sich im Schutz der Dunkelheit Zugang zum Haus. Das Türschloss stellte kein Hindernis für ihn dar. Im Inneren nutzte er eine matte Taschenlampe, um sich zu orientieren. Rasch fand er das Schlafzimmer, wo ihn hauptsächlich das Bett und der Inhalt des Kleiderschranks interessierten. Auf dem Rand der Matratze sitzend, malte er sich ihre Vereinigung aus. Besonders den Moment, in dem er ihren Widerstand brechen würde.

Kurz darauf öffnete er nacheinander die sechs Türen des breiten Holzschranks. In einer Schublade entdeckte er schließlich ihre Unterwäsche. Er griff hinein und zog einen tief unten liegenden weißen Spitzenslip heraus. Erneut war die Versuchung übermächtig. Also ließ er den Slip in seiner Hosentasche verschwinden – in der Überzeugung, dass ihr der Diebstahl nicht auffallen würde. Ohnehin würde er bei der ersten Gelegenheit zuschlagen.

* * *

An der Nordsee tankte Eva ausreichend Kraft, um nicht nur das Buchkonzept zu erstellen, sondern auch gleich noch ein Probekapitel zu verfassen. Beides mailte sie an den Verleger, der ihr eine schnelle Prüfung zugesagt hatte.

Während des Aufenthalts registrierte sie erleichtert, dass auf ihrer Webseite keine weiteren beunruhigenden Botschaften hinterlassen wurden. Dabei hätte der Unbekannte jeden anderen Beitrag für seine Zwecke missbrauchen oder mit seinen technischen Möglichkeiten ihren kompletten Blog zerstören können. Sie wusste nicht, warum sie in das Visier dieses Hackers geraten war, doch langsam hoffte sie, dass er das Interesse an ihr verloren hatte.

Dementsprechend gut gelaunt packte sie am Donnerstagmorgen ihre Sachen ein und nahm um halb elf vormittags die Fähre nach Eemshaven.

»Willkommen daheim«, flüsterte Eva, als sie zu Hause über die Türschwelle trat. Sie holte ihren Laptop aus dem Seitenfach der Reisetasche, ehe sie die mitsamt der schmutzigen Wäsche in den Keller brachte. Als sie im Waschraum gerade den Reißverschluss des Hauptfachs öffnete, glaubte sie, von oben ein ungewohntes Geräusch zu hören. Lauschend hielt sie inne. Nun war es wieder still. Hatte sie sich das Geräusch bloß eingebildet? Sie erhob sich aus der Hocke und machte ein paar Schritte in den Flur. Falls sie wirklich gedacht hatte, ihre angespannten Nerven hätten sich auf der Nordseeinsel beruhigt, wurde sie eines Besseren belehrt. Sie schlich ins Erdgeschoss, wo es nach ihrer knapp einwöchigen Abwesenheit abgestanden roch. Zuerst kontrollierte sie das Wohnzimmer, anschließend ging sie in die Küche und dann ins Schlafzimmer, wo sie genauso wenig etwas Ungewöhnliches entdeckte wie im Arbeitszimmer nebenan.

»Hysterische Kuh«, murmelte sie mürrisch. »Reiß dich gefälligst zusammen.«

* * *

Zu ihrer Überraschung fehlte Jochen zu Beginn des Schnupperkurses am Spätnachmittag. Aber gerade, als sie mit den übrigen Teilnehmern die Wurfarme in die Mittelteile der Bögen einsteckte und Hilfestellung beim Einspannen der Sehnen gab, fuhr ein Wagen mit leicht überhöhter Geschwindigkeit auf den Parkplatz. Jochen stieg hektisch aus, schloss sein Auto ab und schlängelte sich durch die Reihen der geparkten Fahrzeuge. Nachdem er den Sportplatz betreten hatte, kam er im Lauftempo auf sie zu.

»Entschuldige die Verspätung«, japste er. »In meiner Firma ist das Chaos ausgebrochen. Manchmal frage ich mich, wofür ich fünf Angestellte bezahle, wenn ich am Ende trotzdem alles selbst erledigen muss.«

Eva zuckte mit den Schultern. »Kein Problem. Richtig zu spät bist du ja gar nicht.« Sie wandte sich an die anderen. »Wer es sich zutraut, geht schon einmal an die Schießlinie und legt los. Ansonsten wartet auf uns.«

Sie half dem Nachzügler bei den Vorbereitungen, gewann dabei allerdings den Eindruck, dass er sich absichtlich ungeschickt anstellte. Als ihm der Klettverschluss des Unterarmschutzes aus den Fingern rutschte, stöhnte er genervt.

»An Tagen wie heute spiele ich mit dem Gedanken, die Firma zu verkaufen und mich zur Ruhe zu setzen. Angebote gibt's dafür genug.«

Eva trat dicht an ihn heran, um ihm beim Anlegen des Ausrüstungsteils behilflich zu sein. Dankbar hielt er ihr den Arm entgegen.

»In welcher Branche bist du tätig?«

»Werbung«, antwortete er stolz. »Ich habe mich auf Kleinkunden spezialisiert, die Broschüren, Flyer, Einladungskarten und Ähnliches benötigen. Eine Goldgrube, sofern man vernünftigen Service bietet. Klar, im Internet bekommt man das minimal günstiger – bei mir wird der Kunde hingegen zu fairen Konditionen erstklassig beraten. Falls der Verein mal Werbematerial benötigt, sagt mir Bescheid. Ich würde einen Sonderrabatt gewähren.«

»Das leite ich gern an unseren Vorsitzenden weiter.«

»Du bist Journalistin, oder?«

Erstaunt sah sie ihn an. »Woher weißt du das?«

Er grinste verschmitzt. »Sorry. Aber nachdem ich eine so attraktive Frau kennengelernt hatte, musste ich dich einfach googeln. Dein Blog ist total lesenswert.«

»Schleimer«, erwiderte Eva lächelnd. Sie machte einen Schritt nach hinten und überprüfte seine Ausrüstung.

»Das war nicht gelogen«, widersprach er.

»Genau. Die meisten Männer, die mir begegnen, interessieren sich wahnsinnig für feministische Themen.«

»Ich bin halt modern.«

* * *

Nach dem Kurs suchte Jochen noch die Vereinstoiletten auf. Die übrigen Teilnehmer verabschiedeten sich von Eva und verließen das Trainingsgelände.

»Last in, last out. Zuletzt gekommen, zuletzt gegangen«, lachte er, als er zurückkam. »Passt doch.« Er deutete auf das Sportmaterial, das sich hinter der Markierungslinie stapelte. »Brauchst du Hilfe beim Wegräumen?«

»Das schaffe ich allein, kein Problem.«

»Was ich mich schon die ganze Zeit frage: Könnte man dich für eine private Trainingsstunde engagieren? Natürlich gegen Bezahlung.«

Jochen hatte während der gesamten Übungseinheit versucht, ihre Aufmerksamkeit zu gewinnen, und einige lahme Flirtsprüche von sich gegeben. Seine schießtechnischen Fortschritte hinkten dafür im Vergleich zu denen der übrigen Gruppenmitglieder hinterher. Vor allem bekam er keine vernünftige Körperspannung hin, was vor dem Lösen der Sehne absolut notwendig war. Sie hoffte für ihn, dass er etwas mehr Talent besaß, als er bislang demonstriert hatte. Anderenfalls hätte er sich die Investition in den Kurs sparen können.

»Einzelstunden gebe ich leider nicht«, antwortete sie mit gespieltem Bedauern, um ihn nicht vor den Kopf zu stoßen.

»Wie wäre es mal mit einem Abendessen?«, erwiderte er.

Sie fragte sich, ob sie in irgendeiner Weise missverständliche Signale ausgesendet hatte. Sein lauernder Blick verriet, dass er sich offenbar große Hoffnungen machte.

»Das geht nicht«, sagte sie eine Spur schärfer als erforderlich. »Mein Freund ist in dieser Hinsicht sehr eifersüchtig.« Eva nutzte eine Strategie, die sie ihren Leserinnen in einem Blogbeitrag zum Abwimmeln aufdringlicher Verehrer empfohlen hatte. Die Aussicht, Ärger mit einem zur Eifersucht neigenden Partner zu bekommen, wirkte auf manche Männer abschreckend.

»Oh, ich will dich nicht in Schwierigkeiten bringen«, entgegnete er. »Dann ziehe ich meinen Vorschlag lieber zurück.« Mit zusammengepressten Lippen blickte er auf seine Schuhspitzen, bis er sich zu einem gequält wirkenden Lächeln aufraffte. »Wenn du wirklich keine Hilfe beim Aufräumen benötigst, mache ich mich jetzt auf den Weg.«

»Okay.«

Er verabschiedete sich und trottete mit gebeugter Körperhaltung davon. Fast tat es Eva leid, ihn mit einer Lüge abgespeist zu haben. Doch wenn er dadurch die Hoffnungslosigkeit seines Unterfangens einsehen würde, hatte sie ihm letztlich einen Gefallen getan.

10

Gegen halb acht las Eva an ihrem Schreibtisch eine neu eingetroffene E-Mail des Sportbuchverlegers. Sowohl das Konzept als auch das Probekapitel erfüllten seine Erwartungen, weswegen er ihr einen Verlagsvertrag inklusive eines Garantiehonorars anbot. Mit am Hinterkopf verschränkten Händen lehnte sie sich im Bürostuhl zurück und lächelte. Da sie das Honorar für das laufende Jahr nicht eingeplant hatte, würde sie es für eine besondere Anschaffung nutzen. Bevor sie die Liste der infrage kommenden Gegenstände gedanklich fertiggestellt hatte, knallte im Haus plötzlich ein Fenster. Erschrocken zuckte Eva zusammen. Ihr fiel ein, dass sie bei ihrer Rückkehr vom Training wegen des abgestandenen Geruchs drei Fenster und die Terrassentür geöffnet hatte. Sie stand auf, durchquerte zügig die Räume bis zum Wohnzimmer und trat nach draußen. Die Gartenpflanzen schienen durch ihre Abwesenheit keinen Schaden genommen zu haben. Nur den Rasen würde sie morgen früh mähen müssen – vorausgesetzt, die dunklen Wolken kündigten keinen Wetterumschwung mit anhaltendem Regen an.

Da sie nur ein T-Shirt trug, fröstelte sie, als ihr ein kühler Luftzug über die Haut fuhr. Trotzdem blieb sie noch eine Weile im Freien, um etwas Unkraut auszurupfen, das sich in den Fugen zwischen den Steinplatten ausgebreitet hatte. Erst nachdem das erledigt war, ging sie wieder hinein und schloss nach der Tür auch die Fenster.

Anschließend mixte sie sich in der Küche einen Kirsch-Bananen-Saft und dachte an den Blog. Schon seit Längerem überlegte sie, ihre Meinung zu einer geplanten Gesetzesänderung, die hauptsächlich alleinerziehende, berufstätige Frauen benachteiligen würde, ins Netz zu stellen. Die in Aussicht stehende Buchveröffentlichung beflügelte sie; in einer solchen Stimmung konnte sie normalerweise bis spät in die Nacht schreiben. Folglich war die Gelegenheit günstig, dieses schwierige Thema anzupacken. Sie trank einen kleinen Schluck und schüttete anschließend ein bisschen Kirschsaft nach. Mit dem Glas in der Hand lief sie zurück ins Arbeitszimmer, wo sie durch kurzes Ruckeln an der Maus den Bildschirmschoner deaktivierte. In der Lesezeichenliste des Browsers klickte sie auf die Startseite ihrer Homepage.

Als sich die Seite aufgebaut hatte, sog sie vor Schreck die Luft ein.

Anhand der Übersicht war erkennbar, dass beide Berichte über die Mordserie inklusive der dazugehörigen Kommentare wieder online zugänglich waren.

Bevor sie sich von dem Schock erholt hatte, hörte sie ein seltsames Geräusch. Ihr auf Hochtouren arbeitendes Gehirn fragte sich nun, warum vorhin ein Fenster zugeschlagen war. Eigentlich passierte so etwas ausschließlich bei Durchzug, dabei waren nur die Fenster im Wohnzimmer geöffnet gewesen. War der Luftzug von einer kurzzeitig offenen Haustür erzeugt worden?

Mit schreckgeweiteten Augen starrte sie Richtung Schlafzimmertür. Weder die noch die Tür zum Arbeitszimmer ließen sich abschließen. Sie hatte die Schlüssel vor vielen Jahren in eine Dose gepackt und in die Abstellkammer verbannt.

Falls sich jemand in ihrem Haus aufhielt, gab es für sie nur eine einzige Chance, der Gefahr zu entkommen.

Eva sprang vom Schreibtisch auf und rannte ins Schlafzimmer. Von einem Eindringling war zwar bislang nichts zu erkennen, trotzdem zweifelte sie nicht an ihrer Intuition. So leise wie möglich schloss sie die Tür. Daneben stand der Schrank für die Bogensportutensilien, den sie jetzt genau vor den Zugang schob. Dauerhaft würde er den Fremden nicht aufhalten können, aber vielleicht verschaffte ihr diese Barriere die benötigte Zeit. Hektisch riss sie die Glastüren auf, griff nach den einzelnen Teilen des Sportbogens und legte sie aufs Bett. Normalerweise baute sie den Bogen in aller Ruhe und in einer bestimmten Reihenfolge zusammen – nun jedoch würde ihre Unversehrtheit von ihrer Schnelligkeit abhängen. Sie nahm das Mittelteil, an dem sie einen der beiden Wurfarme arretierte. In diesem Augenblick wurde die Türklinke heruntergedrückt. Obwohl sie damit gerechnet hatte, stöhnte sie erschrocken auf. Jetzt wusste er, dass sie vorgewarnt war. Sein Versuch, die Tür zu öffnen, wurde zunächst vom Schrank aufgehalten. Eva setzte den zweiten Wurfarm ein. Unterdessen warf sich jemand von außen gegen die Tür, wodurch das davorstehende Möbelstück einige Zentimeter in den Raum geschoben wurde. Eva spannte die Sehne mit zittrigen Fingern ein. Dann zog sie sich bis zum Durchgang ins Arbeitszimmer zurück. Sie musste ein paar Meter Abstand zwischen sich und den Angreifer bringen, damit der Pfeil so stark beschleunigt wurde, dass er ihn verletzen konnte.

Während sie einen Pfeil auf die Auflage des Bogens platzierte, änderte der Eindringling seine Vorgehensweise. Statt das Hindernis mit roher Gewalt beseitigen zu wollen, drückte er jetzt systematisch dagegen. Zwar erschwerte der flauschige Teppich seine Bemühungen, doch verzweifelt sah Eva mit an, wie der Türspalt immer breiter wurde.

Sie klemmte die Pfeilspitze an die Sehne. Bei Wettbewerben schoss sie grundsätzlich mit einem Visier, aber für diese kurze Distanz benötigte sie keine Zielvorrichtung.

Schussbereit wartete sie.

Laut polternd kippte der Schrank um. Die Glastüren gingen durch das Gewicht der Massivholzkonstruktion beim Aufprall auf den Boden zu Bruch. Nun war es für den Unbekannten ein Leichtes, in den Raum zu gelangen.

Der Maskierte war vollständig in Schwarz gekleidet. Er trug Jeans, einen locker sitzenden Pullover und eine Wollmaske mit schmalen Augenschlitzen. Da die Kleidung nicht eng am Körper anlag, konnte Eva kaum Rückschlüsse auf die Figur des Mannes ziehen. Er schien schlank und größer als sie zu sein. Lediglich die strahlend hellblauen Augen stachen aus der Maske hervor. Sie wirkten allerdings völlig unnatürlich – so, als würde er farbige Kontaktlinsen tragen.

Er starrte sie an, ohne ein Wort zu sagen.

Eva hielt seinem Blick stand. Sollte er sich auch nur einen Schritt auf sie zubewegen, würde sie schießen. Da sie ahnte, dass ihr keine Zeit bliebe, einen zweiten Pfeil einzulegen, verfolgte sie jedoch zunächst eine andere Taktik.

»Ich bin mehrfache deutsche Meisterin«, sagte sie betont ruhig. »Ich werde hundertprozentig treffen.«

Falls er das Zittern ihrer Arme bemerkte, führte er es hoffentlich auf ihre Angst zurück. In Wahrheit hielt sie den Bogen mittlerweile deutlich länger in Schussposition, als sie es jemals bei einem Turnier gemacht hatte. Da sie Wurfarme mit einem Zuggewicht von sechsunddreißig Pfund benutzte und das Mittelteil zudem einige Kilogramm wog, befürchtete sie, dass entweder ihr linker Arm jeden Moment nach unten sacken könnte oder die Finger ihrer rechten Hand die Sehne unkontrolliert loslassen würden.

»Willst du es darauf ankommen lassen?«, fragte sie.

Er bewegte sich noch immer nicht. Doch als sie mit der Pfeilspitze sein Herz anvisierte, um ihn mit etwas Glück durch einen einzigen Schuss niederzustrecken, trat er nach hinten und zog die Tür von außen zu. Eva wartete, ob er sie mit einem Trick überrumpeln wollte. Bis sie die Anspannung trotz des Adrenalins im Körper nicht mehr aushielt. Vorsichtig brachte sie die Sehne in die Ausgangslage zurück und senkte danach die linke Hand, mit der sie das Mittelstück umklammert hatte. Ihre Muskeln protestierten gegen die vorausgegangene Überanstrengung. Wenn er nun in den Raum hineingestürmt käme, wäre sie niemals rechtzeitig schussbereit.

Sie schlich wegen der Scherben behutsam nach vorn und schob mit beiden Händen den auf dem Boden liegenden Schrank bis zur Tür. Das würde ihr im Fall eines versuchten Überraschungsangriffs ein wenig Zeit verschaffen.

Als Nächstes musste sie dringend die Polizei alarmieren.

»Oh nein«, flüsterte sie, als ihr klar wurde, dass das Mobilteil des Telefons in der Basisstation steckte, die im Wohnzimmer stand. Hektisch tastete sie ihre Hosentaschen ab und sah sich im Arbeitszimmer um, aber auch das Handy befand sich nicht in Reichweite. Sie hatte es nach dem Training anscheinend nicht aus der Jackentasche genommen.

Also musste Eva vorläufig warten. Ihr Blick hetzte zwischen der Tür und der Fensterfront hin und her, damit er keine Chance hatte, sie von draußen zu überraschen. Sollte sie durch den Garten fliehen? Doch die Risiken erschienen ihr zu groß. Er könnte sie beim Hinausklettern erwischen oder ihrem Pfeil im Freien besser ausweichen.

Nachdem sich ihre Arme so anfühlten, als könnten sie erneut einen gespannten Bogen halten, packte sie den Schrank und zog ihn von der Tür weg. Dann griff sie nach dem Sportgerät und stieg über die Glasscherben hinweg. Nun kam der kritischste Moment. Sollte er hinter der Tür lauern, könnte er sie mühelos nach dem Öffnen überwältigen.

Eva legte die rechte Hand auf die Klinke, drückte sie rasch hinunter und riss die Schlafzimmertür auf. Dabei stieß sie einen Schrei aus, um ihn zu erschrecken. Gleichzeitig brachte sie die Sportwaffe in Schussposition.

Langsam bewegte sie sich vorwärts. Von dem Eindringling war nichts zu sehen. Trotzdem hielt sie ihre Spannung aufrecht. Für die kurze Strecke bis zum Sideboard, auf dem das Telefon stand, benötigte sie eine halbe Minute. Dort angekommen, führte sie die Sehne zurück in die Ausgangsposition und schnappte sich das Mobilteil. Bevor sie den Notruf wählte, rannte sie ins Schlafzimmer, wo sie sich wieder verbarrikadierte.

Eine Frau mit angenehm ruhig und kompetent klingender Stimme nahm das Gespräch entgegen. Die Stimme half ihr, die Panik niederzukämpfen und den Sachverhalt präzise zu schildern.

»Glauben Sie, dass der Einbrecher noch in Ihrem Haus ist?«

»Ich habe nicht vor, das herauszufinden«, erwiderte Eva. »Ihre Kollegen finden mich im Schlafzimmer. Sie sollen durch den Garten kommen und so auf sich aufmerksam machen. Benachrichtigen Sie außerdem Polizeirat Grohl. Ich bin überzeugt, dass es sich bei dem Mann um den Serienmörder handelt, den die Soko *Wiederkehr* bislang nicht fassen konnte.«

11

Als zwei Streifenpolizisten mit gezogenen, nach unten gerichteten Pistolen in ihrem Blickfeld auftauchten, seufzte Eva erleichtert. Die letzten Minuten waren ihr wie Stunden vorgekommen. Sie legte den Bogen aufs Bett und klopfte gegen die Fensterscheibe. Einer der Polizisten nickte ihr zu und gab seinem Kollegen Anweisungen. Dann trat er ans Arbeitszimmerfenster, das sie leise öffnete.

»Polizeiobermeister Wenger«, stellte er sich flüsternd vor. »Die Leitzentrale hat uns informiert. Ist seit Ihrem Anruf noch etwas passiert?«

»Nein. Zumindest habe ich nichts gehört«, antwortete Eva. »Ich vermute, der Eindringling ist mittlerweile verschwunden.«

»Von außen kann ich niemanden entdecken«, rief der um einige Jahre jüngere zweite Beamte, nachdem er durch die Fensterfront im Wohnzimmer geschaut hatte.

»Soll ich zu Ihnen ins Zimmer klettern oder öffnen Sie uns die Terrassentür?«, fragte Wenger.

Eva warf einen Blick auf ihren cremefarbenen Teppichboden, den sie nie mit Schuhen betrat. Möglicherweise hatte der Polizist Lehm unter den Füßen. Ein absurder Gedanke in Anbetracht der Lebensgefahr, in der sie schwebte. Immerhin bestand die Möglichkeit, dass der Serienmörder im Flur lauerte, um sie als Geisel zu nehmen, weil er das Haus nicht rechtzeitig vor Eintreffen der Polizei verlassen hatte. Ein verschmutzter Teppich wäre wohl das kleinere Übel. Sie streckte dem Mann, der zunächst seine Dienstwaffe ins Holster schob, eine Hand entgegen. Er packte ihr Handgelenk, schwang sein rechtes Bein auf das äußere Fensterbrett und kletterte mühevoll hinein. Anschließend winkte er seinen Kollegen herbei, der ihm deutlich geschickter folgte.

»Du schiebst den Schrank von der Tür weg«, übernahm Wenger das Kommando, »während Sie bitte dort bleiben.«

Eva sah zu, wie die beiden gemeinsam ans Werk gingen. Der Jüngere schob das Möbelstück so weit beiseite, bis es nicht mehr den Zugang blockierte; der Ältere positionierte sich einsatzbereit im Hintergrund.

»Wir werden uns jetzt Raum für Raum vornehmen«, erläuterte Wenger. »Wie viele Zimmer sind es insgesamt?«

»Hier im Erdgeschoss sind noch das Wohnzimmer, die Küche, ein Bad und eine Abstellkammer«, sagte Eva. »Unten im Kellergeschoss – «

Plötzlich erklang aus dem am Gürtel hängenden Funkgerät des jüngeren Polizisten eine weibliche Stimme.

»Zentrale an Foxtrott sieben. Polizeirat Grohl und seine Stellvertreterin sind informiert und mit einigen Beamten auf dem Weg zu Ihnen. Wie ist die Lage vor Ort?«

»Beuster hier«, antwortete der Mann. »Die Hausbewohnerin ist wohlauf. Wir überprüfen derzeit die Räumlichkeiten.«

»Zentrale hat verstanden. Ende.«

Der Streifenpolizist blickte seinen dienstälteren Partner fragend an. »Sollen wir auf den Polizeirat warten?«

»Damit er uns die Hölle heißmacht, weil wir das Haus nicht gründlich inspiziert haben? Auf den Rüffel verzichte ich lieber.«

In Evas Ohren klang das so, als hätte Wenger bereits früher unangenehme Erfahrungen mit Grohl gemacht.

»Wir waren bei den Kellerräumlichkeiten stehen geblieben«, fuhr der Beamte fort.

»Eine kleine Hausbar, der Heizungskeller, ein Gästezimmer und ein weiteres Badezimmer.«

»Okay. Dann mal los.«

Wenger stand schussbereit drei Schritte von der Tür entfernt, als Beuster sie aufriss und gleichzeitig mit der anderen Hand seine Dienstpistole zog.

»Niemand zu sehen«, sagte der ältere Polizist.

Langsam ging er den Flur entlang, sein Kollege folgte ihm.

Kaum war sie wieder allein, griff Eva vorsichtshalber zum Bogen. Sollte jemand einen Schuss abfeuern, würde sie ihn bis zum Eintreffen der Sokomitglieder einsatzbereit halten.

»Gesichert«, rief Wenger kurz darauf aus dem Wohnzimmer.

Der Ruf wiederholte sich dreimal, ehe sich die Männer auf den Weg in den Keller machten. Als sie mit der Nachricht zurückkehrten, dass von dem Einbrecher jede Spur fehlte, setzte sich Eva erschöpft aufs Bett. Unwillkürlich erfasste ein Zittern ihren ganzen Körper.

Wenger nahm neben ihr Platz. »Sie haben es geschafft«, tröstete er sie und legte ihr mitfühlend einen Arm um die Schultern. »Ihnen ist nichts passiert. Es ist vorbei.«

Doch Eva fürchtete, dass sich der Beamte irrte. Für den Killer hatte das grausame Spiel wahrscheinlich gerade erst begonnen.

* * *

Ein Mitglied des Spurensicherungsteams kam ins Wohnzimmer, wo sich Eva zusammen mit Ferdinand Grohl und dessen Stellvertreterin Andrea Traunstein aufhielt.

»Wir bauen das Haustürschloss aus, um es im Labor nach Spuren von Lockpicking zu untersuchen«, informierte sie der Mann.

Grohl nickte zustimmend.

»Lockpicking?«, fragte Eva. »Was ist das?«

»So bezeichnet man das Aufsperren von Schlössern ohne den passenden Schlüssel«, erläuterte der Polizist. »Bei den vorangegangenen Mordfällen haben wir Hinweise gefunden, die auf ein bestimmtes Werkzeug –«

»Danke für diesen Vortrag«, unterbrach ihn Grohl. »Allerdings dürfen wir nicht vergessen, dass wir einer Journalistin gegenübersitzen, die solche Details möglicherweise an die Öffentlichkeit trägt.«

»Unterstellen Sie mir, indiskret zu sein?«, geriet Eva aus der Fassung.

Grohl zuckte mit den Achseln. »Ich unterstelle gar nichts. Als Leiter der Sonderkommission bin ich jedoch grundsätzlich vorsichtig, wenn es darum geht, Sachverhalte preiszugeben.«

»Wir haben bereits einen Schlüsseldienst informiert«, fuhr der Spurensicherungsbeamte fort. »Innerhalb der nächsten halben Stunde kommt jemand her und baut ein neues Schloss ein.«

»Danke.«

»Haben Sie in den letzten Wochen vielleicht einen Schlüssel verloren?«, fragte der Polizeirat.

»Nein«, entgegnete sie.

»Sicher? Ich zweifle nämlich daran, dass es sich bei dem Einbrecher um den gesuchten Mehrfachmörder handelt.«

Sowohl Grohls Körpersprache als auch seine herablassende Art, mit ihr zu reden, machten sie rasend.

»Wie kommen Sie zu dieser Meinung?«, empörte sie sich.

»Der Mörder hat mehrere Polizeiteams ausgeschaltet. Teilweise auf sehr raffinierte Weise. Wäre er wirklich abgehauen, nur weil Sie ihn mit Pfeil und Bogen bedrohen? Ich kann's mir nicht vorstellen.«

»Ich bin deutsche Meisterin und ziemlich treffsicher. Es tut mir leid, wenn ich Ihnen mit meinen Artikeln auf die Füße getreten bin. Aber Sie können nicht die Augen vor den Fakten verschließen.« Sie wandte sich seiner Stellvertreterin zu. »Mein Blog wurde von einem hochprofessionellen Hacker gekapert. Wenige Tage später dringt ein schwarz gekleideter Maskierter hier ein, dessen Absicht ja wohl offensichtlich ist. Um Diebesbeute ging es dem Mann eindeutig nicht.« Plötzlich hielt sie inne, denn sie erinnerte sich an eine Pressekonferenz, in der Grohl gefragt worden war, wie der Täter an die Adressen der Schutzwohnungen hatte gelangen können. Der Polizeirat hatte keine Antwort gegeben. »Die Polizeiserver wurden ebenfalls gehackt, richtig? Woher sonst hätte der Killer wissen können, wo Sie die Opfer versteckt hatten?«

Traunstein verzog die Lippen, sagte allerdings nichts. Diese Reaktion reichte Eva als Eingeständnis. Sie hatte mit ihrer Theorie recht.

»Entweder er hatte Zugriff auf Ihre Daten, oder es gibt ein Leck bei der Polizei.«

»Hören Sie mit solch haltlosen Behauptungen auf!«, fauchte Grohl. Ruckartig erhob er sich. »Traunstein, wir müssen uns ungestört unterhalten.«

Die Kriminaloberkommissarin folgte ihrem Chef, der auf die Terrasse stürmte. Eva blieb sitzen, um in Ruhe über die Situation nachzudenken.

* * *

»Zweifeln Sie ernsthaft daran, dass es sich um denselben Täter handelt?«, fragte Traunstein ungläubig.

Grohl lehnte mit dem Rücken an dem kleinen Gartenhäuschen und zündete sich eine Zigarette an. Es dämmerte zwar, doch weil im Inneren des Hauses in jedem Raum Licht eingeschaltet war, konnte sie seinen Gesichtsausdruck analysieren. Grohl schien tatsächlich Bedenken zu haben.

»Dass er kein Wort gesprochen hat, stimmt mit den Berichten der anderen Frauen überein«, erinnerte sie ihn. »Das haben wir absolut geheim gehalten. Bei seinem ersten Auftauchen hat er bislang immer geschwiegen.«

»Vielleicht ein Zufall. Der Eindringling könnte ein Bekannter von ihr sein, der sich nicht durch seine Stimme verraten wollte. Oder ein verschmähter Liebhaber. Wir sollten ihr Liebesleben ausführlich unter die Lupe nehmen.«

»Sie entspricht dem Opferschema.«

»Dem vermeintlichen Schema«, korrigierte Grohl. »Für diese Theorie existiert kein stichhaltiger Beweis.«

»Aber mit jedem neuen Opfer wird sie wahrscheinlicher. Haller passt perfekt. Ich habe mir vorhin ihre Homepage angesehen. Auch sie setzt sich für die Rechte von Frauen ein.«

»Meine Anweisung gilt nach wie vor«, warnte sie der Polizeirat. »Dieser Ermittlungsansatz gelangt nicht an die Öffentlichkeit. Außerdem besteht keine äußerliche Ähnlichkeit mit den letzten Toten.«

»Gewähren wir ihr Polizeischutz?«, erkundigte sich Traunstein. »Ich bin überzeugt, er ist wegen ihres Widerstands verschwunden. Vorher hatte er es noch nie mit einer bewaffneten Frau zu tun.«

Grohl ließ seine Zigarette fallen und trat sie auf dem Rasen aus. »Bewaffnet?«, entfuhr es ihm spöttisch. »Herrje, sie hatte Pfeil und Bogen.«

»Aus so kurzer Entfernung wäre ein Treffer bestimmt tödlich gewesen.«

»Falls sie getroffen hätte.«

»Sie ist überzeugt davon.«

Grohl zuckte mit den Achseln. »Ich an seiner Stelle hätte es riskiert. Einen Angriff vortäuschen, sie schießt, er weicht aus, und schon wäre sie wehrlos.«

»Oder er wäre verletzt.«

Das Mitglied des Spurensicherungsteams, das sie über den Ausbau des Schlosses informiert hatte, kam zu ihnen nach draußen.

»Wir sind fertig. Außer am Haustürschloss gibt es keine vielversprechenden Spuren.«

»Wie lautet Ihre Einschätzung?«, wollte Traunstein wissen. »War es derselbe Täter?«

»Es sieht zumindest so aus, als sei das gleiche Werkzeug benutzt worden. Ich schaue mir das umgehend im Labor an und informiere Sie dann.«

»Wir sollten sie ins Schutzprogramm aufnehmen«, schlug die Oberkommissarin vor. »Mir scheint die Spurenlage eindeutig.«

* * *

»Die Spurensicherung ist abgeschlossen«, sagte Grohl, nachdem er zusammen mit Traunstein zurückgekehrt war.

»Das weiß ich bereits von Ihrem Kollegen«, erwiderte Eva. In den letzten Minuten hatte sich ihr Zorn auf den Polizeirat noch verstärkt, was sie nicht verbergen konnte. Mit verschränkten Armen starrte sie ihn finster an.

»Wahrscheinlich wissen wir im Laufe des morgigen Vormittags, ob die Spuren an der Haustür mit denen übereinstimmen, die an den anderen Tatorten gefunden wurden«, fuhr der Mann unbeeindruckt fort. »Obwohl ich bezweifle, dass der Einbrecher der gesuchte Serienmörder ist, biete ich Ihnen Polizeischutz an. Sollten Sie sich darauf einlassen, müssen Sie klare Regeln befolgen. Am wichtigsten: Niemand darf Ihren Aufenthaltsort erfahren. Weder Verwandte noch Freunde. Da der Mörder offensichtlich über ausgezeichnete Computerkenntnisse verfügt, würde ich Ihnen dringend davon abraten, E-Mails zu schreiben oder das Handy zu benutzen. Mobiltelefone können geortet, E-Mails zurückverfolgt werden. Es wäre Ihnen untersagt, den Blog zu aktualisieren. Falls Sie Schriftstücke zu versenden haben, würden Sie diese den Polizisten vor Ort aushändigen, die sie weiterleiten. Mir ist bewusst, was für einen Einschnitt das darstellt, andererseits ist ein solch vorübergehender Komfortverlust wohl dem Verlust des eigenen Lebens vorzuziehen.«

»Komfortverlust?«, schnaubte Eva. »So bezeichnen Sie also die Aussicht, wie eine Gefangene behandelt zu werden.«

»Es zwingt Sie niemand – «

»Ganz recht! Zwingen können Sie mich glücklicherweise nicht. Zumal es den anderen Frauen nichts gebracht hat. Schließlich hat er bis jetzt jede erwischt.«

»Wofür ich in Ihren Augen die Verantwortung trage«, entfuhr es Grohl verbittert.

Bevor sie den Schlagabtausch fortsetzen konnten, setzte sich Traunstein zu Eva auf die Couch. »Beenden wir doch diesen albernen Streit. Frau Haller, ich verstehe Ihre Bedenken. Aber kommen Sie wenigstens mit uns, bis wir die Spuren am Schloss ausgewertet haben.«

»Warum sollte ich darauf warten? Ich bin überzeugt, dass *er* es war.«

»Dann müssen Sie untertauchen. Oder wollen Sie ihm wehrlos ausgeliefert sein? Beim nächsten Mal schaffen Sie es vielleicht nicht rechtzeitig, sich zu bewaffnen.«

»Ich habe nicht vor, hierzubleiben. Ich verzichte nur auf Ihre Unterstützung beim Untertauchen.«

»Alles klar«, sagte Grohl. »Ihre Entscheidung. Ich belasse

einen Streifenwagen vor dem Haus, bis der Schlüsseldienst kommt. Kann ja nicht mehr ewig dauern. Sollten Sie allerdings in Ihrem Blog behaupten, wir hätten Ihnen keinen Schutz angeboten, werde ich Sie wegen Verleumdung anzeigen.«

Eva lächelte abfällig. »Ihr Ruf scheint Ihnen das Allerwichtigste zu sein.«

»Nein«, entgegnete Grohl. »Ich habe bloß ein Problem mit Leuten, die den Ruf anderer Menschen leichtfertig ruinieren.« Er wandte sich von ihr ab und verließ das Wohnzimmer.

»Sind Sie sich sicher?«, fragte Traunstein.

»Hundertprozentig.«

»Ich halte das für einen Fehler.« Die Oberkommissarin stand auf. »Folgen Sie mir bitte nach draußen? Dann erklären wir der Streifenwagenbesatzung die Situation.«

Eva war erleichtert, als sie Wenger und Beuster entdeckte, die bis jetzt gewartet hatten. Traunstein besprach das weitere Vorgehen mit den Polizisten. Eva bat die Beamten, so lange auszuharren, bis sie selbst das Haus verlassen hätte, was ihr zugesichert wurde. Kurz darauf traf endlich der Mitarbeiter eines Schlüsseldienstes ein.

12

Eva stellte die Sporttasche mit dem darin verstauten Bogen in den Hausflur. Die Anwesenheit der Polizisten auf der Straße gab ihr ein Gefühl der Sicherheit, doch sie wollte die Geduld der beiden nicht überstrapazieren. Also lief sie zügig zurück ins Schlafzimmer, um Kleidungsstücke für eine möglicherweise mehrtägige Abwesenheit einzupacken. Auf einmal drang die unangenehme Wahrheit in ihr Bewusstsein: Ein brutaler Serienmörder hatte es auf sie abgesehen. Sie musste sich an der Wand festhalten, weil ihr schwindelig wurde.

Würde ihn sein erzwungener Rückzug anstacheln, das Versäumte nachzuholen und seine dunklen Triebe auszuleben? Oh Gott! War es falsch gewesen, das Angebot von Grohl auszuschlagen? Ihr Herz raste. Bedeutete Polizeischutz nicht zumindest eine kleine Chance, unversehrt zu bleiben? Aber was hatten die Schutzmaßnahmen den bisherigen Opfern gebracht?

Eva dachte an ihren Blog. Den beruflichen Status, der ihr eine in finanzieller Hinsicht weitgehend sorgenfreie Existenz ermöglichte, hatte sie sich hart erkämpft. Eine mehrwöchige Auszeit würde sie wahrscheinlich um Monate oder Jahre zurückwerfen. Außerdem liebte sie ihre Arbeit. Wegen eines Psychopathen wollte sie das nicht alles aufgeben.

Sie schüttelte das Schwindelgefühl ab und nahm nur das Nötigste für die nächsten Tage aus dem Kleiderschrank. Danach ging sie ins Badezimmer, wo ihre Kulturtasche seit der Rückkehr von Borkum auf dem Badewannenrand stand. Da sie auf der Nordseeinsel kein Pflegeprodukt vollständig verbraucht hatte, griff sie sich die Tasche, ohne den Inhalt zu kontrollieren, und war wenig später aufbruchbereit. Gerade als sie die Haustür öffnen wollte, wurde ihr klar, dass der Mörder eventuell versuchen würde, ihr Handy zu orten. Kurz entschlossen entfernte sie den Akku aus dem Telefon, um eine Bestimmung ihrer Position unmöglich zu machen.

* * *

Sie rollte mit dem Wagen langsam vom Grundstück, stieg aus und verschloss das Tor. Die beiden Streifenbeamten warteten neben dem Polizeiauto und wirkten extrem angespannt – als würden sie mit einem Angriff aus dem Hinterhalt rechnen.

»Sie verschwinden jetzt also«, stellte Wenger fest, der zu ihr gekommen war.

»Ja. Vielen Dank, dass Sie so lange auf mich aufgepasst haben.«

»Keine Ursache. Wissen Sie, wo Sie übernachten werden?«

Eva nickte. »In einem Hotel, das mir ideal erscheint.«

»Ich wünsche Ihnen alles Gute«, sagte der Polizist, ohne nachzubohren. »Bestimmt fassen wir den Dreckskerl bald.«

»Das hoffe ich.« Sie hob die Hand zum Gruß und lief zu ihrem Wagen.

Als sie losgefahren war, achtete sie im Rückspiegel sehr sorgfältig darauf, ob ihr jemand folgte. Doch nach einigen sinnlosen Umwegen war sie sich sicher, dass der Täter nicht auf der Lauer gelegen hatte. So konnte sie einen Teil ihrer Aufmerksamkeit nun dem weiteren Vorgehen widmen.

Vor allem aus einem Grund hatte sie kein Vertrauen in die Polizei: Irgendwie schien es dem Killer gelungen zu sein, Zugriff auf deren Systeme zu bekommen. Insofern konnten sie überhaupt nicht für ihre Unversehrtheit garantieren. Der Konflikt zwischen ihr und Grohl hatte sie in ihrem Entschluss bestärkt, einen anderen Weg zu wählen. Aber natürlich war es unmöglich, sich allein gegen den Mörder zur Wehr zu setzen. Er könnte sie jederzeit überraschen: im Schlaf, beim Verlassen des Hauses, bei Freizeitaktivitäten. Folglich benötigte sie Schutz, und ihr schwebte auch bereits vor, wer dafür infrage käme. Sie hatte jedoch keine Ahnung, wie viel seine Dienstleistung kostete; besonders, wenn sie sie wochenlang in Anspruch nehmen musste. Bei ihren Interviews mit ihm hatte sich Stefan Trapp nie konkret über die Entlohnung seiner Leistungen geäußert. Er hatte ihr lediglich verraten, dass er den Preis von der Gefahrensituation und dem Auftraggeber abhängig machte.

Welchen Geldbetrag würde er ihr wohl nennen: einer Journalistin, die ins Visier eines perfiden Serienkillers geraten war?

* * *

Nach zwanzigminütiger Fahrt bog sie auf den Parkplatz eines Hotels ein. Wenige Jahre zuvor hatte ihr Bogensportverein eine deutsche Meisterschaft ausgetragen und in dieser Unterkunft für die Teilnehmer Sonderkonditionen ausgehandelt, weswegen ihr das Hotel im Gedächtnis geblieben war. Der Weg dorthin führte zuletzt durch kleinere Seitenstraßen – ideal, um einen möglichen Verfolger zu bemerken. Doch ihr war niemand aufgefallen. Sollte ein Zimmer frei sein, würde sie ihren Wagen in der hoteleigenen Tiefgarage abstellen, damit er nicht durch Zufall von der falschen Person entdeckt wurde.

Eva stieg aus und ging auf den Eingang zu. Die Glastüren öffneten sich automatisch, als sie noch zwei Schritte entfernt war. Die große, halbkreisförmige Lobby war mit einem dunkelblauen Teppich ausgelegt; linker Hand befand sich eine aus mehreren Ledersesseln bestehende Sitzgruppe. Dort hatten sich zwei Geschäftsmänner niedergelassen, die intensiv miteinander sprachen und ihr keinerlei Beachtung schenkten. Nach einigen Metern hatte sie den Empfangstresen erreicht, hinter dem eine attraktive junge Frau stand, die sie mit einem Lächeln begrüßte.

»Haben Sie ein Zimmer frei?«, erkundigte sich Eva.

»Benötigen Sie ein Einzel- oder ein Doppelzimmer?«

»Ein Einzelzimmer.«

»Für eine Nacht?«

»Eventuell für zwei.« Sie wusste nicht, ob sie Trapp sofort erreichen würde und ob sie sich seine Dienste überhaupt leisten konnte. Insofern musste sie mit einer längeren Abwesenheit von zu Hause rechnen. Falls ihr Trapp nicht helfen könnte, würde sie spätestens nach achtundvierzig Stunden das Quartier wechseln und aus Köln verschwinden. Die Dinge, die sie dafür organisieren müsste, würde sie vom Hotelzimmer aus regeln.

»Das macht neunundsechzig Euro pro Nacht. Frühstück kostet zehn Euro extra.«

»Kann ich meinen Wagen in der Tiefgarage parken?«, fragte Eva.

»Ja, ein paar Stellplätze sind noch frei.«

Sie erhielt ein Anmeldeformular. Im letzten Moment dachte sie daran, unter fremdem Namen einzuchecken. Sie lieh sich die Identität einer befreundeten Bogenschützin und unterschrieb das Blatt Papier. Kaum war das erledigt, bemerkte sie eine Person, die hinter ihr an die Rezeption trat. Alarmiert drehte sie sich um. Der wartende Mann blickte konzentriert auf das Display seines Smartphones. Da er eine Sportmütze mit großem Schirm trug, konnte sie sein Gesicht nicht sehen.

Die Hotelmitarbeiterin reichte ihr die Schlüsselkarte. »Zimmer zweihundertzwölf. Zweiter Stock. Frühstück gibt es von sechs Uhr dreißig bis halb elf. Der Frühstücksraum befindet sich in der ersten Etage.«

Verdammt! Warum hatte sie die Zimmernummer laut ausgesprochen? Hatte der Mann das mitbekommen? Zumindest ließ er sich nichts anmerken; seine Aufmerksamkeit galt noch immer dem Telefon.

Eva nahm die Zugangskarte entgegen. Sie ging an dem Schirmmützenträger vorbei und steuerte den Ausgang an. Als sie über die Schulter schaute, sah sie, wie der Typ der Angestellten sein Smartphone entgegenstreckte. Anscheinend zeigte er ihr seine Reservierung. Das beruhigte Eva ein wenig.

* * *

Stefan Trapp starrte auf die SMS, die er vor wenigen Minuten erhalten hatte. Sollte er darauf antworten? Oder war es besser, der Absenderin weiterhin keine Beachtung zu schenken, sodass sie irgendwann die Aussichtslosigkeit ihres Unterfangens einsehen würde?

Er legte das Handy beiseite. Unruhig lief er zur Fensterfront seiner in der dritten Etage liegenden Wohnung. In der verkehrsarmen Seitenstraße herrschte zu dieser Uhrzeit kein Betrieb. Stefan öffnete ein Fenster, um seine verschwitzte Haut mit frischer Luft zu kühlen.

Seit der Trennung von Sophie waren erst zwei Wochen vergangen. Allerdings hatte er sich vor dem entscheidenden Gespräch zu lange gedrückt. Ihre psychischen Probleme hatten die Beziehung schon seit Längerem überschattet. Zuletzt hatten ihre Launen sogar Auswirkungen auf seine berufliche Tätigkeit gehabt und dafür gesorgt, dass er Pläne kurzfristig ändern musste.

Wahrscheinlich war sein momentanes Verhalten ihr gegenüber das einzig Sinnvolle. Wenn er sie weiter ignorierte, würde sie bestimmt bald aufgeben. Blieb nur zu hoffen, dass sie ihn niemals in heiklen Situationen belästigte und dadurch womöglich einen seiner Auftraggeber in Gefahr brachte.

Stefan ließ das Fenster offen und ging in die Küche, wo er dem Kühlschrank Salatreste vom Mittagessen entnahm. Er dachte an die aktuelle Auftragslage. Am Morgen hatte es so ausgesehen, als hätte er einen neuen Job in Aussicht, bis ihm der Mann per E-Mail abgesagt hatte. Trotzdem brauchte er sich in finanzieller Hinsicht keine Sorgen zu machen. In den vergangenen Monaten hatte er genug verdient, um die derzeitige Flaute überbrücken zu können.

Das Klingeln des Handys riss ihn aus seinen Überlegungen. Mit einem unguten Gefühl kehrte er ins Wohnzimmer zurück. Bislang hatte sich Sophie auf kurze Textnachrichten beschränkt, in denen sie ihn bat, ihnen eine allerletzte Chance zu geben – was er ganz sicher nicht zu tun gedachte. Wollte sie ihn nun auch mit Anrufen nerven?

* * *

Das Freizeichen erklang zum sechsten Mal. Sie nutzte das hoteleigene Telefon, denn es erschien ihr unklug, das Handy wieder in Betrieb zu nehmen. Mittlerweile befürchtete Eva, Trapp würde bereits schlafen oder hätte keine Gelegenheit dranzugehen. Aber selbst auf die Gefahr hin, dass sie ihn weckte, legte sie nicht auf. Sie musste ihn schnellstmöglich erreichen, um zu erfahren, ob er als Bodyguard infrage kam.

»Trapp. Hallo?«, meldete er sich schließlich.

»Eva Haller hier. Entschuldigen Sie die späte Störung.«

»Kein Problem«, erwiderte er gelassen. »Haben Sie noch Fragen wegen des Artikels?«

»Nein. Ich wende mich in einer anderen Angelegenheit an Sie.«

Sie beschrieb ihm ausführlich, was in den letzten Wochen und insbesondere an diesem Tag passiert war. Er hörte aufmerksam zu und unterbrach sie lediglich für zwei Verständnisfragen. Während der Schilderung des Vorfalls war sie anfangs aufgewühlt, mit der Zeit beruhigte sich Eva aber.

»Wo halten Sie sich jetzt auf?«, fragte der Leibwächter.

»In einem Hotel am Kölner Stadtrand.«

»Könnte Ihnen der Mörder eventuell gefolgt sein?«

Unwillkürlich lächelte sie. Im Gegensatz zu Grohl zweifelte Trapp offenbar nicht an ihrer Vermutung, um wen es sich bei dem Maskierten gehandelt hatte.

»Nein«, antwortete sie. »Das kann ich ausschließen. Ich habe auf der Fahrt hierher sehr genau darauf geachtet. Bin sogar einige Umwege gefahren. Außerdem habe ich das Akku vor Fahrtantritt aus meinem Handy genommen. Ich dürfte nicht zu orten sein.«

»Perfekt!«, lobte er sie. »Sehr gut mitgedacht. Haben Sie unter Ihrem richtigen Namen eingecheckt?«

Eva verneinte wiederum. »Allerdings hat ein Typ, der hinter mir stand und dessen Gesicht ich nicht erkennen konnte, meine Zimmernummer mitbekommen.«

»Blöd! Sie sollten um ein anderes Zimmer bitten. Lassen Sie sich etwas einfallen, weswegen Ihnen das jetzige nicht gefällt.«

»Das sollte kein Problem sein.«

»Womit kann ich Ihnen denn konkret helfen?«

»Ich würde Sie gerne engagieren, falls Ihre Zeit das augenblicklich zulässt. Und falls ich mir Ihre Dienste leisten kann.«

»Hm«, sagte er nachdenklich. »Aufgrund Ihres umsichtigen Vorgehens sind Sie in dem Hotel wohl erstmal sicher. Vorausgesetzt, der Zimmerwechsel klappt. Ich würde über Ihre Anfrage ungern spätabends entscheiden – zumal es da Sachen gibt, die ich nicht telefonisch zur Sprache bringen möchte. Vor allem jedoch sollten Sie zur Ruhe kommen. Was halten Sie davon, wenn wir uns morgen früh um neun bei mir treffen, um das Finanzielle und alles Weitere zu besprechen?«

»Einverstanden«, erwiderte Eva erleichtert, dass er ihren Auftrag nicht von vornherein ablehnte.

»Und informieren Sie mich noch, sofern die Rezeption bei Ihrem Wunsch nicht mitspielt.«

Als sie nach einer reibungslos verlaufenen Umquartierung auf der viel zu weichen Matratze lag, dachte sie an den nächsten Vormittag. In ihrer momentanen Stimmung wollte sie nur ungern anderen Menschen begegnen. Andererseits benötigte sie etwas zu essen und Kaffee, bevor sie zu Trapp fuhr. Deswegen griff sie zum Hoteltelefon und orderte für halb acht ein kleines Frühstück aufs Zimmer. Nachdem sie aufgelegt hatte, löschte Eva das Licht – allerdings dauerte es ewig, bis sie einschlafen konnte.

13

Ein polterndes Geräusch auf dem Flur weckte Eva. Schlagartig hellwach, blickte sie auf die Uhr. Erst zwanzig nach sechs. Hatte es der Killer geschafft, sie aufzuspüren? Sie schaltete die Nachttischlampe ein, stand auf und holte die Einzelteile des Bogens aus der Sporttasche. Rasch setzte sie sie zusammen, ohne weitere verdächtige Geräusche zu hören. Trotzdem verharrte sie so lange schussbereit, wie es ihre Arme aushielten. Dann senkte sie die Waffe, schlich zur Tür und entsperrte sie beinahe lautlos. Sie legte den Bogen beiseite und bewaffnete sich mit einem einzelnen Pfeil. Sollte draußen der Vergewaltiger stehen, würde sie ihm die Spitze ins Auge bohren. Um einen Überraschungseffekt zu erzielen, riss sie die Zimmertür schwungvoll auf.

Der Flur war menschenleer.

Wie gerädert trottete sie zurück zum Bett. Sie musste frühestens in zwei Stunden aufbrechen, um pünktlich bei Trapp zu sein. Da sie vermutlich ohnehin keinen Schlaf mehr finden würde, beschloss sie, sich nicht wieder hinzulegen, sondern etwas für ihr Aussehen zu tun. Beim hastigen Packen gestern hatte sie keinen Wert darauf gelegt, besonders schöne Kleidung mitzunehmen. Insofern würde es bestimmt nicht schaden, wenigstens geschminkt und mit frisch gewaschenen Haaren bei Trapp aufzutauchen, um nach der kurzen Nacht nicht völlig fertig auszusehen.

Als sie den Föhn beiseitelegte, klopfte es an der Zimmertür. War das schon der Frühstücksservice? Ihr Zeitgefühl war ihr mal wieder abhandengekommen. Hatte sie etwa eine ganze Stunde mit Duschen und Schminken zugebracht?

Unsicher öffnete Eva die Badezimmertür. »Wer ist da?«, rief sie.

»Zimmerservice. Ich bringe das Frühstück«, antwortete eine männliche Stimme.

»Stellen Sie es einfach vor der Tür ab.«

»Wie Sie wünschen.«

Sie hörte ein Klappern, gleichzeitig überprüfte sie die Uhrzeit. Es war tatsächlich halb acht. Trotzdem wartete sie sicherheitshalber, bis sie den Eindruck hatte, dass auf dem Gang ein Servierwagen fortgeschoben wurde.

Für einen Moment setzte sie sich aufs Bett. Würden Angst und Misstrauen ihre Zukunft bestimmen? Würde sie künftig bei jedem ungewohnten Geräusch zusammenzucken? Sie dachte an ihr Training im Bogensportverein. Bislang hatte es ihr nie etwas ausgemacht, spätabends die Letzte auf dem Platz zu sein. Eine Vorstellung, vor der es ihr nun graute.

Eva stand seufzend auf. Selbst wenn Trapp ihren Auftrag annehmen sollte, musste sie weiter darauf hoffen, dass die Soko endlich den Mörder verhaftete. Denn vorher würde sie ihr altes Leben nicht zurückerhalten.

Als sie die Tür aufzog, vertrieb der Anblick des gut gefüllten Tabletts ihre trüben Gedanken. Sie trug es mit knurrendem Magen und einem leichten Lächeln auf den Lippen hinein. Der Kaffee duftete vorzüglich.

* * *

Traunstein fing ihn ab, als er gerade sein Büro betreten wollte. Statt ihm Gelegenheit zu geben, sein Jackett auszuziehen, reichte sie ihm eine geschlossene Mappe.

»Ich habe soeben das Ergebnis aus dem Labor erhalten.«

»Wie lautet es?«, fragte Grohl, ohne sich die Unterlagen anzusehen.

»Es wurde das gleiche Werkzeug zum Lockpicking benutzt wie bei zwei vorherigen Fällen.«

»Hm«, brummte er.

»Wahrscheinlich ist der Täter durch ihre Homepage auf sie aufmerksam geworden«, fuhr seine Stellvertreterin fort.

Der Polizeirat überlegte. Eva Hallers Vermutung stimmte also doch. Weiterhin darauf zu beharren, dass es sich bei dem Eindringling auch um einen normalen Einbrecher gehandelt haben könnte, würde ihn unglaubwürdig machen und Traunstein einen Grund liefern, ihn beim Polizeipräsidenten anzuschwärzen.

»Wundert mich nicht. Immerhin hat sie ihn ja quasi herausgefordert. Indem sie uns Unfähigkeit vorwirft, schmälert sie gleichzeitig seine Leistung.«

»Ich meinte eigentlich ihre Frauenrechtsthemen.«

Grohl schüttelte verärgert den Kopf. »Lassen Sie es gut sein. Vorläufig gehen wir mit der Info nicht an die Öffentlichkeit. Schon gar nicht jetzt, wo er eine Journalistin ins Visier genommen hat. Die Presseresonanz wäre verheerend.«

Zu seiner Überraschung schien die Oberkommissarin seine Meinung ausnahmsweise zu teilen.

»Was machen wir wegen Haller? Ihr Polizeischutz anbieten?«

»Sie wird ablehnen«, vermutete Traunstein.

»Wir können sie zu nichts zwingen«, entgegnete er achselzuckend.

»Die Soko könnte Schutzgewahrsam beantragen.«

Grohl lachte bitter. »Eher reiche ich meinen Abschied ein, als dass ich bei einer Pressevertreterin zu einer solchen Maßnahme greife.«

»Und wenn wir Frau Haller ohne ihr Wissen als Lockvogel für die Ermittlungen einsetzen?«, schlug Traunstein vor. »Wir könnten sie undercover beschatten. Dazu müssten wir nur herausfinden, wo sie sich derzeit aufhält. Mit unseren Möglichkeiten ließe sich ihr Telefon orten. Davon würde sie nichts mitbekommen. Vielleicht geht uns der Mörder auf diese Weise ins Netz.«

Grohl wandte sich von ihr ab und legte die Mappe auf seinen Schreibtisch. Dann zog er das Jackett aus und hängte es an den Garderobenständer. »Keine schlechte Idee«, murmelte er. »Allerdings sehr personalintensiv. Ich denke drüber nach.«

* * *

In der Tiefgarage entschied sich Eva, den Akku wieder einzusetzen, um im Notfall ein funktionstüchtiges Handy zur Verfügung zu haben.

Kurz nachdem sie losgefahren war, klingelte das Telefon und übertrug eine Kölner Festnetznummer.

»Hallo!«, begrüßte sie den Anrufer knapp.

»Polizeirat Grohl. Das Labor hat die Untersuchungen an ihrem Haustürschloss beendet. Es gibt Anzeichen, dass es sich bei dem Einbrecher tatsächlich um den gesuchten Serientäter handelt.«

Obwohl sie mit diesem Ergebnis gerechnet hatte, spürte sie für einen Moment, wie ihr Panik die Kehle zuschnürte. Sie räusperte sich, um die Beklemmung abzuschütteln. »Welche Anzeichen?«, fragte sie mit brechender Stimme.

»Aus nachvollziehbaren Gründen darf ich diese Frage nicht beantworten«, erwiderte der Sokoleiter. »Ich erneuere jedoch unser gestriges Angebot. Wir können für Ihren Schutz sorgen.«

Eva schnaubte missbilligend. »Danke. Ich verzichte.«

»Wo befinden Sie sich?«, wollte er wissen. »Die Geräusche lassen darauf schließen, dass Sie im Auto unterwegs sind.«

»Stimmt. Aber mehr sage ich dazu nicht. Nur so viel: Wenn alles nach Plan läuft, kümmere ich mich selbst um meine Sicherheit.«

»Wie Sie wollen. Sollte Ihr Plan fehlschlagen, haben Sie ja meine Telefonnummer. Auf Wiederhören.«

Ehe sich Eva von ihm verabschieden konnte, hatte er bereits aufgelegt. Als ihr die weibliche Stimme des Navigationsgerätes mitteilte, dass sie in fünfhundert Metern abbiegen müsse, blickte sie zum ersten Mal seit Verlassen der Hotelgarage in den Rückspiegel.

Hinter ihr fuhr mit drei Wagenlängen Abstand ein Mann, der trotz des wolkenverhangenen Himmels die Sonnenschutzblende heruntergeklappt hatte, sodass Eva seine obere Gesichtshälfte nicht sehen konnte. Mit unguter Vorahnung setzte sie den Blinker und bog anschließend auf eine Bundesstraße ab. Das schwarze Fahrzeug nahm dieselbe Route.

Laut Navi musste sie nun mehrere Kilometer geradeaus fahren. Da ihr dieser Teil von Köln fremd war, wusste sie nicht, ob demnächst eine Straße kreuzen würde. Sie erhöhte ihre Geschwindigkeit auf lediglich siebzig Stundenkilometer und hoffte, der Wagen hinter ihr würde sie überholen. Was er jedoch nicht tat.

Während sie grübelte, wie sie ihn loswerden könnte, tauchte links eine Tankstelle auf. Sie bremste ab und blinkte. Da ihr niemand entgegenkam, musste sie nicht stehen bleiben, und beim Abbiegen beobachtete sie erleichtert, wie der schwarze Pkw vorbeifuhr.

Sie steuerte eine der freien Zapfsäulen an. Anstatt sofort auszusteigen, wartete sie eine Weile, ehe sie das Tankschloss entriegelte, den Wagen verließ und volltankte. Langsamen Schrittes ging sie schließlich Richtung Verkaufsraum, wo sie einige Zeitschriften durchblätterte, von denen sie eine zur Kasse mitnahm, um den Tankwart nicht zu verärgern. Die Rechnung bezahlte Eva in bar. Eine große Uhr an der Wand zeigte ihr an, dass sie nicht pünktlich bei Trapp eintreffen würde. Aber die Verspätung nahm sie in Kauf, wenn nach diesem ungeplanten Zwischenstopp nur das Gefühl verschwand, verfolgt zu werden.

Außerhalb des Verkaufsraums blickte sie in beide Fahrtrichtungen, ohne den schwarzen Pkw zu entdecken. Eva griff zum Handy und wählte die Nummer des Leibwächters. Bereits nach dem ersten Freizeichen meldete er sich.

»Ich komme ein wenig zu spät«, informierte sie ihn und erzählte ihm von den letzten Minuten.

Trapp gab ihr Tipps, wie sie sich verhalten sollte, falls sie das Fahrzeug noch einmal bemerkte. Allerdings hoffte Eva, dass ihr dies erspart blieb.

14

Eine Viertelstunde später manövrierte Eva ihren Wagen in eine Parklücke direkt vor dem Mehrfamilienhaus. Für ihren Artikel hatte sie Trapp zweimal in einem Café in der Kölner Innenstadt getroffen. Normalerweise wäre sie sehr gespannt auf seine Wohnung gewesen, denn die Einrichtung sagte ihrer Meinung nach viel über einen Menschen aus. An diesem Morgen jedoch interessierte sie lediglich, ob er sie als Auftraggeberin akzeptieren und was er dafür berechnen würde.

Kaum hatte sie den richtigen Klingelknopf gedrückt, ertönte ein Knacken in der Gegensprechanlage.

»Frau Haller?«, fragte eine blecherne Stimme.

»Ja. Ich bin's. Eva Haller.«

»Ich wohne in der dritten Etage.«

Der Öffner summte, und sie lehnte sich gegen die Haustür, die mit etwas Widerstand aufsprang. Eine junge Frau kam ihr entgegen, die ein schlafendes Baby in einem Autoschalensitz trug. Eva lächelte ihr zu, erhaschte einen Blick auf das selig schlummernde Kind und hielt der Mutter die Tür auf. Danach machte sie sich auf den Weg in den dritten Stock.

Trapp erwartete sie bereits. Er trug eine ausgewaschene Bluejeans und ein weißes T-Shirt, das seinen athletischen, muskulösen Oberkörper betonte. Wie schon bei den vorherigen Treffen gefiel Eva, dass sein kurz geschnittenes schwarzes Haar von grauen Strähnen durchzogen war. Dann bemerkte sie, dass er barfuß auf dem Laminatboden stand.

»Hatten Sie nach Ihrem Zwischenstopp weiterhin das Gefühl, verfolgt zu werden?«, fragte er, nachdem er sie begrüßt hatte.

»Mir ist niemand aufgefallen.«

»Kommen Sie rein.« Er trat einen Schritt zurück und deutete in die Diele.

»Soll ich meine Schuhe ausziehen?«, erkundigte sie sich.

»Nicht nötig. Mögen Sie einen Espresso mit mir trinken?«

Ohne eine Antwort abzuwarten, öffnete er eine Glastür und betrat die Küche. Eva schloss die Wohnungstür, ehe sie ihm folgte. Auf einer Arbeitsinsel in der Mitte des großen, mit buchefarbenen Einbauschränken ausgestatteten Raumes stand eine Espressomaschine. Daneben lag ein dunkelgrünes Fotoalbum.

»Ich nehme gern einen doppelten«, sagte sie. »Gut geschlafen habe ich nach den gestrigen Ereignissen nämlich nicht.«

Trapp stellte zwei Tassen unter den Kaffeeauslauf und drückte den Startknopf. »Könnten Sie mir noch einmal die Geschehnisse der letzten Wochen in allen Einzelheiten erzählen, damit ich mir ein möglichst genaues Bild machen kann?«

Eva setzte sich auf einen der Barhocker. Die schwarze Flüssigkeit hatte mittlerweile die Tassen gefüllt, und Trapp reichte ihr ein Glas, in dem er einzeln verpackte Zuckerportionen aufbewahrte. Sie nahm eines der Tütchen heraus und begann, von den Vorkommnissen zu berichten – angefangen mit den Anrufen, bei denen sich niemand gemeldet hatte.

»Ich weiß nicht, ob diese Anrufe überhaupt etwas zu bedeuten haben«, gestand sie, »aber irgendwie werde ich das Gefühl nicht los, dass der Killer dahintersteckt.«

Sie kam auf Pfaffs Kontaktaufnahme und die immer umfassenderen Hackerangriffe zu sprechen. Dann erwähnte sie ihren knapp einwöchigen Arbeitsurlaub auf Borkum und dass währenddessen alles ruhig geblieben sei. Der Espresso war bereits ausgetrunken, als sie schließlich den Verlauf des gestrigen Abends schilderte.

»Am unheimlichsten fand ich sein Schweigen. Wie er mich durch die Maske angestarrt hat, ohne ein einziges Wort zu sagen.«

»Also hat Ihr Bogen Sie gerettet«, fasste Trapp zusammen.

»Ja«, bestätigte sie. »Sonst hätte er mich verge–« Abrupt brach sie ab. Die Vorstellung jagte ihr einen kalten Schauer über den Rücken. Um die unangenehme Erinnerung zu verscheuchen, griff sie nach einem weiteren Tütchen Zucker. Darauf waren eine weibliche und eine männliche Zeichentrickfigur abgebildet, die gemeinsam in einer Badewanne saßen. Den Spruch dazu verstand sie allerdings nicht, da er in einer fremden Sprache verfasst war.

»Was ist das?«, fragte sie neugierig. »Erinnert mich an die ›Liebe ist‹-Comics.«

»Ja«, erwiderte Trapp. »Kommt von der Machart ungefähr hin. Die bringt mir ein portugiesischer Freund regelmäßig aus seiner alten Heimat mit.«

»Was steht da?«, wollte Eva wissen. »Oder sprechen Sie kein Portugiesisch?«

Trapp nahm ihr den Zucker aus der Hand. »Ein warmes Bad zu zweit ersetzt manchmal einen sonnigen Strandtag.«

Sie schmunzelte. »Da ziehe ich den Tag am Strand vor.«

Er sah sie mit seinen grün-grauen Augen an. »Kommt wohl darauf an, mit wem man in der Wanne sitzt«, entgegnete er lächelnd.

Ihr fielen Lachfältchen um seinen Mund herum auf, die ihn extrem sympathisch wirken ließen.

»Wahrscheinlich haben Sie recht.«

Hatte er gerade eben mit ihr geflirtet, oder bildete sie sich das nur ein?

»Sie haben mich ja gestern Abend kontaktiert, um mich zu engagieren«, brachte er das Gespräch auf eine geschäftliche Ebene zurück. »Warum vertrauen Sie sich nicht der Polizei an?«

»Die Soko hat mir tatsächlich Schutz angeboten. Wie den Opfern vor mir, was denen aber nichts genützt hat. Ehrlich gesagt, fehlt mir das Vertrauen in diese polizeiliche Maßnahme. Deshalb würde ich auch gern wissen, was Ihre Dienste kosten würden.«

Trapp presste die Lippen aufeinander. Eva deutete das als schlechtes Zeichen.

»Ein brutaler Serienmörder, der es auf Sie abgesehen hat«, murmelte er. »Bei dem Gefährdungspotenzial bräuchten Sie definitiv eine Rund-um-die-Uhr-Bewachung.«

Mit jedem seiner Worte sank ihre Hoffnung. Sie würde es sich nicht leisten können, ihn zu verpflichten. Doch bevor er seinen vermutlich horrenden Tagessatz nennen konnte, klingelte ihr Handy.

»Darf ich?«

»Kein Problem. Gehen Sie ruhig dran.«

Sie zog das Smartphone aus ihrer Jackentasche und sah eine Düsseldorfer Telefonnummer auf dem Display, die sie inzwischen gut kannte.

»Haller hier. Guten Morgen«, begrüßte sie den Anrufer.

»Pfaff, guten Morgen. Mein EDV-Spezialist hat mir vorhin die Hiobsbotschaft mitgeteilt. Trotz aller Vorsichtsmaßnahmen ist es dem Hacker gelungen, gestern über unser System auf Ihren Blog zuzugreifen.«

»Er hat also wieder Ihre Server angegriffen?«

»Er hat eine sogenannte Trapdoor unserer Rechner aufgespürt«, gestand Pfaff zerknirscht. »Wir haben diese Lücke mittlerweile geschlossen. Trotzdem muss ich mich tausendmal bei Ihnen entschuldigen. Das hätte niemals passieren dürfen. Sie sind gerade nicht zu Hause, oder? Ich habe es nämlich zuerst auf Ihrem Festnetzanschluss probiert. Ich würde Ihnen gern ein Dokument zufaxen.«

»Nein. Ich bin beruflich unterwegs. Was für ein Dokument?«

»Aufgrund des Vorfalls habe ich mit einem befreundeten Geschäftsmann gesprochen, den ich seit vielen Jahren kenne. Er ist ebenfalls EDV-Dienstleister. Ich könnte Ihnen anbieten, dass Ihr Blog auf seine Server umzieht. Technisch ist das kein großer Akt; ich könnte das in die Wege leiten, und Ihr Blog wäre höchstens nachts wenige Stunden nicht erreichbar. Das hätte den Vorteil, dass der nächste Angriff des Unbekannten ins Leere läuft, weil Ihre Dateien ja nicht mehr bei uns lägen.«

»Klingt gut«, sagte Eva. »Können Sie sich noch heute darum kümmern?«

»Mach ich. Ich müsste Ihnen bloß ein Fax zukommen lassen, da ich einen schriftlichen Auftrag benötige. Soll ich das an Ihre Nummer in Köln senden oder haben Sie ein anderes Faxgerät greifbar?«

»Würden Sie es jetzt sofort losschicken?«

»Innerhalb von zehn Minuten.«

»Einen Moment.« Sie nahm das Telefon vom Ohr. »Herr Trapp, darf ich auf Ihrem Fax etwas empfangen?«

»Klar.« Er griff zu einem Block und notierte ihr die Nummer.

Nachdem sie die an Pfaff durchgegeben hatte, versprach ihr der Firmeninhaber, das Schriftstück unverzüglich aufzusetzen, ehe er ihr einen schönen Tag wünschte.

Eva informierte Trapp über den Inhalt des Telefonats.

Nach einem Moment des Schweigens tippte der Bodyguard auf das zugeschlagene Fotoalbum.

»Das habe ich heute Morgen aus dem Schrank geholt«, erklärte er. Dabei klang seine Stimme seltsam verändert, als würde ihn etwas belasten. »Ich habe ein persönliches Interesse daran, dass der Mistkerl endlich geschnappt wird. Sein erstes Opfer ist mit mir in eine Klasse gegangen.«

Erschrocken sog Eva durch den Mund Luft ein. Unterdessen schlug ihr Gesprächspartner das Album auf und blätterte zwei Seiten um.

»Das hier ist unser Abschlussbild.«

Vor einem hässlichen Schulgebäude hatten sich Jugendliche in drei Reihen aufgestellt und lächelten mehr oder weniger verkrampft in die Kamera.

»Judith Wirth«, sagte Trapp und zeigte auf ein hübsches Mädchen in der mittleren Reihe. »Wir waren nicht die besten Freunde, aber wir haben uns immer gut verstanden.«

Sein Finger glitt nach oben an den linken Rand, wo er selbst stand, wie Eva erkannte.

»Manchmal wünschte ich, sie hätte nach der Vergewaltigung Kontakt zu mir aufgenommen«, flüsterte er. »Doch sie war die Allererste. Wie hätte sie ahnen können, dass sie auch nach der scheußlichen Tat noch in Gefahr schwebte?« Trapp faltete die Hände wie zum Gebet. »Ich möchte Ihnen folgenden Vorschlag unterbreiten. Ich bin bereit, für eine wöchentliche Pauschale von vierhundert Euro für Sie zu arbeiten. Damit sind zumindest meine Fixkosten abgedeckt. Allerdings unter der Bedingung, dass wir dem Schwein eine Falle stellen. Dazu müssten Sie Ihr bisheriges Leben weiterleben. Wahrscheinlich hat er Sie beobachtet, deshalb wird es ihm bestimmt auffallen, wenn ich mich ab sofort regelmäßig an Ihrer Seite befinde. Möglicherweise wird er recherchieren, womit ich mein Geld verdiene. Ich vermute jedoch, es wird ihm egal sein. Er hat bei vorherigen Morden Polizeiteams ausgeschaltet, er wird also glauben, ich sei kein Gegner für ihn. Diese Arroganz könnten wir ausnutzen. Sie waren allein in der Lage, sich zu wehren. Gemeinsam könnten wir ihn überwältigen.«

Eigentlich musste Eva nicht lange über dieses Angebot nachdenken, denn sie konnte es sich aufgrund ihrer Ersparnisse nötigenfalls erlauben, seine Dienste mehrere Monate in Anspruch zu nehmen. Trotzdem gab es einen Punkt, den sie nicht unerwähnt lassen wollte. »Beim letzten Mal sind zwölf Wochen zwischen seinem ersten und seinem zweiten Auftauchen vergangen. Sie –«

»Machen Sie sich keine Sorgen um meine finanzielle Situation«, unterbrach er sie. »Das genannte Honorar ist ausreichend, unabhängig davon, wie lange der Auftrag dauert. Außerdem werde ich mich von Ihnen verpflegen lassen – dadurch spare ich eine Menge Kohle.«

Eva schmunzelte und hielt ihm eine Hand entgegen. »Einverstanden.«

Er besiegelte mit angenehmem Druck ihren Pakt. »Sollen wir im Arbeitszimmer nachschauen, ob das Fax für Sie eingetroffen ist?«

»Wow«, stieß Eva überrascht aus. »Sie haben ja tatsächlich eine Menge technisches Zeugs.« Unwillkürlich lachte sie.

Auf den beiden im rechten Winkel zueinanderstehenden Schreibtischen befanden sich zwei Tower-PCs und drei Bildschirme. Die Arbeitsplatten waren übersät mit Computerzubehör.

»Dieses ganze Zeugs, wie Sie es nennen, hilft mir dabei, meinen Job vernünftig zu machen. Einen Teil der Ausrüstung muss ich mitnehmen und bei Ihnen aufbauen. Ich hoffe, Sie haben genügend freie Abstellflächen.«

Im Ausgabeschacht des Faxgerätes lag ein einzelnes Blatt

Papier. Er überflog das Schriftstück und reichte es ihr. »Ist für Sie.«

Eva las die von Pfaff formulierte Vereinbarung, die ihm das Recht einräumte, ihren Blog auf einen Server auszulagern, der nicht zu seiner Firma gehörte. Von zusätzlichen Kosten stand in den Zeilen nichts. Trapp gab ihr einen Stift und faxte das Dokument zurück an den Absender, nachdem sie unterschrieben hatte.

»Um entscheiden zu können, welche Sachen ich einpacke, muss ich wissen, wie Sie wohnen.«

»In einem Einfamilienhaus.«

»Ich fürchte mit Garten?«

»Mit großem Garten«, bestätigte sie.

Missmutig schnalzend ging er auf einen mannshohen Stahlschrank zu. Kaum hatte er ihn geöffnet, lachte Eva erneut.

Er blickte über seine Schulter. »Was amüsiert Sie denn nun?«

»Ich habe mal einen Artikel über Unterschiede bei den Konsumgewohnheiten von Männern und Frauen geschrieben. Sie sind das Gegenstück zu einer Frau mit zweihundert Paar Schuhen.«

Jedes Schrankbrett war vollgestopft mit elektronischen Geräten verschiedenster Größe. Für Eva sah es völlig chaotisch aus. Doch der Personenschützer griff mehrfach gezielt hinein und deponierte die herausgeholten Gegenstände auf einem der Schreibtische.

»Wenn es uns gelingt, den Mörder mittels meiner technischen Möglichkeiten zu fassen, haben Sie bestimmt nichts dagegen, oder?« Ungerührt holte er weiteres Equipment aus dem Schrank.

15

Zunächst fuhren sie zum Hotel, wo Eva eilig ihre Tasche packte. Während sie an der Rezeption stand, um ihre Rechnung zu begleichen, hielt sich Trapp dezent im Hintergrund und beobachtete das Geschehen in der Lobby.

»Ist Ihnen jemand aufgefallen?«, fragte Eva, als sie gemeinsam das Gebäude verließen.

»Niemand, der Interesse an Ihnen gezeigt hätte.«

»Also habe ich mir den Verfolger heute Morgen wahrscheinlich eingebildet.«

Trapp zuckte die Achseln. »Nicht unbedingt. Achten Sie auf dem Weg nach Hause darauf, mich nicht abzuhängen«, bat er. »Wenn Sie sich einer gelben Ampel nähern, besteht kein Grund, mit Bleifuß zu fahren.«

Auf der Hinfahrt war sie bei Gelb über eine Kreuzung gerast und hatte danach auf ihn warten müssen.

»Sorry«, sagte sie mit einem schiefen Grinsen. »Macht der Gewohnheit.«

»Auf einige Ihrer Gewohnheiten werden Sie in nächster Zeit wohl verzichten müssen«, entgegnete er trocken.

* * *

Zwanzig Minuten später stieg Eva aus dem Wagen, um das Tor zu ihrem Grundstück zu öffnen. Trapp ließ zeitgleich das Fenster an seinem schwarzen Audi herunter.

»Soll ich vor dem Haus parken?«

»Nein, hinten ist Platz für zwei Fahrzeuge.«

»Dann sollten wir sie so abstellen, dass Sie jederzeit ungehindert herausfahren können. Wir werden demnächst hauptsächlich mit Ihrem Auto unterwegs sein.«

Sie stieg wieder ein, fuhr langsam den gepflasterten Weg entlang, den ihr Vater vor vielen Jahren angelegt hatte, und stellte den Pkw neben der Hecke ab, die zum Nachbargrundstück gehörte. Trapp folgte im Schritttempo. Nachdem er seinen Wagen verlassen hatte, bemerkte Eva, wie er den Garten kritisch musterte.

»Verdammt groß«, meinte er stirnrunzelnd.

Er ging zum Kofferraum, in dem insgesamt drei Kartons mit technischen Geräten verstaut waren. »Ich werde auf der Wiese einige Bewegungsmelder installieren, die fast vollständig in der Erde verschwinden. Sie sollten also beim Rasenmähen daran denken.«

Sie trat an seine Seite und nahm einen der Kartons heraus.

»Lassen Sie ihn bloß nicht fallen«, sagte er besorgt.

* * *

Während er im Erdgeschoss das nötige Equipment aufbaute, bezog Eva im Keller das Gästebett neu, das sie schon länger nicht mehr für einen Besucher hergerichtet hatte.

Wäre sie auf das Schutzangebot der Polizei eingegangen, würde sie nun allein in irgendeiner Wohnung hocken und den Ablauf der Ereignisse ständig wie einen Film vor sich sehen. Dank ihrer Entscheidung könnte sie hingegen einigermaßen normal weiterleben.

Als Eva ihren Beschützer die Treppe ins Kellergeschoss herunterkommen hörte, überzeugte sie sich mit einem schnellen Blick, dass der Raum gästetauglich war. Trapp kam mit einem

Karton im Arm herein. Zielstrebig steuerte er den schwarzen Schreibtisch in der linken Ecke an. Für den Rest des Zimmers schien er sich nicht zu interessieren.

»Wenn ich alles aufgebaut habe, müssen wir uns über Ihren Tagesablauf unterhalten.« Vorsichtig stellte er den Karton ab.

»Sobald der Umzug meiner Web-Dateien auf den anderen Server morgen früh abgeschlossen ist, werde ich mal wieder einen Blogartikel verfassen«, erklärte sie. »Da ich nur langsam in die Gänge komme, wird das wahrscheinlich den ganzen Vormittag dauern.«

»Kein Problem«, sagte Trapp.

Er wirkte jedoch so, als habe er nur halb zugehört. Stattdessen kramte er konzentriert in seinen Utensilien.

»Außerdem müssen wir irgendwann einkaufen gehen. Durch meine vorübergehende Flucht nach Borkum ist der Kühlschrank ziemlich leer.«

»Das kriegen wir hin.«

Trapp hielt plötzlich ein dunkelblaues Schmuckkästchen in der Hand. Er trat zu ihr und öffnete es. Sie entdeckte darin einen silbernen Ring mit einem etwa zwei Zentimeter großen, ovalen Stein in einem dunklen Rotton.

»In dem Stein befindet sich ein Peilsender, mit dem ich jederzeit die Position des Rings orten kann. Ich würde Sie daher bitten, ihn immer zu tragen. Natürlich werde ich auch Ihr Handy anpeilen, doch das könnten Sie verlieren, oder jemand könnte es stehlen. Ein Schmuckstück weckt im Regelfall kein Misstrauen. Apropos Handy: Wir besorgen Ihnen ein neues Gerät samt neuer Nummer, für den Fall, dass der Killer die jetzige kennt, wovon ich ausgehe. Das ist übrigens kein Punkt, bei dem ich verhandlungsbereit bin.«

»Unter einer Bedingung«, meinte sie.

Überrascht sah er sie an.

»Von einem Mann, der mir einen Ring gibt, möchte ich nicht mehr gesiezt werden.«

* * *

Als Eva einen Einkaufswagen holte, blieb Stefan Trapp dicht an ihrer Seite. Auf dem Parkdeck herrschte reger Betrieb. Es war drei Uhr nachmittags, viele Leute erledigten jetzt, nach Feierabend, ihren Wochenendeinkauf. Seitdem sie ausgestiegen waren, achtete er sorgfältig darauf, ob ihm eine verdächtige Person auffiel. Trotz des warmen Wetters trug er ein Jackett, um das Schulterhalfter mit der Pistole zu verdecken.

»Was sollen wir denn in den nächsten Tagen essen?«, erkundigte sie sich.

»Mir egal. Ich bin unkompliziert, wenn es ums Essen geht.«

Eine Rolltreppe brachte sie vom Parkdeck ins Erdgeschoss. Am Pfandautomaten hatte sich eine Schlange gebildet, um die Eva einen Bogen machte. Dabei beobachtete sie heimlich ihren grimmig wirkenden Beschützer. Er musterte die Umstehenden mit einem so vernichtenden Blick, als würden sie absichtlich den Zugang versperren, um einen Hinterhalt vorzubereiten. Dann wurde ihr bewusst, dass er für einen Unbeteiligten wahrscheinlich wie ein genervter Ehemann aussah, der von seiner Partnerin zum Wochenendeinkauf verdonnert worden war.

Sie erreichten die Obst- und Gemüseabteilung. Eva stellte den Einkaufswagen vor den Salaten ab.

»Hast du regelmäßige Zeiten, zu denen du deine Einkäufe erledigst?«

»Nein. Ich mache das immer abhängig davon, wie ich mit dem Schreiben vorangekommen bin.«

»Das ist gut. Sich wiederholende Abläufe stellen eine Gefahr dar«, erklärte er. »Wenn jemand beispielsweise jeden Donnerstag um zehn Uhr morgens ins Schwimmbad fährt, ist das für einen potenziellen Angreifer quasi wie eine Einladung, diese Gewohnheit auszunutzen.«

»Auf meine nachmittäglichen Bogensporteinheiten würde ich nur höchst ungern verzichten.«

Stefan verzog den Mund, sagte jedoch nichts.

Sie packte zwei Eisbergsalate in den Wagen und trat so dicht neben ihn, dass sie ihm ins Ohr flüstern konnte. »Wir wollen ihn doch in eine Falle locken. Das wird uns kaum gelingen, wenn wir uns zu Hause verbarrikadieren.«

Anstatt etwas zu erwidern, griff er zu einem Netz mit drei Paprikaschoten, die er sorgfältig prüfte und zu den Salaten legte. »Ich bin zwar kein begnadeter Koch, aber gefüllte Paprika mit Reis und Hackfleisch ist eines der Gerichte, die ich einigermaßen hinbekomme.«

»Du wirst kochen?«, fragte sie ihn ehrlich überrascht.

»Klar«, antwortete er leichthin, als sei das für ihn selbstverständlich.

Zwanzig Minuten später standen sie vor einer der zahlreichen geöffneten Kassen in einer langen Schlange.

»Eva?«

Sie drehte sich gleichzeitig mit Stefan in Richtung der Stimme um. Jochen Wilde kam auf sie zu. In der Hand hielt er einen kleinen Einkaufskorb.

»Das ist ja eine nette Überraschung«, freute er sich.

»Jochen! Wie geht's?«

»Ich habe Muskelkater von gestern«, gestand er. »Trotzdem hat es mir wieder großen Spaß gemacht. Ich spiele bereits mit dem Gedanken, festes Mitglied zu werden.«

»Warte damit doch lieber bis zum Ende des Schnupperkurses«, riet sie ihm in Anbetracht seiner geringen Fortschritte.

Unterdessen musterte Wilde Stefan kritisch und begrüßte ihn mit einem »Hallo«. Der Leibwächter reagierte mit einem stummen Kopfnicken.

Da sie bislang nicht vereinbart hatten, ob Eva ihn in einer solchen Situation vorstellen sollte, schwieg sie ebenfalls. Eine unangenehme Stille trat ein, bevor Wilde in seinen Korb blickte.

»Verdammt«, murmelte er. »Ich habe das Tomatenmark vergessen. Wenigstens ist es mir rechtzeitig aufgefallen. Wir sehen uns nächste Woche!«

»Bis dann.«

Er entfernte sich von ihnen, ohne einen Blick zurückzuwerfen.

»Wer war das?«, fragte Stefan, als der Mann außer Hörweite war.

»Jemand aus dem Bogensportverein, der seit letzter Woche an einem Anfängerkurs teilnimmt«, erklärte sie.

»Und zufällig begegnet er dir hier?« Stefans Stimme klang zweifelnd. »Du schießt in Leverkusen, oder?«

»In dem Verein sind außer mir noch einige andere Leute aktiv, die in Köln wohnen.«

»Könnte er von der Statur her der Eindringling gewesen sein?«

»Schlank, normale Größe«, erinnerte ihn Eva an ihre vage Beschreibung. »Das trifft auf Jochen, auf dich und viele andere Männer zu.« Aufgrund seines Verhaltens ihr gegenüber hielt sie es für ausgeschlossen, dass Jochen ein mehrfacher Frauenmörder war. Langsam schob sie den Einkaufswagen vorwärts.

16

Schlaflosigkeit.

Früher hatte Grohl nicht unter Schlaflosigkeit gelitten. Trotz seines Jobs, trotz der Leichen, mit denen er im Berufsalltag regelmäßig konfrontiert wurde. Sobald er oder seine Ex-Frau das Licht im Schlafzimmer gelöscht hatten, war er schnell eingeschlafen, und Albträume hatte er auch keine gehabt.

Doch das hatte sich nach jenem verhängnisvollen Ereignis geändert. Inzwischen schlief er kaum mehr als drei Stunden am Stück und fühlte sich jeden Morgen gerädert. Im Schlaf verfolgte ihn ein Anblick, den er wohl nie wieder aus dem Kopf bekommen würde.

Frustriert schlug er die Bettdecke beiseite. Er setzte sich an den Rand der Matratze und stützte das Kinn auf die wie zum Gebet gefalteten Hände. Sollte er seinen Plan heute Nacht ausführen? Eigentlich war es der falsche Zeitpunkt. Aber machte es überhaupt einen Unterschied? Würde er nicht genauso gut seinen Frieden finden, wenn er nicht auf diesen ganz bestimmten Tag wartete?

Den Restzweifel außer Acht lassend, stand Grohl auf. Zumindest würde er zu ihrem Haus fahren, und dort würde er eine Entscheidung treffen. Denn hier, in seinen eigenen vier Wänden, brachte ihn die Grübelei um den Verstand.

Fünf Minuten später trat er vor die Haustür. Er trug schwarze Kleidung, die ihn mit der Dunkelheit verschmelzen ließ.

Er ging zu seinem auf der Straße geparkten Fahrzeug und

stieg ein. Der Motor sprang leise an, Grohl schaltete die Beleuchtung ein, nachdem er losgefahren war. Da auf der Strecke wenige Ampeln lagen, würde er maximal eine Viertelstunde benötigen. Das wusste er von seinen früheren Besuchen bei ihr.

* * *

Es klopfte an der Schlafzimmertür, die im nächsten Moment bereits aufgerissen wurde. Eva schreckte aus dem Schlaf hoch und fragte sich für einen Augenblick, ob die Geräusche zu einem Albtraum gehört hatten. Dann entdeckte sie eine Gestalt im Raum.

»Ich bin es«, flüsterte Stefan beruhigend.

Ihr gelang es gerade noch, den Schreckensschrei zu unterdrücken. »Was ist los?«

»Der Bewegungsmelder im Garten hat Alarm geschlagen. Zieh dich an und nimm dein Handy mit! Aber mach kein Licht an. Ich warte vor der Tür.«

Wie von Stefan empfohlen, lag neben ihrem Bett Sportbekleidung, die sie schnell überstreifen konnte. Lange Hose, Sweatshirt, Joggingschuhe. Für den Fall, dass sie plötzlich fliehen musste, sparte das wertvolle Zeit. Sie zog das Nachthemd aus und schlüpfte in das langärmelige Shirt.

»Bist du soweit?«, drängelte er ungeduldig.

»Noch nicht ganz«, antwortete sie.

In den letzten drei Tagen hatte es keinerlei Anzeichen dafür gegeben, dass sie in Gefahr schwebte. Keine anonymen Anrufe; niemand, der ihren Blog für seine Zwecke missbrauchte.

Und nun dieser nächtliche Zwischenfall.

»Ich bin fertig«, rief sie.

Stefan kam erneut herein, in der Hand einen Tablet-PC.

»Hier«, sagte er und deutete aufs Display. »Dieser Sensor ist vor zwei Minuten aktiviert worden. Das ist der Bewegungsmelder am Ende des Gartens.«

»Vielleicht ein Tier«, hoffte Eva.

»Kann ich nicht ausschließen. Allerdings müsste es ein mindestens sechs Kilo schweres Tier sein. Ansonsten wäre der Alarm nicht losgegangen. Die meisten streunenden Katzen wiegen weniger.«

»Was machen wir jetzt?«, fragte sie.

»Ich muss mich draußen umsehen«, erwiderte er. »Um ihn gegebenenfalls zu überraschen, lässt du mich vorn zur Haustür raus. Danach rennst du nach unten ins Gästezimmer. Auf dem Schreibtisch liegt eine Ersatzwaffe. Ich habe dir gezeigt, wie man damit umgeht. Du verriegelst die Tür, entsicherst die Waffe und hältst sie schussbereit. Nur wenn du meine Stimme hörst und ich das Codewort sage, weißt du, dass alles in Ordnung ist.«

»Falls du ans Codewort eine Zahl hängst, hat er dich in seine Gewalt gebracht«, fügte sie hinzu.

Stefan nickte zufrieden. »Bist du bereit?«

»Kann man für so etwas jemals bereit sein?«

Er lächelte ihr aufmunternd zu. »Ich gehe von einem Fehlalarm aus«, beruhigte er sie. Er warf das Tablet auf ihr Bett und griff zu der im Schulterhalfter steckenden Pistole. »Los geht's.«

Er ging voran, sie folgte ihm. Rasch erreichten sie die Haustür, die Eva aufschloss und einen Spaltbreit öffnete. Kaum war Stefan hinausgeschlüpft, schloss sie sie wieder ab. Für einen Moment kam ihr der Gedanke, dass er in der Aufregung seinen eigenen Schlüssel vergessen haben könnte, wodurch ihm eine Nacht im Freien bevorstünde.

Sie rannte in den Keller. Im Gästezimmer angekommen, verriegelte sie die Tür mithilfe der beiden massiven Sperrriegel, die Stefan angebracht hatte. Eva nahm die Waffe vom Schreibtisch und legte den Sicherheitshebel um. Sollte der Serienkiller tatsächlich einen erneuten Angriff wagen, und sollte es ihm sogar gelingen, Stefan zu überwältigen, würde sie nicht zögern. Im Gegensatz zur letzten Konfrontation standen ihr diesmal zehn Schuss zur Verfügung. Sie würde erbarmungslos sein und ihr Recht auf Notwehr ausüben.

Die Zeit verging im Schneckentempo. Als sie eine Weile auf die hellbraune Holztür gestarrt hatte, schaute Eva sich im Zimmer um. Seit sie das Bett frisch bezogen hatte, war sie nicht mehr in dem Raum gewesen. Die Tischplatte war vollgestellt mit Stefans Equipment, seine Kleidung befand sich teilweise noch in der Reisetasche, teilweise hatte er sie auf den beiden Stühlen verteilt. Der Anblick zweier Socken am Boden entlockte ihr trotz der bedrohlichen Situation ein Lächeln. Wann wird ein Klischee eigentlich zum Klischee?, fragte sie sich schmunzelnd.

Dann endlich hörte sie Schritte auf der Treppe. Kurz darauf klopfte es an der Zimmertür.

»Veilchenblau«, sagte ihr Beschützer. Ohne eine Zahl anzuhängen.

Eva sicherte die Waffe und legte sie zurück an den alten Platz. Sie entriegelte die Tür und stand einem zerknirscht wirkenden Mann gegenüber.

»Was ist los?«

»Ich habe niemanden entdeckt.« Er klang unzufrieden. »Jetzt weiß er möglicherweise, dass ich Bewegungsmelder installiert habe, und wird beim nächsten Mal vorsichtiger sein.«

* * *

Als sie sich am folgenden Donnerstag dem Bogensportgelände näherten, wies Stefan zum wiederholten Mal auf die Wichtigkeit ihrer Absprache hin.

»Du hältst ihn zwar für einen harmlosen Spinner, aber ich möchte mir mein eigenes Bild machen.«

»Nachher wirst du einsehen, dass ich mit meiner Vermutung richtigliege.«

»Warten wir's ab.«

Dies war nicht ihr erster gemeinsamer Besuch auf dem Sportplatz, doch außer Walter kannte niemand den wahren Grund für Stefans Anwesenheit. Nachdem der Bodyguard ihr vor einigen Tagen interessiert zugeschaut hatte, hatte sie ihn überredet, das Schießen selbst auszuprobieren, und dadurch Begeisterung für die Sportart bei ihm geweckt. Mittlerweile hatte er sich vom Verein einen Bogen ausgeliehen. Die Fortschritte, die er bei der gestrigen Trainingseinheit gezeigt hatte, ließen darauf schließen, dass er Talent besaß. Walter hoffte bereits auf ein neues Vereinsmitglied.

Da ihnen bis zum Beginn der dritten Schnuppereinheit noch eine halbe Stunde blieb, konnte Eva in Ruhe die Trainingsutensilien aus dem Container holen. Ihr gelang es sogar, Stefan davon zu überzeugen, sie nicht zu begleiten. Das Argument, dass er sie die ganze Zeit im Auge behalten konnte, erschien ihm plausibel. Zumal es seine Tarnung gefährdet hätte, wenn er Eva keine Sekunde von der Seite gewichen wäre.

Während sie alles Nötige für den Kurs vorbereitete, fand sie endlich Zeit, innerlich durchzuatmen. Der nächtliche Alarm hatte ihr verdeutlicht, wie real die Bedrohung war. Obwohl sich Stefan als angenehmer Mensch erwiesen hatte, der ihren Alltag so wenig wie möglich einschränkte, war sie doch weitestgehend ans Haus gefesselt. Gestern Nacht hatte ein Albtraum sie aus dem Schlaf gerissen; sie hatte anschließend sogar ein paar Tränen deswegen vergossen. So dünn war ihr Nervenkostüm wohl nie zuvor gewesen. Aber wenigstens hier beim Bogenschießen konnte sie die Anspannung abstreifen.

Kurz vor fünf tauchte Jochen Wilde als erster Teilnehmer des Schnupperkurses auf. Beschwingt kam er ihr entgegen.

»Ich habe mich die ganze Woche auf diesen Termin gefreut«, sagte er überschwänglich.

»Darf ich dir Stefan vorstellen? Er nimmt heute ebenfalls am Kurs teil.«

Jochen drehte sich um und musterte den Neuen genau. »Ah. Wir sind uns ja schon im Supermarkt begegnet.«

Stefan deutete ein Nicken an.

»Stefan ist ein ehemaliger Studienfreund von mir«, behauptete Eva, »der nach vielen Jahren im Ausland in seine Kölner Heimat zurückgekehrt ist. Er hat früher Bogensport betrieben – insofern hoffe ich, dass er mit euch allen mithalten kann.«

»Junge, das wird dir schwerfallen«, lachte Jochen gutmütig.

Nach der Hälfte der Trainingseinheit ließ sich Stefan den Weg zu den Toiletten zeigen und entfernte sich in die beschriebene Richtung. Wie er es vorausgesagt hatte, nutzte Jochen die Gelegenheit, um bei Eva Erkundigungen einzuziehen.

»Als ich euch beim Einkaufen getroffen habe, bin ich davon ausgegangen, er sei dein Lebensgefährte.«

»Nein«, erwiderte sie. »Wir kennen uns zwar ewig, doch eine Beziehung hatten wir nie.«

»Auf ihn ist dein Freund nicht eifersüchtig?«

»Mein Ex«, korrigierte sie ihn. »Ich habe mich getrennt. Seine Eifersucht war nicht mehr auszuhalten.«

»Oh. Das tut mir leid«, sagte Jochen.

In seinen Augen erkannte sie jedoch neu erwachtes Interesse.

»Muss es nicht«, entgegnete Eva. »Der Schritt war längst überfällig.«

»Falls du jemanden zum Quatschen brauchst, stehe ich jederzeit zur Verfügung«, bot er ihr an.

»Lieb von dir. Momentan tut mir Stefans Anwesenheit ganz gut. Er wohnt eine Weile bei mir, bis er eine eigene Bleibe gefunden hat.«

»Soll ich mich für ihn umhören?«, fragte Jochen. »Zu meinem Bekanntenkreis gehören einige Immobilienbesitzer.«

»Nicht nötig. Er muss sich erst einmal entscheiden, ob er überhaupt in Köln bleiben will. Vielleicht ist das hier auch nur eine Übergangsstation.«

* * *

Während sie ins Schlafzimmer ging, um ihren Bogen auszupacken, überprüfte Stefan alle Fenster und die Terrassentür auf Einbruchsspuren. Als er damit fertig war, saß sie im Arbeitszimmer am PC.

»Ich würde heute gern Pizza bestellen. Welche möchtest du?« Sie hatte die Homepage eines Lieferservices aufgerufen.

»Ich nehme eine Thunfischpizza mit Zwiebeln«, antwortete er, ohne zu überlegen. »Was genau hat Jochen eigentlich von seiner Firma erzählt?«

Auf dem Heimweg hatte er sie bereits darüber informiert, dass er den Mann zwar nicht als sonderlich gefährlich einschätzte, ihm Jochens Interesse an ihr aber übertrieben erschien.

»Er stellt Werbematerial her«, erinnerte sie sich. »Insgesamt hat er fünf Mitarbeiter.«

»Kann ich an deinen PC?«, fragte Stefan.

Sie surfte zunächst zu ihrem Blog und überflog kurz die beiden neuen Einträge, dann räumte sie den Stuhl. Fasziniert beobachtete sie, wie er zielsicher Seiten im Internet aufrief, ohne lange bei der Ergebnisliste eines Suchmaschinenanbieters zu verweilen. Offenbar hatte er ein effektives System entwickelt, um an Informationen zu kommen.

»Er hat gelogen«, sagte er schließlich grimmig. »Von wegen fünf Angestellte.« Er deutete auf die Homepage der Firma. »Das ist eine One-Man-Show.«

»Bist du dir sicher?«

»Absolut.« Stefan wechselte zu einer Webseite, auf der geschäftliche Kontakte geknüpft wurden. »Siehst du seinen Eintrag bei der Mitarbeiteranzahl? Null.«

»Also wollte er sich lediglich interessant machen.«

»Das wäre *eine* mögliche Erklärung.«

»Verdächtigst du ihn jetzt doch wieder?«

»Zumindest werde ich ihn näher überprüfen. Er wirkt zu besessen von dir. Statt sich vor den Schüssen zu konzentrieren, hat er nur Augen für dich gehabt. Deshalb war er so unfassbar schlecht.«

Da Stefan es für leichtsinnig hielt, auf der Terrasse zu sitzen, aßen sie trotz des lauen Frühlingsabends im Wohnzimmer.

Plötzlich fühlte sich Eva wie eingesperrt. Hatte sie genau das nicht vermeiden wollen? Frustriert legte sie ihr Besteck auf den Teller.

»Was ist los?«, fragte er.

Die Tränen ließen sich nicht niederkämpfen.

»Eva?« Er klang völlig konsterniert.

»Dieser Scheißkerl!«, schluchzte sie. »Seinetwegen hocke ich hier drinnen und starre bei schönstem Wetter durch eine

Fensterscheibe. Er hat es geschafft, mich zu einer Gefangenen zu machen.« Sie wandte sich von ihm ab. »Entschuldige. Das ist keine Kritik. Deine Vorsichtsmaßnahmen sind natürlich total berechtigt.«

Wortlos reichte er ihr eine Serviette, mit der sie sich die Tränen trocknete.

»Gehst du eigentlich gern ins Kino?«, fragte er, als sie sich wieder beruhigt hatte.

»Ja«, erwiderte sie überrascht.

»Mir ist in den letzten Tagen schon aufgefallen, dass dich die Situation immer stärker belastet. Gegen einen Kinobesuch hätte ich nichts einzuwenden. Wenn wir in den Cinedom gehen, spräche auch nichts dagegen, vorher im Restaurant zu essen. Du darfst nämlich keinen Lagerkoller kriegen und dann womöglich etwas Unüberlegtes tun. Ich weiß, wie bedrückend es für meine Klienten ist, sich permanent der Lebensgefahr bewusst zu sein, in der sie schweben.«

Der Gedanke an einen Kinoabend weckte augenblicklich ihre Lebenslust. »Schwebt dir ein spezieller Film vor?«

»Ich richte mich nach dir.«

17

Andrea Traunstein erwachte eine Viertelstunde vor der eingestellten Weckzeit. Kurz drehte sie sich auf die Seite, aber ihr Kopf war bereits zu sehr mit Überlegungen zu den Ermittlungen beschäftigt, als dass sie erneut hätte einschlafen können. Also schlug sie die Bettdecke zurück, stand auf und zog ihren flauschigen Bademantel an. Sie hatte es sich zur Gewohnheit gemacht, vor dem Duschen einen Espresso zu trinken, da so ihr Kreislauf am besten in Schwung kam. Sie verließ ihre kleine Zwei-Zimmer-Dachgeschosswohnung und ging ins Erdgeschoss hinunter. Ihre Eltern hatten Anfang des Jahrzehnts ein renovierungsbedürftiges und leer stehendes Mehrfamilienhaus gekauft und in ein Mehrgenerationenhaus umgewandelt. Seit Beendigung der Umbaumaßnahmen lebte Andrea mit ihren Eltern, ihren beiden Geschwistern und deren Familien sowie der vierundneunzigjährigen Großmutter unter einem Dach. Manchmal fragte sie sich allerdings, ob ihre Suche nach einem Partner bisher erfolglos geblieben war, weil es ihr wegen der engen Familienbande schwerfiel, Kompromisse einzugehen.

Ihr Vater saß bereits am geräumigen Küchentisch und blätterte in der Morgenzeitung.

»Guten Morgen, Paps.« Sie drückte ihm einen Kuss auf das lichte Haar.

»Guten Morgen, Drea.«

Er war der Einzige in der Familie, der ihren Namen abkürzte.

Sie trat an den Kaffeeautomaten und bereitete sich einen Espresso zu.

»Du hast nicht gut geschlafen«, sagte er.

»Wir kommen einfach nicht weiter«, erklärte sie.

»Hat euch der misslungene Überfall auf die Journalistin keine neuen Anhaltspunkte geliefert?«

Gelegentlich tranken sie abends auf der Terrasse einen Wein zusammen, und sie erzählte ihm ein paar Details von ihren aktuellen Fällen.

»Grohl verhindert mit seiner verstockten Art Fortschritte«, seufzte sie. »Er glaubt, alles besser zu wissen.«

»Die Torheit des Alters.«

»Nein. Ich glaube eher, er hat ein Problem mit weiblicher Konkurrenz im Job«, entgegnete sie und nippte nachdenklich an ihrem Kaffee.

* * *

Bei Dienstantritt stellte Andrea Traunstein fest, dass Grohl noch nicht da war. Früher wäre das um diese Uhrzeit undenkbar gewesen, momentan kam es fast regelmäßig vor. Er wirkte von Tag zu Tag mürrischer und kränklicher. Doch trotz des schweren Schicksalsschlags, der ihm vor knapp vier Jahren widerfahren war, hatte sie kein Verständnis dafür. Sie steckten mitten in einer aufsehenerregenden Ermittlung. Spätestens nach dem nächsten Mord würde die Soko von den Medien zerfleischt werden.

Sie schaltete das Licht in ihrem Büro in der zweiten Etage ein und hängte die Jacke an den Garderobenhaken. Die Handtasche verstaute sie in der untersten Schublade eines silberfarbenen Rollcontainers, ehe sie den Startknopf des Computers drückte.

Während der PC hochfuhr, starrte sie aus dem Fenster. Der Täter hinterließ kaum verwertbare Spuren. Sie wussten, welches Werkzeug er zum Aufsperren der Schlösser benutzte, und sie hatten mittlerweile auch herausgefunden, aufgrund welcher Schwachstelle er in ihr Netzwerk hatte eindringen können. Die anfängliche Hoffnung, durch die bei seinem Systemzugriff entstandenen digitalen Anhaltspunkte voranzukommen, hatte sich jedoch schnell zerschlagen. Das psychologische Profil brachte sie ebenfalls nicht weiter. Nach Ansicht des Fallanalytikers handelte es sich um einen Mann zwischen fünfundzwanzig und fünfundvierzig Jahren mit extremem Hass auf Frauen. Der BKA-Spezialist vermutete, dass der Frauenhass in der Kindheit des Täters gesät worden war. Des Weiteren nahm er an, dass es einen aktuellen Auslöser in der jüngeren Vergangenheit gegeben hatte. Mit den herausgeschnittenen Zungen wollte der Unbekannte die Frauen offenbar symbolisch doppelt zum Schweigen bringen, ihr grausamer Tod schien ihm dafür nicht ausreichend.

Ein anderer Fakt, auf den der Kriminalpsychologe besonderes Augenmerk gelegt hatte, war die zweifache Bestrafung der Opfer. Indem der Täter seine Rückkehr ankündigte, verurteilte er die Betroffenen in ihren restlichen Lebenswochen zu einem isolierten Dasein. Der Profiler ging davon aus, dass dem Mann früher etwas Ähnliches widerfahren war, wofür er sich nun rächte.

Das Klingeln des Telefons unterbrach ihren Gedankengang. Als sie die Nummer auf dem Display erkannte, schlug ihr Herz unwillkürlich schneller. Hastig griff sie nach dem Hörer.

»Traunstein.«

»Sekretariat Wöhler. Ich verbinde Sie mit dem Polizeipräsidenten. Einen Moment bitte.«

Die Oberkommissarin lauschte nervös der Warteschleifenmusik, ehe die barsche Stimme des ranghöchsten Kölner Polizeibeamten erklang.

»Wöhler. Morgen. Ich habe versucht, Polizeirat Grohl zu erreichen.«

Aus seinem Tonfall glaubte sie den Vorwurf herauszuhören, dass die Abwesenheit des Sokoleiters ihre Schuld sei.

»Bei mir hat er sich nicht abgemeldet«, rechtfertigte sich Traunstein.

»Der Jahrestag steht kurz bevor, oder?«

»Ja.«

»Meine Güte! Irgendwann muss er doch darüber hinweg sein.« Ihr Gesprächspartner räusperte sich. »Ich bitte Sie ganz im Vertrauen um Ihre Einschätzung. Ist er noch in der Lage, die Soko angemessen zu führen?«

Sie zögerte. Verneinte sie diese Frage, bestand die große Chance, dass sie selbst die Verantwortung übertragen bekam. Andererseits könnte der Ruf, illoyal zu sein, später ihren weiteren Aufstieg verhindern.

»Nein«, sagte sie wahrheitsgemäß.

»Ich fürchte, Sie haben recht. Kommen Sie um siebzehn Uhr in mein Büro. Wir sollten uns beratschlagen. Grohl darf von der Besprechung allerdings nichts mitbekommen. Vielleicht hat er sich ja bis dahin ins Wochenende verabschiedet.«

* * *

Mit einem Teller unterschiedlicher Desserts kam Eva vom Büfett zurück. Mittlerweile hatte sie drei Gläser Wein getrunken und fühlte sich endlich so, als würde sie wieder ein normales Leben führen. Sie griff zu einem der langstieligen Löffel, während Stefan keinerlei Anstalten machte, ihrem Beispiel zu folgen.

»Das habe ich für uns beide zusammengestellt. Und du kannst es dir nun wirklich leisten.«

Er lächelte, wobei er fast so etwas wie Schüchternheit ausstrahlte, was Eva unglaublich anziehend fand. Sie hatte gestern Nacht im Bett lange auf den Schlaf gewartet, weil ihr die bevorstehende Kinoverabredung nicht aus dem Kopf gegangen war.

Schließlich bediente er sich ebenfalls von dem Teller. »Ich habe in den letzten Tagen mein Training vernachlässigt«, murmelte er mit Mousse au Chocolat im Mund.

»Hast du überhaupt trainiert?«, fragte sie erstaunt. Tagsüber hielt er sich meistens in ihrer Nähe auf. Schrieb sie etwa einen Artikel für ihren Blog oder ein Nachrichtenmagazin, wartete er geduldig im Wohnzimmer.

»Abends, wenn du schläfst. Viele meiner Work-outs funktionieren ohne Trainingsgeräte, deswegen kann ich sie im Gästezimmer durchführen. Ich hätte allerdings zumindest ein paar Hanteln mitnehmen sollen.«

»Meinetwegen können wir demnächst zu dir fahren und sie holen.« Eva stellte sich vor, ihn bei den Sportübungen zu beobachten. Ein Gedanke, der ein angenehmes Kribbeln auslöste.

»Ich überleg's mir.«

Nachdem er ein wenig Pudding probiert hatte, nahm er ein Stück Melone und knabberte daran. »Ich habe noch einmal über Wilde nachgedacht.«

Auf seinen Wunsch hin hatte Eva beim Vereinsvorsitzenden die Adresse erfragt, die Jochen ins Anmeldeformular eingetragen hatte. Demnach bewohnte er ein Einfamilienhaus in einem der vornehmeren Leverkusener Wohnviertel. Bei einer Internetrecherche tauchte jedoch ein völlig anderer Name in Verbindung mit dieser Adresse auf.

»Möglicherweise ist er nur ein eitler Blender. Trotzdem will ich kein Risiko eingehen.«

»Was schwebt dir denn vor?«, fragte Eva. Sie hatte Jochen bislang als harmlos erachtet, war nun aber durch die anscheinend falsche Anschrift misstrauisch geworden.

»Ich werde beim Training am Donnerstag einen Peilsender in seine Tasche schmuggeln. So müssen wir ihm nicht direkt folgen, sondern können an meinem Laptop sehen, wohin er fährt.«

»Und was fängst du mit der Info an?«

»Am liebsten würde ich mich mal in seiner Wohnung umsehen.«

»Du willst dort einbrechen?«, folgerte sie schockiert.

Stefan zuckte mit den Achseln. Offensichtlich hielt er ein solches Vergehen für kaum mehr als ein notwendiges Übel. »Es geht hier um dein Leben. Stell dir vor, wir finden einen Hinweis, der ihn schuldig erscheinen lässt. Dann haben wir etwas Konkretes in der Hand, um die Polizei einzuschalten.«

»Und kriegen wegen des Einbruchs selbst Ärger«, fürchtete sie und schob ihm den Dessertteller zu. Ihr war der Appetit vergangen.

Kurz darauf signalisierte Stefans Handy den Eingang einer SMS. Er überflog sie, schüttelte den Kopf und steckte das Telefon wieder weg. Das war nicht die erste Nachricht, die er in ihrer Anwesenheit erhalten, aber nicht beantwortet hatte.

»Wer sendet dir diese Nachrichten? Eine Frau, oder?«

»Sophie. Sie ist meine Ex«, erwiderte er zögerlich. »Ich habe mich erst vor ein paar Wochen von ihr getrennt.«

»Wie lange wart ihr zusammen?« Ihre Neugier war so groß, dass sie nachhaken musste.

»Ein Dreivierteljahr.«

»Und sie akzeptiert die Trennung nicht«, vermutete Eva.

»Von Anfang an nicht.« Er wirkte ratlos und schien froh zu sein, darüber reden zu können.

»Ruft sie dich auch an oder belästigt dich auf andere Art? Schickt sie Geschenke?«

»Nein. Sie begnügt sich mit sinnlosen Kurzmitteilungen, die unbeantwortet bleiben. Ich meine, was soll ich auf Texte wie diesen erwidern? ›Mein Geliebter. Heute Nacht habe ich von uns beiden geträumt. Wir waren glücklich zusammen, und so könnte es wieder werden.‹« Er verzog den Mund.

»Wenn es bei den SMS bleibt, lässt sie dich wahrscheinlich bald in Ruhe. Gefährlich wird es, sobald Geschenke und andere Zeichen der vermeintlichen Wertschätzung folgen.«

Sie erzählte ihm von einem Artikel über Stalker, für den sie vor einer Weile intensiv recherchiert hatte.

»Weswegen hast du eigentlich Schluss gemacht?«, fragte sie in der Hoffnung, ihm nicht zu nahezutreten.

»Sophie hat massive psychische Probleme, mit denen ich nicht klargekommen bin. Sie fühlt sich ständig überfordert vom Leben. Auf meine Bitte, psychiatrische Hilfe in Anspruch zu nehmen, ist sie nicht eingegangen. Sie meinte immer, sie bräuchte nur mich. Irgendwann habe ich die Reißleine gezogen. Ich hatte gehofft, unsere Trennung würde dafür sorgen, dass sie sich in Therapie begibt.«

»Schreibt sie davon etwas in den SMS?«

»Klar. Sie verspricht mir, in eine Klinik zu gehen, falls wir uns versöhnen.«

»Und, denkst du drüber nach?«, wollte Eva wissen.

»Ich hoffe, dass sie ihr Leben in den Griff kriegt. Sie ist ein liebenswerter Mensch. Aber wenn ich ehrlich bin, haben wir nicht richtig zusammengepasst. Eigentlich hätte ich mich viel früher trennen müssen.«

* * *

Eine Viertelstunde später liefen sie über die Straße zum Cinedom. Stefan ließ ihr den Vortritt in die automatische Drehtür. Wenn er nicht so wachsam gewesen wäre, hätte sie diesen Kinobesuch für ein normales Rendezvous halten können.

Zielstrebig steuerte sie einen der Kartenautomaten im Foyer an. Sie hatte die Tickets bereits online gekauft, aber Stefan hatte noch immer nicht gefragt, welchen Film sie sehen würden.

»Ich hoffe, du magst französische Impressionistenfilme im Originalton mit Untertiteln.« Eva steckte ihre EC-Karte in die Maschine. Neben dem Apparat lag eine verschüttete Popcorntüte auf dem Boden.

»Ist das dein Ernst?« Zum ersten Mal klang er so, als bereue er es, ihr die Auswahl überlassen zu haben.

»Der *Spiegel* hat das Werk geradezu enthusiastisch besprochen.«

Der Automat druckte die Eintrittskarten. Ehe Eva sie aus dem Ausgabeschacht holen konnte, griff Stefan flugs danach und betrachtete sie.

»Du bist keine besonders überzeugende Lügnerin. Ich habe dir nicht eine Sekunde lang geglaubt.«

»Dein entsetzter Gesichtsausdruck hat das Gegenteil vermittelt.«

Langsam schlenderten sie weiter.

»Ist der Film für dich okay?«, fragte sie.

Stefan betrat die verglaste Rolltreppe, die zu den oberen Kinoebenen führte, zuerst. Sie stellten sich nicht auf dieselbe Stufe, weswegen sie zu ihm aufschauen musste. Bevor er antwortete, musterte er sorgfältig die Umgebung.

»Ich stehe auf Comicverfilmungen«, sagte er schließlich begeistert. »Und du? Es gibt viele Frauen, die dem Genre nichts abgewinnen können.«

»Die haben alle keine Ahnung. Dabei kann man doch prima abschalten.«

Er sah sie mit einem sonderbaren Blick an, der sie dazu animierte, zwei Stufen nach oben zu gehen, damit er zu ihr aufschauen musste.

»Du bist eine bemerkenswerte Frau.«

»Das Kompliment kann ich nur zurückgeben«, erwiderte sie.

Stefan grinste breit, und ihr wurde bewusst, was sie gesagt hatte. Hitze schoss ihr ins Gesicht.

»Das mit dem bemerkenswert meinte ich«, stammelte sie. Um ihre Unsicherheit zu überspielen, lachte sie kurz, ehe sie Richtung Verkaufstheke zeigte. »Ich bin zwar satt, aber eigentlich gehört zum Kino eine Portion Popcorn. Isst du auch welches?«

Sie gingen auf die Theke zu, hinter der drei Mitarbeiter unterbeschäftigt herumstanden.

»Ich würde zumindest die Tüte tragen«, entgegnete ihr Beschützer.

Übermütig gab Eva ihm einen kleinen Stoß mit der Hüfte, was ihn allerdings nicht aus dem Tritt brachte. Frustriert schnaubte sie. »Bei dir hilft wohl bloß rohe Gewalt.«

Sie versuchte, ihn zur Seite zu schubsen, doch er reagierte blitzschnell und presste sie an sich, indem er ihr einen Arm um die Schultern legte. Sie roch sein Aftershave und entdeckte einen winzigen Schnitt an seinem Kinn. Am liebsten hätte sie einen Kuss daraufgedrückt, traute sich jedoch nicht, so kühn vorzupreschen. Außerdem erklang in ihrem Kopf eine warnende Sirene, die ›falsch, falsch, falsch‹ rief. Sie räusperte sich und trat verlegen einen Schritt zurück.

»Entschuldige.«

»Nein. Mein Fehler.«

Unsicher drehte sie sich Richtung Verkaufstheke und sah, dass einer der Servicemitarbeiter sie grinsend beobachtete. Eva ging an der Theke vorbei.

»Du wolltest Popcorn«, erinnerte er sie.

»Egal.«

Die Türen zum Kinosaal waren bereits geöffnet, und ein unmotiviert wirkender junger Mann riss die Eintrittskarten durch.

»Als Studentin habe ich hier gejobbt«, erzählte sie ihrem Begleiter, um die Situation zu überspielen. »Rate mal, welchen Spruch man beim Kartenabreißen am häufigsten zu hören bekommt.«

Der Film lief in einem der großen Säle, der über insgesamt vier Zugänge verfügte. Eva zeigte zu einem Treppenaufgang, von dem sie am einfachsten ihre reservierten Sitze erreichen würden. Der Saal war zu einem Drittel gefüllt.

»Bringen Sie mir gleich noch ein Eis?«, vermutete Stefan.

Sie kicherte. »Nein, der Lieblingssatz war: Jetzt haben Sie meine Karte kaputt gemacht.«

»Ist nicht wahr, oder?«

»Doch. Und das Schlimmste: Jeder, der das gesagt hat, kam sich wahnsinnig witzig vor.«

»Wie hast du reagiert?«, fragte er, als sie ihre Plätze erreicht hatten.

»Anfangs mit einem müden Lächeln. In meinen letzten Wochen hier habe ich mich halb totgelacht. Die meisten haben wohl kapiert, dass ich sie verarsche.«

Sie plapperte eine Weile weiter, nur um nicht über das Geschehene nachdenken zu müssen. Als endlich die Werbung begann, atmete sie erleichtert auf.

18

Bis zu dem Augenblick, als Traunstein zu ihnen stieß, hatte es Grohl für möglich gehalten, dass der Polizeipräsident lediglich auf den neuesten Stand gebracht werden wollte. Eine informelle Besprechung an einem Samstagmorgen wäre bei einem heiklen Fall wie diesem nichts Besonderes gewesen. Durch das Auftauchen seiner Stellvertreterin wurde ihm jedoch der Ernst der Lage klar.

»Was soll das?«, fragte er dementsprechend aufgebracht, nachdem sie das Büro betreten hatte.

Traunstein grüßte die beiden diensthöheren Beamten mit einem Kopfnicken. Statt sich zu setzen, wartete sie im Hintergrund.

»Ferdinand, es gibt keinen Grund, wütend zu werden«, versuchte Wöhler ihn zu beschwichtigen.

»Das sehe ich anders. Willst du mich wirklich an einem Samstagvormittag abservieren? Und mir das Wochenende ruinieren?«

»Ich habe das Treffen heute anberaumt, damit wir ungestört reden können«, widersprach der Polizeipräsident.

»Reden?«

»Wir müssen dringend Fortschritte erzielen. In Köln läuft ein Serienkiller herum, der uns zum Narren hält. Die Reaktion der Öffentlichkeit ist verheerend. Man wirft uns Unfähigkeit vor. Inzwischen ist es schon so weit, dass sich ein potenzielles Opfer nicht einmal von uns beschützen lassen will.«

»Darüber sollten wir froh sein. Das erspart uns eine Menge

Überstunden. Ist das nicht immer deine größte Sorge? Zu viele Überstunden?«

Wöhler schüttelte genervt den Kopf. »Sarkasmus hilft uns in dieser Situation nicht weiter. Ich muss dem Bürgermeister jeden Tag Bericht erstatten und kann ihm seit Wochen nichts Neues bieten.«

»Deswegen willst du ihre Strategie ausprobieren?«, vermutete Grohl.

»Ja«, bestätigte Wöhler. Er winkte die Oberkommissarin zu sich.

Traunstein folgte der Aufforderung und nahm auf dem Stuhl neben ihrem Vorgesetzten Platz. »Wir brauchen Hinweise aus der Bevölkerung«, erklärte sie. »Vielleicht erhalten wir Aussagen, die auf einen Mann deuten, der negativ über Frauen spricht, die –«

»Kann ich gehen?«, unterbrach Grohl sie. »Meine Absetzung scheint ja beschlossen zu sein.«

»Ich möchte dir die Schmach einer offiziellen Ablösung ersparen«, behauptete Wöhler.

»Danach sieht es nicht aus.«

»Nach außen hin würdest du weiterhin die Soko leiten. Zumindest solange kein neuer Mord geschieht. Selbst innerhalb des Präsidiums würde ich Traunsteins Beförderung nicht an die große Glocke hängen, sofern du mitspielst. Aber unabhängig von deinem Einverständnis: Ab Montag leitet die Oberkommissarin die Ermittlungen.«

Grohl fuhr sich mit einer Hand durchs Gesicht. An Tagen wie diesen spürte er eine bleierne Müdigkeit in den Knochen. Mittlerweile war er bereit, alles hinzuschmeißen. Doch eigentlich war es dafür zu früh. Wenn er noch ein –

»Mir schwebt eine andere Möglichkeit vor, als direkt an die breite Öffentlichkeit zu gehen«, riss ihn Traunstein aus seinen Gedanken. »Auch aus Respekt vor Ihrer Meinung, Herr Grohl.«

»Das wundert mich«, stellte er fest. »Ich dachte, Sie hätten die Pressemitteilung bereits verfasst. Schließlich warten Sie schon so lange auf die Gelegenheit, Panik unter den betroffenen Frauen zu verbreiten.«

»Ferdinand, reiß dich zusammen!«, warnte ihn Wöhler.

»Ich will in Kürze Eva Haller ins Bild setzen«, informierte ihn Traunstein.

»Lächerlich!«, entfuhr es Grohl. »Zehn Minuten später steht die Neuigkeit online in ihrem Blog.«

»Das glaube ich nicht«, widersprach Traunstein. »Sie wird ihre eigene Sicherheit kaum durch die Bekanntmachung von Ermittlungsinterna gefährden.«

»Was versprechen Sie sich davon?«, hakte Grohl nach.

»Sie ist bestimmt vernetzt«, vermutete Traunstein. »Dementsprechend könnte sie sich umhören, ob bei anderen potenziell infrage kommenden Opfern etwas Ungewöhnliches vorgefallen ist.«

Grohl starrte den Polizeipräsidenten an. »Du bist dir also nicht zu schade, für eine solche Nadelsuche im Heuhaufen grünes Licht zu geben?«

Der Zweifel, den er in Wöhlers Mimik entdeckte, entschädigte ihn zumindest teilweise für seine Degradierung.

* * *

Die nächsten Tage blieben sie fast ausschließlich im Haus. Eva konzentrierte sich auf ihre Arbeit, Stefan hielt bewusst ein wenig mehr Abstand als zuvor. Selbst das Bogensporttraining kam zu kurz, obwohl demnächst das erste in einer Reihe aufeinander aufbauender Qualifizierungsturniere für die deutsche

Meisterschaft anstand. Da es bei den Kreismeisterschaften jedoch lediglich darum ging, anwesend zu sein und den Wettbewerb zu absolvieren, gab es für Eva keinen Grund, in Panik zu verfallen. In die nächste Runde gelangten die teilnehmenden Schützen automatisch.

Stefan hatte Bedenken wegen ihrer Teilnahme an dem Turnier. Er fürchtete, dass sich der Mörder unerkannt unter die Zuschauer mischen könnte. Aber Eva lehnte es kategorisch ab, ihre Meldung zurückzuziehen.

Donnerstagmittag besprachen sie das weitere Vorgehen, um Jochen Wildes richtige Adresse zu ermitteln.

»Du lockst ihn von seiner Tasche fort«, erklärte Stefan. »Ich nutze die Gelegenheit und schmuggle den Peilsender in seine Sachen. Dann können wir nach dem Schnupperkurs in aller Ruhe am Tablet verfolgen, wohin er fährt.«

»Warum heftest du den Sender nicht an sein Auto?«, fragte Eva.

»Du hast zu viele Actionfilme gesehen«, schmunzelte er.

»Jack Bauer ist mein Lieblingsheld«, gestand sie augenzwinkernd.

»Jack wer? Ach, egal. Ein Peilsender am Wagen ist sehr störanfällig. Schon ein Schlagloch könnte dafür sorgen, dass er nicht mehr funktioniert und alles umsonst war.«

»Und damit es nicht auffällt, dass ich gezielt Jochen um Hilfe bitte, stößt du erst später zu uns.«

»Genau. Sonst könnte er misstrauisch werden, wieso ich dir nicht zur Hand gehe.«

»Also müssen wir mit unterschiedlichen Fahrzeugen zum Training fahren.«

Stefan verzog den Mund. »Leider. Ich parke in dem Wohnviertel und warte bis zehn nach fünf. In der Zwischenzeit überwache ich deinen im Ring versteckten Sender. Solltest du dich vom Gelände entfernen, ist der Plan hinfällig. Dann müsste ich mich vergewissern, dass dir nichts passiert ist.«

***

Nach einer fünfundzwanzigminütigen Fahrt erreichten sie die kleine Straße, die bergauf in das Wohngebiet führte, an dessen Ende der Schießplatz lag. Seit ihrem Aufbruch war Stefan stets hinter ihr geblieben und hatte es geschafft, dass sich zu keinem Zeitpunkt ein Auto zwischen sie geschoben hatte. Nun betätigte er die Lichthupe. Kurz darauf verschwand er in einer Seitenstraße aus ihrem Blickfeld.

Für einen Moment spürte sie Unbehagen. In den vergangenen zwei Wochen war Stefan immer in ihrer Nähe gewesen. Sie redete sich ein, dass ihr auf dem Bogensportplatz keine Gefahr drohe und sie allenfalls eine halbe Stunde getrennt seien.

Eva bog um die Kurve, hinter der sich der Parkplatz für die Sportanlage befand. Ihre Gedanken galten Jochen. Warum bloß hatte er eine falsche Adresse angegeben? Würde die Antwort auf diese Frage einen Serienmörder demaskieren?

***

Zur vereinbarten Zeit trat Eva neben Jochen. »Ich möchte eine weitere Zielscheibe aufstellen«, erklärte sie. »Dazu brauche ich jemanden, der mit mir einen Scheibenständer aus dem Lagercontainer holt. Könntest du das vielleicht übernehmen?«

Übertrieben begeistert strahlte er sie an. »Natürlich!«

Eva wandte sich an die anderen Teilnehmer des Kurses. »Hört ihr mir eben zu?«, bat sie. »Einige von euch haben inzwischen so gute Fortschritte erzielt, dass ich eine kleinere Scheibenauflage aufhängen werde. Ich hole mit Jochen einen neuen Ständer samt Scheibe. Falls ihr in der Zwischenzeit weiterschießt, achtet sehr genau auf die Regeln, die ich euch eingebläut habe.«

»Wo ist Stefan eigentlich?«, fragte Jochen auf dem Weg zum Lager.

»Keine Ahnung, wo er bleibt. Er hatte vor, pünktlich zu sein.«

»Wohnt er nicht mehr bei dir?«

»Doch. Er hatte heute einen Vorstellungstermin für einen Nebenjob.«

»Oh. Hoffentlich klappt es.«

Schwang in seiner Stimme Enttäuschung mit, weil sie weiterhin nicht allein lebte? Oder litt sie unter Verfolgungswahn?

»Hast du mittlerweile die Trennung verarbeitet?«

»Im Prinzip ja«, sagte sie. »Michael und ich haben nicht zusammengepasst. Das wird mir momentan richtig bewusst.«

Sie erreichten den Container, den der Verein vor Jahren angeschafft hatte, um zusätzlichen Stauraum für Trainingsutensilien zu schaffen. Eva kämpfte gegen den Drang an, mit einem Blick über die Schulter nachzuschauen, ob Stefan bereits aufgetaucht war. Sie stellte sich beim Aufsperren des Schlosses absichtlich ungeschickt an, um Zeit zu schinden. Nachdem sie die Tür aufgezogen hatte, zeigte sie in die hintere linke Ecke, in der ein paar Ständer an der Wand lehnten.

»Ach, was soll's! Tu ich's einfach hier«, murmelte Jochen.

Ihr Puls raste plötzlich. Sie war überzeugt davon, dass er sie attackieren würde. Sie wirbelte herum, um sich zu verteidigen. Vielleicht würde Stefan ihre missliche Lage rechtzeitig bemerken.

Jochen starrte zu Boden und wirkte verlegen, ehe er sich einen inneren Ruck zu geben schien. Da er nichts Bedrohliches ausstrahlte, atmete Eva erleichtert auf.

»Du hast mir zwar schon mal eine Abfuhr erteilt«, begann er stockend, »aber wie stehen aktuell meine Chancen, dich zum Abendessen einladen zu dürfen?«

Nein, dachte sie unwillkürlich. Dieser Mann konnte unmöglich der gesuchte Mörder sein.

»Du gibst nicht schnell auf«, sagte Eva, während sie gleichzeitig nach einer passenden Antwort suchte. Sie wollte ihm keine unnötigen Hoffnungen machen. »Darf ich ehrlich sein?«

Jochen verzog den Mund. Nickend forderte er sie zum Weiterreden auf.

»Ich finde dich echt sympathisch. Und du bist total hilfsbereit – «

»Doch ich bin nicht dein Typ«, fügte er hinzu.

Eva schüttelte den Kopf. »Tut mir leid.«

Er zuckte mit den Achseln, als sei er solche Misserfolge gewohnt. »Es war definitiv den Versuch wert.« Er deutete auf einen der hölzernen Scheibenständer. »Soll ich den nehmen?«

»Heb dir keinen Bruch. Die Dinger sind schwer.«

Nachdem er ihn angehoben und hinausgetragen hatte, rollte sie eine der runden Zielscheiben aus dem Container, verschloss ihn wieder und folgte Jochen.

19

»Er ist es nicht«, erklärte Eva beim Blick auf das Tablet, als sie nach dem Training mit Stefan in dessen Auto saß.

Ein blinkender roter Punkt entfernte sich von ihrer Position.

»Ich schätze zwar weibliche Intuition, möchte aber zu einem eigenen Urteil kommen. Du folgst mir.«

Es dauerte etwa zwanzig Minuten, bis Stefan den Blinker setzte und am Straßenrand einparkte. Sie befanden sich in einem Kölner Wohnviertel, das von verwitterten, mehrgeschossigen Gebäuden geprägt war. Eva fuhr noch ein Stück weiter, doch weil kein Parkplatz in Sicht war, blieb sie in zweiter Reihe stehen. Stefan kam im Laufschritt zu ihr.

»Es müsste das Haus da vorn sein«, sagte er und zeigte auf einen grauen Bau, von dem die Farbe abblätterte. »Ich überprüfe kurz die Namensschilder.«

Zügig überquerte er die Straße. Plötzlich erklang hinter ihr ein Hupen. Erschrocken blickte sie in den Rückspiegel. Ein Auto zog an ihr vorbei; der Fahrer schüttelte den Kopf – anscheinend hielt er nichts von ihrer Parkweise.

* * *

Da sich Stefan nicht von seinem Plan abbringen ließ, waren sie am nächsten Morgen wieder in Jochens Wohnviertel. Zu dem Haus, in dem seine Wohnung lag, gehörte ein frei zugänglicher Hinterhof, in dem einige Carports untergebracht waren. Jochen war vor einer Viertelstunde vom Hof gefahren; seitdem hatten sie gewartet, ob er zurückkehren würde.

»Laut Klingelschild müsste es die Souterrainwohnung sein«, erklärte Stefan, während sie auf die überbaute Durchfahrt zugingen.

Eva hatte ein schlechtes Gewissen, obwohl es natürlich kein Verbrechen war, durch ein Fenster in die Wohnung eines anderen Menschen zu schauen. Doch sie hielt es für unwahrscheinlich, dass sich ihr Beschützer mit einem oberflächlichen Eindruck zufriedengeben würde.

»Perfekt«, sagte er, nachdem er sich orientiert hatte.

Zielstrebig lief er auf drei Stufen zu, die zu einer kleinen Terrasse führten. Sie bestand aus einer etwa einen Meter breiten Betonplatte ohne jegliches Grün, auf dem ein Gartenstuhl stand. War das hier der Ort, an dem Jochen nach der Arbeit entspannte?

Weil der Außenrollladen nicht heruntergelassen war, bot sich ihnen die Möglichkeit, den Raum hinter der Terrassentür von außen zu inspizieren. Er maß etwa fünfzehn Quadratmeter, die mit einem Bett, einem völlig chaotischen Schreibtisch, einem niedrigen Schrank mit Fernseher, einem Fernsehsessel, einem Beistelltisch und einem mit CDs vollgestopften Regal maximal ausgenutzt waren. Für Eva bestätigte der Zustand des Zimmers ihr Urteil über Jochen. Ein Serienkiller würde bestimmt penibel Ordnung halten und auf keinen Fall Fremden Einblick in sein Domizil gewähren.

»Glaubst du mir nun, dass er harmlos ist?«

Statt ihr eine Antwort zu geben, rüttelte Stefan erfolglos an der Tür. Er bückte sich und betrachtete das Schloss. Danach nahm er seinen Rucksack vom Rücken und holte ein Lederetui heraus.

»Was ist das?«, wollte Eva wissen.

»Falls einer meiner Auftraggeber verschleppt wird«, erwiderte Stefan leise, »muss ich in der Lage sein, mir Zugang zu einem möglichen Versteck zu verschaffen.« Er klappte das Etui auf, in dem verschiedene metallene Werkzeuge verstaut waren. »Ich bin beim Öffnen von Schlössern nicht so gut, wie ich es gerne hätte«, fuhr er fort. »Dein Haustürschloss wäre beispielsweise ein unüberwindbares Hindernis. Aber das hier wird kein Problem sein.« Er entschied sich für ein Instrument, das Ähnlichkeiten mit einer Nagelfeile aufwies.

»Wir machen uns strafbar«, warnte sie ihn.

»Deswegen solltest du dich hinter mich stellen, damit uns niemand entdeckt.«

Er führte das Werkzeug in den Schlüsselspalt des Schlosses ein. Besorgt und zugleich fasziniert beobachtete sie ihn. Es dauerte nur wenige Sekunden, bis die Tür aufsprang.

Verstohlen huschten sie ins Innere.

»Er wird es nicht einmal bemerken«, beruhigte Stefan sie.

»Hoffentlich.«

Er verließ den Raum, und sie folgte ihm, um nicht allein zurückzubleiben. Zu der Souterrainwohnung gehörten noch eine winzige Diele, ein Duschbad und eine Küche.

Zu ihrer eigenen Verwunderung spürte Eva, dass dieses Eindringen in ein fremdes Zuhause ein Prickeln in ihr auslöste.

Stefan durchwühlte den Wäschekorb im Badezimmer. »Keine blutigen Klamotten«, stellte er fest.

»Überrascht mich nicht.«

»Seit dem letzten Mord hätte er natürlich genug Zeit gehabt, seine Kleidung zu waschen.« Stefan seufzte. »Gucken wir uns im Wohnraum um. Wenn wir da nichts finden, schließe ich mich deiner Einschätzung an.«

Zielstrebig ging er zum Schreibtisch. Ehe er sich dem Rollcontainer zuwandte, verschaffte er sich einen Überblick über die obenauf liegenden Dokumente.

»Mehrere Mahnungen«, murmelte er. »Ob Wilde finanzielle Probleme hat?«

Bevor sie antworten konnte, hatte er bereits die erste Schublade des Containers geöffnet.

»Fuck!«, fluchte er.

In dem Fach steckten so viele Briefumschläge, dass einige beim Aufziehen der Schublade zu Boden gesegelt waren. Hastig hob er sie auf und reichte sie ihr.

»Überprüf den Inhalt.«

Eva legte die Briefe auf den Beistelltisch. Dann entnahm sie einem der Umschläge ein zweiseitiges Schreiben. »Offensichtlich hat er eine Kontaktanzeige aufgegeben und bevorzugt die altmodische Variante des Briefwechsels.«

»Kannst du dich an die Namen der anderen Mordopfer neben Judith Wirth erinnern?«

»Wieso?«

»Vielleicht haben sie ihm auf Kontaktanzeigen geantwortet.«

»Ein paar Namen kriege ich zusammen«, meinte Eva zweifelnd. Sie fragte sich, ob die Polizei nicht auf eine solche Verbindung zwischen den Opfern gestoßen wäre.

Stefan holte alle Briefe aus der Schublade. »Beeil dich«, bat er sie.

»Wir sollten verschwinden«, schlug sie stattdessen vor. »Er sucht eine Frau und hatte wohl bislang nicht das Glück, sein Traumgirl kennenzulernen.«

Plötzlich hörten sie, wie ein Schlüssel ins Schloss der Wohnungstür gesteckt wurde. Mit großen Augen starrte Eva Richtung Diele. Geistesgegenwärtig stellte sich Stefan schützend vor sie.

Ein Mann betrat seufzend die Wohnung und näherte sich

ihnen. Es dauerte den Bruchteil einer Sekunde, bis er die Eindringlinge entdeckte und erschrocken aufschrie. Dann erkannte er sie.

»Scheiße! Was macht ihr denn hier?« Wilde bemerkte die Umschläge in Evas Händen. »Seid ihr etwa bei mir eingebrochen, um meine Sachen zu durchwühlen?«

Eva ging intuitiv davon aus, dass lediglich die Wahrheit Jochen besänftigen würde. »Ja, wir sind eingebrochen«, gestand sie schnell und zwängte sich an Stefan vorbei. »Hast du kurz Zeit und machst uns Kaffee?«

»Kaffee?«, entfuhr es Jochen ungläubig. »Und dazu am besten ein Stück Kuchen als Belohnung für euren Einbruch? Nein! Ich rufe jetzt die Polizei. Mann, habe ich mich in dir getäuscht. Ich habe echt geglaubt, du wärst nett.« Er griff zu seinem Handy.

»Würdest du mir bitte eine Chance geben, das zu erklären?«, fragte sie.

Glücklicherweise hielt er inne. Sein Blick hetzte zwischen ihr und Stefan hin und her. »Nur, wenn er nicht dabei ist.«

»Das geht nicht«, widersprach Stefan.

»Tja, nicht mein Problem.«

Eva wandte sich ihrem Beschützer zu. »Bitte, er hat ein Recht darauf.«

»Und falls er der Mörder ist?«, rutschte es ihm heraus.

»Mörder?«, empörte sich Jochen. »Was redest du da?«

»Warte draußen«, sagte Eva eindringlich zu Stefan.

»Okay, ich gehe auf die Terrasse, werde euch aber im Auge behalten.«

»Hauptsache, du verschwindest!«, entgegnete Jochen.

Eva setzte sich auf den Schreibtischstuhl und wartete, bis Stefan die Terrassentür hinter sich zugezogen hatte. »Bestimmt hast du die Meldungen über den Serienmörder verfolgt.«

»Klar. Aber was hat das hiermit zu tun?«

»Ich bin in meinem Haus von ihm überfallen worden, konnte ihn allerdings in die Flucht schlagen.«

Sie erzählte ihm, was geschehen war. Anfangs schien ihn ihr Bericht zu beschwichtigen, bis er begriff, weswegen sie in seine Wohnung eingebrochen waren.

»Hast du mir so was Krankes ernsthaft zugetraut?«, fragte er aufgebracht. »Wirke ich wie ein Vergewaltiger?«

Eva widerstand der Versuchung, Stefan die Schuld zuzuschieben, und appellierte an sein Verständnis. »Ich bin mit den Nerven völlig am Ende«, gestand sie. »Da lässt man sich leicht zu Dummheiten hinreißen. Natürlich habe ich das nicht wirklich geglaubt. Trotzdem musste ich sichergehen.«

»Am besten gehst du jetzt«, meinte er. In seinen Augen lag große Traurigkeit.

»Es tut mir leid.«

Jochen schüttelte lediglich den Kopf.

»Wirst du die Polizei benachrichtigen?«, fragte sie unsicher.

Er zögerte einen Moment, ehe er leise »Nein« sagte.

* * *

Als Evas Telefon am späten Mittag klingelte, fuhr ihr beim Anblick der übertragenen Rufnummer ein gehöriger Schreck in die Glieder.

»Shit!«, fluchte sie.

»Was ist?«

»Wenn ich mich nicht irre, ist das eine Nummer aus dem Kölner Polizeipräsidium. Ob Jochen doch Anzeige erstattet hat?«

Sie meldete sich.

»Oberkommissarin Traunstein. Guten Tag! Frau Haller, die Soko hat beschlossen, Sie in Einzelheiten des Falles einzuweihen, die bislang der Öffentlichkeit nicht zugänglich gemacht wurden. Ist es Ihnen möglich, ins Präsidium zu kommen?«

* * *

Grohls Zweifel hatten den Polizeipräsidenten dazu bewogen, ihr zu raten, die Journalistin zunächst noch nicht um Mithilfe zu bitten. Seit letzten Samstag leitete Traunstein zwar die Soko, aber nicht so, wie es ihr vorgeschwebt hatte. Nach einer weiteren Woche ohne Ermittlungsfortschritte war Wöhler heute Morgen endlich bereit gewesen, ihr freie Hand zu lassen. Grohl hatte auf diese Entwicklung völlig pubertär reagiert und war vormittags nach Hause gefahren, weil ihn angeblich Kopfschmerzen plagten.

Die Kommissarin vermutete, dass der Polizeirat alsbald in den vorzeitigen Ruhestand geschickt werden würde, doch bis es so weit war, würde er ihr bestimmt noch einige Steine in den Weg legen.

Ein Klopfen an der geschlossenen Bürotür riss sie aus diesen pessimistischen Gedanken.

»Herein!«, rief Traunstein.

Ein Mann öffnete die Tür, trat ein und begrüßte sie mit einem Nicken. Dahinter folgte die Journalistin.

Traunstein hatte Anfang der Woche ein Zweierteam darauf angesetzt, Hallers Aufenthaltsort zu ermitteln. Dass die beiden Beamten innerhalb einer einzigen Stunde die Rückmeldung gegeben hatten, sie befinde sich zusammen mit einem Mann in ihrem Haus, war eine Überraschung gewesen. Nachdem sie jedoch die Identität des Begleiters herausgefunden hatten, konnte Traunstein einen gewissen Respekt für Hallers klugen Schachzug nicht verhehlen.

Obwohl sie die Journalistin nun hätten beschatten können,

hatte Wöhler dieses Vorhaben abgelehnt. Zum einen scheute er den hohen Personalaufwand für eine lediglich vage Chance, dem Täter auf die Spur zu kommen; zum anderen hatte Haller deutlich gemacht, nicht bewacht werden zu wollen. Aufgrund ihrer journalistischen Tätigkeit hielt Wöhler es für besser, diesem Wunsch nicht zuwiderzuhandeln.

»Sie sprachen am Telefon von Einzelheiten, in die Sie mich einweihen wollen«, sagte Haller, nachdem sie den Personenschützer vorgestellt hatte.

»Das ist richtig. Wir haben eine Vermutung, warum Sie dem Mörder ins Auge gefallen sind.« Traunstein griff nach einer Mappe und holte Kurznotizen über die ermordeten Frauen heraus, um nichts zu verwechseln. »Judith Wirth engagierte sich als Frauenrechtsaktivistin. Barbara Augustin war Gleichstellungsbeauftragte in einer Kölner Firma. Helena Netzeband Ärztin, die für den Weißen Ring Vergewaltigungsopfer beriet. Clara Meerkamp hatte sich als Familienanwältin auf die Vertretung von muslimischen Frauen bei Trennung und Scheidung konzentriert. Die Rechtsdozentin Josefine Fröhling war auf Gleichstellungsfragen spezialisiert. Michaela Fink vertrat als Anwältin gelegentlich Frauen vor Gericht, die wegen sexueller Belästigung am Arbeitsplatz klagten.«

»Und ich habe mir durch meinen Blog den Ruf einer Feministin erworben«, stellte die Journalistin fest.

»Genau.«

»Aber warum ist das bislang niemandem aufgefallen? In keiner Pressemitteilung wurde dieses mögliche Motiv des Täters erwähnt.«

»Weil es nicht so offensichtlich ist, wie es bei dieser Aufzählung klingt. Judith Wirth ging einer Erwerbstätigkeit nach, die nicht im Zusammenhang mit ihrer Aktivistenrolle stand. Barbara Augustin war hauptsächlich Vorstandsmitglied der Firma. Helena Netzeband engagierte sich ehrenamtlich, Clara Meerkamp und Michaela Fink übernahmen auch andere Fälle, und Josefine Fröhling galt vor allem als Koryphäe für Menschenrechtsfragen.«

Eva Haller benötigte einen Augenblick, um diese Neuigkeit zu verarbeiten. »Wieso weihen Sie mich dann ein?«, fragte sie schließlich.

»Zunächst einmal muss ich wissen, ob ich auf Ihre Diskretion vertrauen kann. Dringt diese Information an die Öffentlichkeit, gefährdet das die Ermittlungen.« Die Polizeibeamtin wartete, bis ihre Gesprächspartnerin nickte, und fuhr dann fort. »Ich vermute, Sie sind aufgrund Ihres Berufs gut vernetzt.«

»Ziemlich gut«, bestätigte Eva.

»Wir benötigen Namen von Frauen, die auf irgendeine Weise ins Schema passen. Damit wir sie befragen können, ob ihnen in den letzten Monaten etwas Ungewöhnliches aufgefallen ist. Die Soko erstellt derzeit eine Liste von potenziell infrage kommenden Opfern, doch ich befürchte, wir übersehen Kandidatinnen, auf die Sie uns hinweisen könnten.«

* * *

Nach der Rückkehr vom Präsidium hatte sich Eva direkt an die Arbeit begeben und mittlerweile vierzehn Bekannte aufgelistet.

»Weißt du, was mich wundert?«, fragte sie, als Stefan ihr einen Kaffee brachte.

»Was denn?«

»Hätte Grohl mich nicht in seiner Funktion als Sokoleiter ins Boot holen müssen? Warum schicken sie seine Stellvertreterin vor?«

»Vielleicht hatten sie gehofft, du wärst kooperativer, wenn dich eine Frau darum bittet.«

»Kann sein.«

Eva reichte diese Erklärung allerdings nicht; ihr journalistisches Gespür sagte ihr, dass mehr dahintersteckte. Kaum hatte Stefan den Raum verlassen, googelte sie den Suchbegriff ›Polizeirat Ferdinand Grohl‹. Sie stieß auf zahlreiche Dokumente, viele von ihnen standen in Zusammenhang mit der Mordserie. Auf der fünften Seite präsentierte ihr die Suchmaschine jedoch ein anderes Ergebnis.

»Oh«, murmelte sie betroffen, denn sie war auf eine Gedenkanzeige gestoßen, die Grohl letztes Jahr zum dritten Todestag seines Sohnes im *Kölner Stadtanzeiger* geschaltet hatte.

Nun war ihre Neugier geweckt, und so recherchierte sie weiter. Innerhalb einer halben Stunde fand sie heraus, dass Grohls Sohn Sebastian im Alter von einunddreißig Jahren Selbstmord begangen hatte. Außerdem entdeckte sie Informationen, die andeuteten, dass der junge Mann in einen mittelschweren Skandal in einer großen Düsseldorfer Firma verwickelt gewesen war. Doch trotz aller Bemühungen gelang es ihr nicht, Einzelheiten zu dem Vorfall in Erfahrung zu bringen.

Als sie nicht mehr weiterkam, griff sie zu ihrem Handy und wählte die Nummer eines Kollegen. Viktor Wolff arbeitete in der Landeshauptstadt als Journalist für eine Tageszeitung. Wenn es jemanden gab, der etwas darüber wissen konnte, dann war er es.

Nach dem vierten Freizeichen meldete sich Wolff. Zunächst tauschten sie sich über Privates aus, da ihr Kontakt in den vergangenen Monaten geruht hatte. Nur den Angriff auf ihre Person verschwieg Eva. Schließlich kam sie auf den eigentlichen Grund ihres Anrufs zu sprechen.

»Hm«, grübelte Viktor. »Dunkel erinnere ich mich. Warte, ich glaube, es ging um sexuelle Belästigung einer minderjährigen Auszubildenden. Aber du brauchst wahrscheinlich Einzelheiten.«

»Jede Info hilft mir.«

»Suchst du ein neues Thema für deinen Blog?«

»Genau«, schwindelte sie.

Ihr gutes Verhältnis zueinander würde Viktor nicht davon abhalten, die Geschichte selbst auszuschlachten, falls er eine spektakuläre Story wittern würde. Deswegen musste sie lügen.

»Wie eilig ist es?«

»Ziemlich. Ich muss mal wieder einen Artikel posten, der zahlreiche Klicks einbringt. Sonst springen mir bald Werbekunden ab.«

»Folgender Vorschlag: Heute komme ich nicht mehr dazu, die Sache zu recherchieren. Ich bin auf eine Party eingeladen. Allerdings könnte ich mich morgen früh gleich dransetzen und dir noch im Laufe des Vormittags Bescheid geben. Reicht dir elf Uhr?«

»Klar. Das ist lieb von dir.«

»Dafür schuldest du mir was.«

»Was immer dir vorschwebt.«

Gutmütig lachte Viktor. »Eine attraktive Frau wie du sollte das einem auf dem Trockenen sitzenden Mann nicht anbieten. Wir hören uns morgen.«

Als Eva aufgelegt hatte, betrachtete sie noch einmal die Gedenkanzeige. Das Datum kam ihr merkwürdig vertraut vor. Fünf Minuten später hatte sie herausgefunden, dass die erste Vergewaltigung nur drei Tage nach diesem Jahrestag stattgefunden hatte.

20

»Freitagabend halb acht, und du hast nichts Besseres zu tun, als im Büro zu sitzen«, schimpfte Andrea Traunstein leise mit sich selbst, während sie auf ein vor ihr liegendes Protokoll starrte. Fast ihre gesamte Familie besuchte heute eine Aufführung des Millowitsch-Theaters. Da ein volkstümlicher Spaß jedoch nicht zu ihrer Stimmung passte, hatte sie darauf verzichtet. Doch wenn es schon um ihr Sozialleben schlecht bestellt war, sollte wenigstens ihre Karriere vorankommen. Bestimmt achtete Wöhler genau auf ihre Anwesenheitszeiten, denn mit der inoffiziellen Beförderung war er ein Risiko eingegangen.

Sie stützte ihren Kopf in die Hände und versuchte, sich auf den Bericht zu konzentrieren.

Ein heller Piepton des geöffneten E-Mail-Programms signalisierte den Eingang einer Nachricht. Der Absender der Mitteilung sagte ihr nichts, und der Betreff deutete auf Werbung hin, was sie überraschte, da Spam normalerweise durch diverse Schutzmaßnahmen herausgefiltert wurde: ›Antworten auf Ihre Fragen, Andrea‹. Außerdem verwies das Büroklammersymbol auf einen Dateianhang. Zögerlich führte sie den Mauszeiger zu der Mail. Für den Fall, dass der PC oder das komplette Netzwerk mit einem Virus verseucht würde, ließe der Polizeipräsident wohl kaum ihr Argument gelten, dass die Firewall des Präsidiums versagt hatte. Trotzdem riet ihr ein Gefühl, die Nachricht zu lesen. Ehe sie weitere Bedenken davon abhalten konnten, klickte sie kurz entschlossen doppelt auf die hellblau hinterlegte Zeile.

Sehr geehrte Frau Traunstein, ich sehe es als meine Pflicht an, Sie über eine wichtige Information in Kenntnis zu setzen.

Judith Wirth war auf derselben Schule wie Stefan Trapp. Vielleicht haben Sie das bereits selbst ermittelt. Vielleicht auch nicht. Aber was Ihnen definitiv unbekannt sein wird, ist folgender Punkt: Trapp hat Judith in der gemeinsamen Schulzeit nachgestellt. Sie finden im Anhang eine Auflistung der damaligen Lehrerinnen. Ich bin überzeugt, die eine oder andere wird sich daran erinnern. Zudem sind mir Hinweise in die Hände gefallen, die auf eine mögliche Verbindung Trapps zu zwei weiteren Mordopfern hindeuten. Auch diese habe ich beigefügt.

Allerbeste Grüße
ein besorgter Kölner Bürger

Fassungslos las sie den Text noch einmal. Konnte das sein? Hatte ihr heute tatsächlich ein Verdächtiger gegenübergesessen?

Das erste Dokument war lediglich eine Kontaktliste mit acht Namen und Telefonnummern. In Klammern waren die Fächer aufgeführt, die die Lehrerinnen unterrichtet hatten.

Der zweite Anhang war eine JPG-Datei. Das Foto zeigte Josefine Fröhling, die auf einer Podiumsveranstaltung eine Rede hielt. Auf der Bühne ganz links stand Trapp in schwarzem Anzug und weißem Hemd und behielt das Publikum im Auge.

Die letzte Datei enthielt ebenfalls ein Bild. Auf einer Wirtschaftsmesse schüttelte Barbara Augustin der Bundeskanzlerin die Hand. In ihrer Nähe entdeckte Traunstein Trapp, der offensichtlich bei der Veranstaltung als Bodyguard gearbeitet hatte.

Die Oberkommissarin wählte die Rufnummer des EDV-Abteilungsleiters, aber natürlich hatte sich der bereits ins Wochenende verabschiedet. Also suchte sie im Intranet nach der Nummer der Rufbereitschaft.

»Schelmen«, erklang nach mehrmaligem Klingeln eine mürrische Stimme.

»KOK Traunstein«, meldete sie sich. »Ich habe eine E-Mail bekommen und muss herausfinden, wer mir die geschickt hat.«

»Hat das nicht bis Montag Zeit?«, fragte der Mann, der seine Lustlosigkeit nicht verbergen konnte.

»Würde ich Sie dann heute belästigen?«, erwiderte sie schärfer als beabsichtigt.

»Ist ja gut. Leiten Sie die E-Mail an meinen Account weiter. Vielleicht finde ich von zu Hause aus Informationen über den Absender heraus. Ich melde mich innerhalb der nächsten halben Stunde. Sollten meine Versuche erfolglos bleiben, komme ich ins Präsidium. In welchem Büro sitzen Sie?«

* * *

Wütend schlug der EDV-Spezialist auf den Schreibtisch. Mittlerweile war es zweiundzwanzig Uhr, und er schien sein Scheitern persönlich zu nehmen.

Die Kommissarin nippte an ihrem dritten Espresso seit seiner Ankunft. »Was ist das Problem?«

Der junge Beamte schaute sie missmutig an – so, als sei sie es nicht wert, in die Geheimnisse seines Berufs eingeweiht zu werden.

Traunstein zog dementsprechend verärgert die Augenbrauen in die Höhe.

Der Mann seufzte. »Die Nachricht wurde mehrfach weitergeleitet, ehe sie in Ihrem Postfach gelandet ist. Ausgangspunkt war ein thailändischer Server.«

»Die Mail kommt aus dem Ausland?«

»Vermutlich nicht. Hacker benutzen solche Weiterleitungen, um ihre Identität zu verbergen.«

»Gibt es eine Möglichkeit, ihn zu enttarnen?«

Schelmen schüttelte den Kopf.

»Vor Kurzem wurde der Polizeiserver gehackt«, erinnerte sich Traunstein. »Deutete damals etwas auf einen thailändischen Server hin?«

»In die Untersuchung war ich zwar nicht involviert, aber das finde ich schnell heraus. Dazu muss ich nur in mein Büro.«

Eine Viertelstunde später kehrte er zurück.

»Ich habe die Protokolle aufgerufen. Bei einem Knotenpunkt bin ich auf eine Übereinstimmung mit der Verschleierungstaktik gestoßen, die Ihr Unbekannter benutzt hat.«

»Zufall?«, fragte sie.

Schelmen zuckte mit den Achseln. »Das müssen Sie beurteilen.«

Traunstein überlegte. Der anonyme Hinweisgeber lenkte den Verdacht auf Stefan Trapp, also ausgerechnet auf den Mann, den Eva Haller zu ihrem Schutz engagiert hatte. Das ließ zwei mögliche Erklärungen zu: Entweder war Trapp der Mörder und spielte derzeit ein besonders hinterhältiges Spiel. Oder der wahre Täter hatte diese Nachricht geschickt, um die Polizei dafür einzuspannen, Trapp aus dem Weg zu räumen.

Jetzt war es zu spät, aber am morgigen Samstag würde sie versuchen, die Lehrerinnen zu erreichen. Wenn sie genügend Informationen erhielt, könnte sie den Sachverhalt besser einschätzen und Rücksprache mit Wöhler halten.

Stellte sich bloß die Frage, ob sie Haller bis dahin beschützen konnte, falls Trapp der Schuldige war. Unschlüssig griff sie zum Telefon, um eine Beschattung der beiden Personen in Auftrag zu geben.

21

Fünf Minuten vor der vereinbarten Zeit klingelte Evas Handy. Wie immer war auf den Kollegen Verlass.

»Hallo, Viktor«, begrüßte sie ihn. »Hast du etwas herausgefunden?«

»Zweifelst du etwa daran?« Er lachte kurz, was in einen Hustenanfall überging, bevor er weitersprach. »Das war damals eine durchaus heikle Geschichte. Sebastian Grohl galt in der Firma als aufgehender Stern. Mit einunddreißig bereits Abteilungsleiter und dadurch der direkte Vorgesetzte von fünfundzwanzig Mitarbeitern. Dann wurde er wegen sexueller Nötigung angezeigt. Angeblich hatte er eine siebzehnjährige Auszubildende auf einer Teamfindungsveranstaltung belästigt. Es war jedoch nicht die Azubine, die den Fall in die Öffentlichkeit getragen hat, sondern die Gleichstellungsbeauftragte des Unternehmens.«

»Wie hieß die Frau?«, fragte Eva atemlos. Nannte er nun den Namen einer Ermordeten, hatte sie den Schlüssel zur Lösung der Mordserie gefunden.

»Elisabeth Werhahn.«

So viel also zu ihrer schönen Theorie. Keines der Opfer des Serienmörders trug diesen Namen.

»Sie überredete das junge Mädchen, Anzeige zu erstatten. Grohl stritt alles ab, es stand Aussage gegen Aussage. Doch an dem bewussten Abend war reichlich Alkohol geflossen, und es gab einige Zeugen, die bestätigten, dass er auffallend oft mit ihr geredet hatte. Die Firma entließ ihn noch vor dem Gerichtsverfahren, das übrigens zu seinen Gunsten ausging. Er bekam eine fette Abfindung, aber sein Ruf war natürlich ruiniert. Zwei Monate später fand Sebastians Mutter seine Leiche. Mit aufgeschnittenen Pulsadern in der Badewanne. Muss kein toller Anblick gewesen sein.« Viktor hustete erneut.

»Hast du dir nicht das Rauchen abgewöhnt?«

»Die meiste Zeit. Kommen wir zurück auf Sebastian. Sein Vater ist ein hohes Tier bei der Kölner Kriminalpolizei. Polizeirat, wie du bestimmt weißt. Momentan leitet er die Soko zur Aufklärung des spektakulärsten Kriminalfalls der letzten Jahre. Insofern möchte ich wissen, ob deine Anfrage mit dem Serienmörder in Zusammenhang steht, der in Köln sein Unwesen treibt.«

Obwohl sich ihr schlechtes Gewissen meldete, musste sie ihn anlügen. Viktor hatte vor etlichen Jahren mit einem True-Crime-Sachbuch einen Bestseller gelandet. Würde sie ihm nun die Wahrheit erzählen, stünde er innerhalb einer Stunde vor ihrer Tür und gäbe erst Ruhe, wenn das Grundgerüst für ein neues Buch entwickelt wäre.

»Das ist eher dein Fachgebiet«, sagte sie. »Ich arbeite für meinen Blog an einer Reihe, die sexuelle Belästigung am Arbeitsplatz thematisiert. Eigentlich hatte ich gehofft, diesen Vorfall als Praxisbeispiel nutzen zu können. Doch damit würde ich wohl Gefahr laufen, mir den Polizeirat zum Feind zu machen.«

»Vor allem, nachdem du ihn kürzlich angegriffen hast.«

»Du liest meinen Blog?«

»Regelmäßig.«

»Wahrscheinlich ist es besser, ihn nicht zu reizen.«

Die beiden plauderten noch ein wenig, ehe sich Eva mit dem Versprechen verabschiedete, Viktor bald für seine Recherchearbeit zum Essen einzuladen.

* * *

Seit Viktors Anruf kreisten ihre Gespräche nur um ein einziges Thema: War es Grohl, der sich mit der Mordserie an Frauen rächte, die für die Rechte anderer Frauen eintraten?

Als Insider hatte er Zugang zu der Information gehabt, in welcher Schutzwohnung die einzelnen Frauen jeweils untergebracht gewesen waren. Außerdem wäre es ihm möglich gewesen, die zum Schutz abgestellten Polizeibeamten außer Gefecht zu setzen, denn er kannte alle internen Abläufe. Mittlerweile fand es Eva höchst bemerkenswert, dass keinem der Polizisten je etwas passiert war. Hätte ein eiskalter Serienmörder sie nicht getötet, statt sie vorübergehend auszuschalten?

»Wir müssen Traunstein über unseren Verdacht informieren«, sagte Stefan, während er das letzte Stück ihrer selbst zubereiteten Pizza aß.

»Ich fürchte, sie wird uns nicht glauben.«

»Lass es uns trotzdem probieren.«

Seufzend stand Eva auf und ging in ihr Arbeitszimmer, wo die Visitenkarte der Oberkommissarin auf dem Schreibtisch lag. Da es am Wochenende vermutlich keinen Sinn machte, die Präsidiumsnummer anzuwählen, tippte Eva direkt die Handynummer ins Telefon und kehrte dabei zu Stefan zurück. Die Polizeibeamtin meldete sich fast unverzüglich.

»Frau Haller! Ich wollte Sie auch gerade anrufen. Haben Sie die Liste fertig?«

»Nicht ganz. Bis Montag schaffe ich es aber.«

»Das reicht. Am besten treffen wir uns Montag. Kommen Sie doch einfach mit Herrn Trapp ins Präsidium.«

»Äh, okay«, stammelte Eva überrumpelt.

»Was machen Sie morgen eigentlich?«

»Da findet in Leverkusen die Kreismeisterschaft im Bogenschießen statt, an der ich teilnehme. Wieso?«

»Also sind Sie in der Öffentlichkeit unterwegs?«

»Ja«, bestätigte Eva. »Stefan Trapp begleitet mich.«

»Dann sollten Sie in Sicherheit sein. Wir sehen uns übermorgen. Bis dahin!« Die Kommissarin beendete das Telefonat.

»Das war seltsam«, murmelte Eva. »Sie hat mich am Ende regelrecht abgewürgt.« Ratlos legte sie ihr Smartphone auf den Tisch.

»Deswegen konntest du ihr nichts von dem Verdacht erzählen?«, hakte Stefan nach.

»Genau.« Eva griff nach einem Glas mit Orangensaft und trank einen Schluck. »Wir sollen sie am Montag in ihrem Büro aufsuchen. Wahrscheinlich will sie die Namensliste durchsprechen. Wenn wir uns persönlich gegenübersitzen, können wir das Gespräch bestimmt besser auf Ferdinand Grohl lenken. Richtig merkwürdig fand ich allerdings, dass sie mich nach meinen morgigen Plänen gefragt hat.«

»Vielleicht macht sie sich ja Sorgen um dich.«

* * *

Um halb acht parkte Eva den Wagen am Vereinsgelände und stellte fest, dass einige Schützen bereits begonnen hatten, alles für den Wettkampf herzurichten. Das Turnier begann zwar erst um neun Uhr, aber die Mitglieder des Vereins waren aufgerufen, frühzeitig auf dem Sportplatz zu erscheinen, um die letzten Vorbereitungen gemeinsam vorzunehmen. Die Schusslinie, an der die Sportler standen, musste markiert werden; anschließend wurden die Scheibenständer in den für die Meisterschaft benötigten Abständen aufgebaut. Da bei dem Wettbewerb in verschiedenen Alters- und Bogenklassen geschossen wurde, gab es insgesamt fünf unterschiedliche Distanzen. Außerdem mussten die Zielscheiben auf die Ständer gehievt und mit den Zielauflagen versehen werden. Zuletzt wurde ein Verkaufstisch für die mitgebrachte Verpflegung aufgestellt, die zur Stärkung der Teilnehmer diente.

Eine Viertelstunde vor dem Start war alles erledigt – gerade rechtzeitig, da mittlerweile Sportler anderer Vereine erschienen.

Eva verschwand in der Umkleidekabine und zog die offizielle Vereinskleidung über: ein weißes T-Shirt kombiniert mit einem dunkelblauen Sportrock. Ihr Ehrgeiz wuchs, je näher der nicht in die Wertung eingehende Probedurchgang rückte. Sie würde in der Damenklasse als Favoritin antreten und wollte dieser Rolle trotz der fehlenden Trainingseinheiten gerecht werden.

* * *

Auf der Homepage des Vereins hatte Traunstein in Erfahrung gebracht, wann die Sportveranstaltung begann. Ein Beamter würde das Turnier undercover verfolgen und sie warnen, falls Trapp das Gelände vorzeitig verließ.

In Begleitung eines vierköpfigen Teams befand sie sich um neun Uhr auf dem Weg zur Wohnung des Personenschützers. Die Anrufe bei den Lehrerinnen hatten den Verdacht gegen ihn erhärtet und in Verbindung mit den Fotos ausgereicht, um einen Durchsuchungsbeschluss zu erwirken. Gemeinsam mit Wöhler war sie übereingekommen, Trapps Abwesenheit zu nutzen. Manchmal übersahen selbst erfahrene Polizisten Hinweise, wenn der Verdächtige vor Ort den Ablauf störte. Die Einschränkung seines Anwesenheitsrechts ließe sich später problemlos rechtfertigen.

Als die Kommissarin auf die Haustür zulief, wurde die von innen geöffnet, und zwei Jungen im Grundschulalter stürmten heraus. Einer von ihnen trug einen Ball unter dem Arm. Ehe die Tür zufallen konnte, lehnte sich Traunstein dagegen und schleuste ihre Männer nach oben. Auf jeder Etage überprüften sie die Namensschilder; im dritten Stock wurden sie schließlich fündig. Einer der Beamten packte sein Werkzeug aus und ging in die Hocke. Traunstein hatte ihm die Anweisung gegeben, das Schloss nach Möglichkeit nicht zu beschädigen. Nach wenigen Minuten hielt der Polizist einen Daumen in die Höhe.

Traunstein nickte beruhigt, denn sie spielte mit dem Gedanken, Trapp nicht über die Durchsuchung zu informieren, falls sie nichts Verwertbares fänden. Das wäre zwar illegal, würde der Soko aber einen Vorteil im weiteren Verlauf der Ermittlungen verschaffen.

Als die Tür aufsprang, huschte das Einsatzteam rasch in die Wohnung.

»Wie gerade im Wagen besprochen. Wir verursachen keine Unordnung«, erinnerte die Kommissarin die Teammitglieder.

* * *

In der Pause zwischen den beiden aus jeweils sechsunddreißig Schüssen bestehenden Durchgängen entfernten sich Eva und Stefan ein Stück von den anderen Teilnehmern. Ihr bisheriges Resultat war sehr zufriedenstellend. Obwohl sie in den letzten Wochen selten Gelegenheit zum Trainieren gehabt hatte, führte sie den Wettbewerb in der Damenklasse mit achtzehn Ringen Vorsprung an.

Stefan informierte sie über seine Beobachtungen. Er hatte während der vergangenen Dreiviertelstunde die Zuschauer im Auge behalten.

»Mir sind vier Personen aufgefallen, die ich niemandem zuordnen kann und die zu deiner Täterbeschreibung passen«, sagte er.

»Dann stärken wir uns jetzt mal, und du zeigst mir die Leute.«

Sie schlenderten Richtung Verkaufsstand, an dem neben belegten Brötchen, diversen Kuchen und Schokoriegeln auch Kaffee und Softdrinks angeboten wurden. Zwei der Männer, die Stefan verdächtig erschienen, standen in der Schlange vor ihnen.

»Die kenne ich beide von früheren Turnieren«, flüsterte Eva. »Wenn ich mich nicht irre, sind sie die Partner zweier Schützinnen.«

Als sie an der Reihe war, plauderte Eva kurz mit dem Vereinsmitglied, das sich bereit erklärt hatte, den Verkauf zu übernehmen, und bestellte zwei Stücke Schokoladenkuchen.

»Ist das nicht unerlaubtes Doping?«, fragte Stefan.

»Nervennahrung in Form von Schokolade ist bei Wettkämpfen eine heilige Pflicht.«

»Nervennahrung hast du wahrlich nicht nötig«, entgegnete er schmunzelnd. »Du schießt deine Konkurrentinnen in Grund und Boden.« Plötzlich wurde seine Stimme leiser. »Wir kommen gleich auf ein Uhr an dem dritten Mann vorbei.«

Eva betrachtete ihn möglichst unauffällig. Er trug eine braune Lederjacke, eine Sportmütze und Bluejeans.

»Den habe ich noch nie bei einer Meisterschaft gesehen«, wisperte sie, nachdem sie an ihm vorbeigegangen waren.

»Okay«, erwiderte Stefan angespannt. »Auf zehn Uhr in ungefähr acht Metern Entfernung ist die vierte Person.«

»Das ist Frank«, stellte sie fest. »Der hat mal bei uns im Verein geschossen, ist allerdings nach einem bösen Streit mit Walter ausgetreten. Komisch, dass er wieder vorbeischaut. Ob er sich versöhnen will?«

»Dann konzentriere ich mich auf ihn und den Unbekannten«, erklärte Stefan.

Eva brach ein Stück von ihrem Schokokuchen ab und schob es ihm unaufgefordert in den Mund. »Damit du aufmerksam bleibst.«

* * *

Im zweiten Durchgang rächten sich zwar die fehlenden Trainingseinheiten, trotzdem gewann Eva mit neun Ringen Vorsprung. Bevor die Siegerehrung begann, halfen sie und Stefan beim Abbau der ausschließlich für den Wettkampf benötigten Materialien.

»Dieser Frank ist vorhin tatsächlich zu Walter gegangen«, erzählte er. »Sie haben ein paar Worte gewechselt und sich danach die Hand gegeben.«

»Toll!«, sagte sie erfreut. »Frank war eine Zeit lang wie ein Sohn für Walter. Niemand hat diesen Streit verstanden. Das wird ihm das Herz erleichtern.«

»Der Unbekannte hat während des zweiten Durchgangs einen Telefonanruf erhalten, nach dem er relativ zügig abgehauen ist.«

»Also wahrscheinlich auch jemand Harmloses.«

Einschließlich der Mannschaftsehrungen wurden in neunzehn Klassen Medaillen verteilt. Eva blieb bis zuletzt, obwohl die drei Erstplatzierten der Damenklasse relativ früh ihren verdienten Applaus erhielten. Stefan schien minütlich ungeduldiger zu werden – offensichtlich wollte er den Aufenthalt im Freien nun möglichst schnell beenden. Als sie anschließend noch mit Walter plauderte, riss ihm der Geduldsfaden.

»Walter, ich möchte nicht unhöflich sein, aber langsam sollte ich Eva nach Hause bringen.«

Sie stiegen in ihr Fahrzeug ein. Stefan holte sein Handy aus der Hosentasche und koppelte es per Bluetooth ans Autoradio.

»Was hast du vor?«, wunderte sie sich.

»Ich habe vorhin für diesen Anlass ein Lied heruntergeladen.«

We Are The Champions von Queen erklang. Lachend fuhr Eva los.

»Eine Kreismeisterschaft ist nicht die allergrößte Herausforderung«, erinnerte sie ihn.

»Ich fand deine Leistung großartig.«

Als die letzten Töne verklungen waren, wollte er das Handy zurück in seine Jackentasche stecken.

»Warte«, bat sie. »Hast du noch andere Songs auf deinem Telefon? Von deinem Musikgeschmack habe ich bislang bloß eine vage Vorstellung.«

Aus den Augenwinkeln sah sie sein Grinsen.

»Soll ich dir meine Lieblingsband vorspielen? Obwohl sie dir kaum gefallen wird.«

»Ich bin gespannt.«

Er scrollte auf dem Display nach unten, und einige Sekunden später ertönte harter Gitarrensound. Das Smartphone deponierte er in der Mittelkonsole.

»Nicht schlecht«, sagte sie nach einer Weile. Im Takt der Musik trommelte sie aufs Lenkrad. Da die Straßen relativ leer waren, wirkte Stefan entspannter als gewöhnlich. Sein Kopf wippte, und er warf nur gelegentlich einen kritischen Blick in den Außenspiegel.

»Machst du auf?«, fragte Eva bei ihrer Ankunft zu Hause.

»Klar.«

Stefan öffnete die Beifahrertür und lief aufs Tor zu. In diesem Moment hörte sie quietschende Reifen. Aus beiden Fahrtrichtungen rasten zivile Polizeifahrzeuge auf sie zu, die lediglich anhand des flackernden Blaulichts als solche zu erkennen waren.

Entsetzt blickte sie zu ihrem Beschützer, der völlig ratlos aussah und langsam zu ihr zurückkam. Eva löste den Sicherheitsgurt, um ebenfalls auszusteigen. Was bedeutete dieser Einsatz?

Das erste Polizeiauto blieb abrupt stehen, zwei Polizisten sprangen heraus. Sie richteten ihre Waffen auf Stefan.

»Hände über den Kopf!«

Ehe Stefan der Aufforderung nachkommen konnte, hatte einer der Beamten ihn erreicht, warf ihn um und presste ihn grob zu Boden. Rasch legte er ihm Handschellen an. Nun wurde es Eva zu bunt. Wütend stieg sie aus.

»Was machen Sie da?«, brüllte sie.

»Bleiben Sie weg von dem Verdächtigen!«, erklang es unmissverständlich.

Von dem Verdächtigen?, dachte sie schockiert.

Aus dem zweiten Einsatzwagen stieg Oberkommissarin Traunstein. Im Laufschritt näherte sie sich ihnen.

»Herr Trapp, hiermit verhafte ich Sie wegen des dringenden Tatverdachts im Mordfall Meerkamp.«

»Ich trage eine Waffe bei mir. In einem Schulterhalfter«, informierte Stefan die Anwesenden mit ruhiger Stimme.

Der Polizist, der ihn zu Boden geworfen hatte, entwaffnete ihn blitzschnell.

»Das muss ein Irrtum sein«, rief Eva.

Traunstein gab ihrem Kollegen den Befehl, Stefan aufzuhelfen.

»Wir haben in Ihrer Wohnung eine Uhr sichergestellt, die eindeutig Clara Meerkamp gehört hat.«

»Was?«, krächzte Eva. »Das kann nicht sein.«

»Führen Sie ihn ab!«

Verwirrt suchte Eva Stefans Blick. Er schaute sie mit ratlosen Augen an. Bis sie plötzlich Erkenntnis in ihnen dämmern sah.

»Eva, das ist ein Trick!«, warnte er sie. »Ein geschickter Schachzug des Mörders, um an dich heranzukommen. Du musst untertauchen!«

Der Polizeibeamte drängte Stefan Richtung Fahrzeug.

»Hau ab, so schnell du kannst!«

Dann wurde er ins Auto hineingezwängt.

22

»Das kann nicht sein! Das kann nicht sein! Das kann nicht sein!« Wie ein Mantra wiederholte Eva diese Worte, während sie ihren Wagen auf dem hinteren Grundstücksteil parkte. Gedankenverloren stieg sie aus und betrat das Haus.

Die Oberkommissarin hatte nur wenige Informationen preisgegeben, ihr jedoch versprochen, sich innerhalb der nächsten vierundzwanzig Stunden zu melden.

Von innen lehnte sie sich gegen die Haustür. Wie kam die Uhr eines Mordopfers in seinen Besitz? Dafür gab es bloß zwei Erklärungen: Entweder war er tatsächlich der Täter, oder jemand spielte ein abgekartetes Spiel.

Sie versuchte, sich Stefan als wahnsinnigen Serienkiller vorzustellen, der seine Opfer auf die schlimmstmögliche Art quälte. War dieser Mann in der Lage, Frauen zu vergewaltigen und sie anschließend in ihrer persönlichen Hölle zurückzulassen, um später sein Werk zu vollenden?

Ihrer Meinung nach ein absurder Gedanke.

Die Polizistin ging davon aus, dass er als ihr Bodyguard arbeitete, weil er nach dem gescheiterten ersten Versuch besonders hinterhältig zuschlagen wollte.

Aber hier im Hausflur wurde Eva der Schwachpunkt dieser Unterstellung klar, den sie im Gespräch mit Traunstein übersehen hatte: Sie hatte Stefan kontaktiert. Nicht umgekehrt.

Ein anderes Ereignis der vergangenen Tage drang machtvoll in ihr Bewusstsein. Stefan hatte die Terrassentür von Jochens Wohnung mit professionellem Werkzeug geöffnet. Ähnlich wie es der Eindringling bei ihr getan hatte. Er hatte behauptet, nur simple Schlösser knacken zu können – eine Aussage, für die kein Beweis existierte.

Hatte sie einen Psychopathen engagiert?

»Nein! Nein! Nein!«, flüsterte sie immer wieder.

Stefans Annahme, dass ihn der Killer aus dem Weg räumen wollte, musste einfach der Wahrheit entsprechen. Selbst wenn es bedeutete, dass sie in großer Gefahr schwebte.

Eva zwang sich, Ruhe zu bewahren, und ging ins Schlafzimmer. Aus einer der Nachttischschubladen holte sie die Pistole heraus, die Stefan ihr anvertraut hatte. Bei einem neuerlichen Auftauchen des Mörders würde ihr eine effektivere Waffe zur Verfügung stehen als der Sportbogen.

Um ihre Gedanken zu ordnen, setzte sie sich an den Schreibtisch und starrte aus dem Fenster. Sie war weder körperlich noch geistig in der Lage, seinem Rat zu folgen und das Weite zu suchen. So erschöpft hatte sie sich ewig nicht mehr gefühlt.

Sie musste seine Unschuld beweisen. Stefan benötigte ein wasserdichtes Alibi, das die Soko überzeugen würde. Eva wusste nicht, ob die konkreten Uhrzeiten, zu denen der Unbekannte zugeschlagen hatte, jemals von der Polizei veröffentlicht worden waren. Doch glücklicherweise kannte sie einen Zeitpunkt ganz genau. Sollte es ihr gelingen, Stefan für den Einbruch in ihr Haus ein Alibi zu verschaffen, würde ihn die Kommissarin bestimmt freilassen.

Plötzlich fiel ihr etwas ein. Eva sprang auf, schob die Pistole in ihren Hosenbund und lief zur Terrassentür. Von dieser Position aus überprüfte sie den Garten, in dem sich niemand aufzuhalten schien. Sie entriegelte die Tür und nahm die Waffe schussbereit in die Hand. Zügig huschte sie zu ihrem Auto. Bereits von außen sah sie sein Handy, das noch immer in der

Mittelkonsole steckte. Bevor sie die Fahrertür öffnete, blickte sie erneut in alle Richtungen.

Das Smartphone war zwar durch eine Display-Sperre geschützt, aber sie hatte ihn mehrfach beim Eingeben des Musters beobachtet, sodass sie problemlos auf sein Telefonbuch zugreifen konnte. Sie überflog die zahlreichen Einträge und stellte erleichtert fest, dass er jede Nummer entweder mit dem Vermerk *privat* oder *geschäftlich* abgespeichert hatte.

Eva würde sich auf die nicht-beruflichen Kontakte konzentrieren und zunächst die Rufnummern wählen, die lediglich mit einem Vornamen versehen waren. Sie stieß auf den Namen *Sophie*, den sie jedoch vorläufig ignorierte. Von einer Ex-Partnerin, die unter psychischen Problemen litt, versprach sie sich keine Hilfe.

»Stefan!«, erklang eine sonore männliche Stimme, die laut Eintrag einem Jan gehörte.

»Guten Tag. Entschuldigen Sie die Störung«, begann sie. »Hier spricht nicht Stefan Trapp, sondern Eva Haller. Ich bin eine Freundin.«

»Wie kommen Sie an sein Telefon? Ist ihm etwas zugestoßen?«

»Gewissermaßen. Die Polizei hat ihn vorhin verhaftet und nun –«

»Verhaftet? Ist das ein Witz?«, unterbrach Jan sie.

»Leider nicht. Ich würde Ihnen die Umstände gern erklären, doch die Zeit drängt. Stefan benötigt ein Alibi, daher telefoniere ich gerade seine privaten Kontakte ab und suche jemanden, der mit ihm am Donnerstag, den Vierundzwanzigsten abends verabredet war.«

»Ich leider nicht. Wir haben uns vor etwa sechs Wochen das letzte Mal gesehen.«

»Mist! Trotzdem danke.«

»Richten Sie ihm aus, er soll mich anrufen, wenn der Schlamassel geklärt ist.«

Auch die folgenden acht Versuche brachten sie nicht weiter. Entweder meldete sich niemand, oder die Person hatte am fraglichen Abend nichts mit Stefan unternommen. Langsam schwand ihre Hoffnung, ihm auf diese Weise weiterhelfen zu können. Der Name seiner Ex geisterte immer stärker in ihrem Kopf herum. Sophie würde Stefan wohl kaum ein Alibi für den besagten Donnerstag verschaffen können, da sie zu diesem Zeitpunkt bereits getrennt waren. Es bestand jedoch die Möglichkeit, dass sie eine der übrigen Nächte gemeinsam verbracht hatten.

Eva fuhr ihren Computer hoch und recherchierte die genauen Tage. Als sie alle zusammengetragen hatte, wappnete sie sich innerlich für das bevorstehende Gespräch.

»Stefan!«, erklang eine arg hohe Stimme. »Endlich rufst du an.«

»Guten Tag. Entschuldigen Sie die Störung«, begann sie mit ihrer üblichen Begrüßungsformel. »Hier spricht nicht Stefan Trapp, sondern Eva Haller. Ich bin eine Freundin von ihm.«

»Was heißt Freundin?«, kreischte die Frau. »Woher haben Sie sein Handy?«

»Beruhigen Sie sich«, bat Eva. »Stefan braucht Ihre Hilfe.«

»Seit Wochen reagiert er nicht auf meine SMS. Und nun meldet sich eine Unbekannte von seinem Handy? Was soll ich davon halten?«

»Stefan steckt in einer sehr unangenehmen Situation. Er wird –«

»Ist ihm etwas zugestoßen?«

»Gewissermaßen.«

»Oh nein. Das darf nicht wahr sein! Lebt er noch?«

»Ja, er lebt«, erwiderte sie. »Allerdings hat ihn die Polizei fälschlicherweise verhaftet.«

»Weswegen?«

»Wegen Vergewaltigung und Mord.« In keinem der vorhergehenden Telefonate hatte sie diese Information preisgegeben.

»Das ist lachhaft!«, entfuhr es der Ex.

»Genau. Deswegen muss ich von Ihnen wissen, ob Sie an einem der folgenden Tage mit Stefan zusammen waren und ihm ein Alibi geben können.«

»Es ist lachhaft, was Sie behaupten. Niemals würden die Bullen meinen Süßen verhaften. Sie haben sein Telefon gestohlen, damit er mir nicht schreibt. Bestimmt hat er Ihnen von mir vorgeschwärmt. Halten Sie Stefan nicht weiter von mir fern.«

Die Hoffnung, dass diese Irre ihm ein Alibi geben würde, hatte sich mittlerweile zerschlagen. Trotzdem startete Eva einen letzten Versuch. »Darf ich Ihnen die fraglichen Tage nennen?«

»Hören Sie gefälligst zu!«, keifte ihre Gesprächspartnerin. »Ich glaube den Quatsch –«

Grußlos beendete Eva die Verbindung. »Die ist ja völlig durchgedreht«, murmelte sie. »Wie hat er es bloß neun Monate mit ihr ausgehalten?«

Was sollte sie nun tun? Sie hatte alle Rufnummern angewählt, die Stefan lediglich mit einem männlichen Vornamen abgespeichert hatte – woraus sie auf eine nähere Bindung schloss. Frustriert blätterte sie noch einmal durch sämtliche Einträge. Als sie auf *Meister Baihu* stieß, verharrte ihr Zeigefinger in der Bewegung.

Natürlich! Wieso war ihr das nicht eher eingefallen?

Stefan hatte ihr erzählt, dass er dienstags und donnerstags Einzelstunden bei seinem Kung-Fu-Meister nahm – vorausgesetzt, seine Auftragslage ließ es zu. Möglicherweise konnte dieser ihn entlasten.

Innerlich angespannt drückte sie die Anruftaste und lauschte dem Freizeichen.

»Baihu, guten Abend, mein Lieber«, meldete sich nach wenigen Sekunden ein Mann in akzentfreiem Deutsch. Eva begrüßte ihn mit ihren Standardsätzen, dann kam sie auf den Grund der sonntäglichen Störung zu sprechen.

»Ich muss wissen, ob Sie Stefan am Donnerstag, den Vierundzwanzigsten abends trainiert haben.«

»Ich glaube, ja«, entgegnete der Gesprächspartner nachdenklich. »Wenn ich mich nicht irre, fand da unser bisher letztes Training statt. Warten Sie kurz. Ich schaue in meinen Terminkalender.« Polternd legte er den Telefonhörer beiseite.

Während sie wartete, trat Eva an die große Fensterfront im Wohnzimmer, die Waffe in der freien Hand. Im Garten deutete nichts auf einen Eindringling hin.

»Ich bin zwar schon einundsechzig«, sagte der Kung-Fu-Meister nach seiner Rückkehr, »aber mein Gedächtnis funktioniert einwandfrei. Wir haben von neunzehn bis zwanzig dreißig trainiert.«

Der Angriff auf sie hatte genau in dieser Zeit stattgefunden. Endlich hatte Stefan ein Alibi!

»Würden Sie das bei der Polizei zu Protokoll geben? Darf ich den Ermittlern Ihre Rufnummer nennen?«

»Selbstverständlich.«

»Ich danke Ihnen vielmals. Stefan wird sich bei Ihnen melden.«

Erleichtert beendete sie das Telefonat. Die nagende innere Stimme verstummte. Es war ausgeschlossen, dass er in ihr Haus eingedrungen war, weshalb er auch für die anderen Verbrechen als Täter ausschied.

Doch daraus folgte etwas sehr Unangenehmes: Dem wahren Schuldigen war es gelungen, ihren Beschützer aus dem Weg zu schaffen. Nun schwebte sie in größter Gefahr.

Bevor sie untertauchen würde, musste sie allerdings die Soko kontaktieren; je schneller man Stefan freiließ, desto eher konnte er wieder für ihre Sicherheit garantieren.

Einer Schreibtischschublade im Arbeitszimmer entnahm sie Traunsteins Visitenkarte und wählte zuerst deren Mobilfunknummer an. Anstelle des Freizeichens hörte sie sofort die Ansage eines Mobilfunkbetreibers, in der ihr angeboten wurde, eine Nachricht zu hinterlassen.

»Eva Haller. Ich habe herausgefunden, dass Herr Trapp ein Alibi für den Abend hat, an dem ich angegriffen wurde. Er hat mit dem Kung-Fu-Meister Baihu trainiert. Rufen Sie mich dringend zurück.« Vorsichtshalber nannte sie ihre Telefonnummer.

Danach probierte sie es mit der Präsidiumsdurchwahl, doch niemand nahm das Gespräch entgegen. Schließlich suchte sie im Internet die zentrale Rufnummer des Polizeipräsidiums Köln heraus, unter der sich eine Polizeibeamtin meldete.

»Ich muss mit Kriminaloberkommissarin Traunstein sprechen. Verbinden Sie mich bitte?«

»Das ist an einem Sonntag leider nicht möglich. In welcher Angelegenheit wollen Sie – «

»Ich weiß, dass die Kommissarin im Präsidium ist. Sie hat vor wenigen Stunden einen Unschuldigen verhaftet.«

»Woher stammt Ihre Erkenntnis?«

»Ich war dabei.«

»Bei der Verhaftung?«

Der skeptische Tonfall legte den Schluss nahe, dass sie niemals durchgestellt werden würde. »Okay, wenn Sie mir nicht glauben, dann richten Sie Kommissarin Traunstein wenigstens

Folgendes aus: Stefan Trapp hat ein lupenreines Alibi für den Angriff auf Eva Haller.«

»Haller war doch Ihr Name«, entgegnete die Frau zweifelnd.

»Richten Sie es einfach aus, Sie blöde Kuh!«

Ehe ihr die Polizistin mit einer Anzeige wegen Beamtenbeleidigung drohen konnte, hatte Eva bereits aufgelegt.

Vorläufig war sie auf sich allein gestellt.

23

»Sie müssen jemanden zur Bewachung von Frau Haller abstellen«, flehte Stefan die drei Männer im Auto an. »Sonst wird der Killer sie töten.«

Einer der Beamten lachte spöttisch, die anderen blieben stumm.

Statt zu randalieren, zwang sich Stefan mithilfe einer beim Kung-Fu benutzten Konzentrationsübung, ruhig zu werden. Sein Puls sank langsam, seine Atmung normalisierte sich. Nur durch Kooperation würde er die Polizisten davon überzeugen können, dass sie einem Trick des Täters aufgesessen waren. Je schneller man ihn freiließ, desto eher konnte er seine Auftraggeberin wieder beschützen. Aber zunächst musste er hoffen, dass sie die richtigen Schlüsse zog und für eine Weile untertauchte.

Wie war es dem Serienmörder bloß gelungen, ihm die Uhr eines der Opfer unterzuschmuggeln? Und war dies das einzige Indiz, das gegen ihn sprach?

Der Wagen schoss mit Blaulicht durch die Kölner Straßen. Offensichtlich hatte es der Fahrer eilig, den vermeintlich guten Fang an seinen Bestimmungsort zu bringen.

Stefan dachte an den Verdacht, den Eva geäußert hatte. Steckte der Polizeirat hinter der Mordserie? Er würde sehr sorgfältig darauf achten, was er den Beamten beim Verhör erzählte. Vor allem dann, wenn Grohl in Hörweite war.

* * *

Ein Mitarbeiter des Präsidiums brachte ihn in einen tristen Verhörraum. Ein hellgrauer Tisch, zwei Stühle, ein Spiegel an der Seitenwand, durch den sie ihn wohl beobachteten. Der Mann führte ihn zu einem der Stühle.

»Setzen Sie sich!«

Stefan folgte der Anweisung. Ohne ihm die Handschellen abzunehmen, verließ der Polizist den Raum.

Stefan starrte in den Spiegel, sagte jedoch kein Wort. Länger als nötig ließen sie ihn warten. Mit jeder Minute wuchs die Gefahr für Eva. Obwohl er innerlich zum Zerreißen angespannt war, bemühte er sich, Ruhe zu bewahren. Schließlich öffnete sich die Tür. Zwei Personen traten ein: Oberkommissarin Traunstein und ein ihm unbekannter Mann. Sie trug eine Mappe, ihr Kollege stellte ein Aufnahmegerät auf die Tischplatte, schaltete es ein und verschwand wortlos.

Traunstein klärte ihn über seine Rechte und den Grund der Verhaftung auf. »Werden Sie sich zu den Vorwürfen äußern?«, fragte sie anschließend.

»Natürlich«, entgegnete er. »Ich habe allerdings eine Bitte.«

»Sie sind nicht in der Position, Forderungen stellen zu können.«

Stefan betrachtete das Tonbandgerät. Sollte Eva etwas zustoßen, würde er die Kölner Polizei vor Gericht zerren. »Organisieren Sie ein Team, das Eva Haller in Sicherheit bringt«, bat er.

Die Beamtin schüttelte den Kopf. »Netter Versuch.« Sie schlug die Mappe auf, in der sich eine Plastiktüte befand. Darin lag eine Damenarmbanduhr.

»Wie kommt diese Uhr in Ihren Besitz?«

»Wahrscheinlich hat der Killer sie in meiner Wohnung deponiert, um den Verdacht auf mich zu lenken.« Stefan fiel es schwer, nicht loszubrüllen und der Kommissarin Unfähigkeit vorzuwerfen, weil sie auf so einen billigen Trick hereingefallen war.

Traunstein lächelte. »Ich habe darauf gewettet, dass Sie diese Ausrede benutzen werden. Aber vielleicht sollten wir das Verhör mit einer Reise in Ihre Vergangenheit beginnen. Beschreiben Sie mir Ihr Verhältnis zu Judith Wirth.«

Stefan schluckte. Nun wurde es kompliziert. Damals hatte er sich völlig falsch verhalten, weswegen er am liebsten nicht mehr an jene Zeit zurückdachte, in der es ihm wegen familiärer Probleme nicht gut gegangen war. Doch jetzt war Verdrängung keine Option mehr, die ihm zur Verfügung stand.

* * *

Hastig packte Eva genügend Kleidungsstücke für mindestens drei Tage in ihre Reisetasche. Sie hatte vor, wieder in einem Hotel abzusteigen und dort darauf zu warten, dass die Soko ihren schrecklichen Fehler korrigierte.

Sie schrieb Stefan eine Nachricht, welche Unterkunft sie ausgesucht hatte, und legte den Zettel auf den Schreibtisch. Plötzlich wurde ihr ihre Dummheit bewusst. Wenn der Mörder einbrechen würde, hätte sie ihm diese Information wie auf einem Silbertablett serviert. Frustriert riss sie das Stück Papier in kleine Fetzen, die sie in der Toilette hinunterspülte.

Während sie beobachtete, wie die Schnipsel im Rohr verschwanden, löste sich ihre Denkblockade. Es gab einen Ausweg.

Mit neuem Mut lief Eva ins Schlafzimmer und holte ihre Reisetasche. Sie eilte in die Diele, öffnete vorsichtig die Haustür und inspizierte die Umgebung, ohne Anzeichen für drohendes Unheil zu entdecken. Trotzdem hielt sie die Pistole entsichert in der rechten Hand.

Die Polizistin am Telefon hatte ihren Anruf zwar nicht zur Kommissarin durchgestellt, doch niemand könnte Eva aufhalten, wenn sie persönlich im Präsidium erschien. Zumal sie ihren Willen im Zweifelsfall mit Waffengewalt durchsetzen könnte. In Haft genommen zu werden, bis sich das Missverständnis aufgeklärt hätte, schien ihr eine akzeptable Alternative zu sein.

Sie erreichte das Zufahrtstor, schloss es auf und schaute sich noch einmal um. Auf der Straße war alles ruhig.

* * *

»Ich war mit Judith auf dem Gymnasium in einer Stufe«, erklärte Stefan.

Traunstein nickte. »Mehr war da nicht zwischen Ihnen?«

»Wir waren Schulkameraden.«

»Hatten Sie Interesse an ihr?«

»Ja«, bekannte er. »Ich fand sie hübsch. Charmant. Sympathisch. Aber das ist ewig her.«

»Hat Judith Ihre Gefühle erwidert?«

»Wir sind nie zusammengekommen, falls Sie das meinen.«

Die Oberkommissarin, die bislang gestanden hatte, setzte sich auf den freien Stuhl. »Haben Sie ihr nachgestellt?«

Stefan schnaubte. »Nachgestellt? Natürlich nicht.«

Nun schüttelte sie unzufrieden den Kopf. »Mir liegen andere Informationen vor.«

»Haben Sie einen anonymen Hinweis bekommen?«

»Wir haben in Judiths Vergangenheit geforscht«, behauptete Traunstein. »Bei einer Mordserie ist das erste Opfer von entscheidender Bedeutung. Sagen Ihnen die Namen Weber, Fracke und Steinmeier etwas?«

Stefan benötigte einige Sekunden, um diese Namen zu-

zuordnen. »Wenn ich mich nicht irre, sind das ehemalige Lehrerinnen von mir.«

»Genau. Lehrerinnen, die sehr interessante Aussagen getätigt haben. Judith hat sich belästigt gefühlt. Deswegen gab es sogar ein Gespräch mit der Oberstufenvertrauenslehrerin Frau Fracke.«

»Ich war siebzehn«, verteidigte sich Stefan.

»Wie verlief dieses Gespräch?«, bohrte die Polizeibeamtin nach.

»Mir wurde deutlich gemacht, dass ich Judith in Ruhe lassen soll«, sagte Stefan. »Woran ich mich gehalten habe.«

»Das muss ein unangenehmer Termin gewesen sein«, vermutete Traunstein. »Ihnen wurde der Schulverweis angedroht. Mich hätte das extrem wütend gemacht. Doch auf wen hätte sich dieser Zorn gerichtet? Allein auf Judith? Oder auch auf Frauen, die sich für andere Frauen oder Mädchen einsetzen?«

»Sie glauben wirklich, ich hätte die Morde begangen, und das sei mein Motiv?«

»Der Richter fand den Verdacht begründet genug, um einen Durchsuchungsbeschluss auszustellen. Können Sie sich meine Überraschung vorstellen, als ich in Ihrer Wohnung auf die Computerausrüstung stieß? Der Täter ist ein Computerexperte – Sie scheinen ebenfalls einer zu sein.«

»Ich benötige die Ausrüstung für meinen Beruf«, erläuterte Stefan.

Die Kommissarin setzte zu einer Erwiderung an, aber er kam ihr zuvor.

»Was halten Sie von folgender Theorie?« Stefan hatte beschlossen, seine Taktik zu ändern. Selbst wenn Grohl das Verhör hinter dem Spiegel verfolgte, musste er das Risiko eingehen, sein Wissen preiszugeben. Die Polizei sollte sich nicht auf ihn als Hauptverdächtigen einschießen. »Ein Mann verliert seinen erwachsenen Sohn durch Selbstmord, nachdem dessen Karriere von einer Frau zerstört wurde, die eine Minderjährige überredet hat, ihn wegen sexueller Belästigung anzuzeigen. In dem Vater entsteht abgrundtiefer Hass. Er musste sein eigenes Kind zu Grabe tragen, was ich niemandem wünsche. Irgendwann bricht sich dieser Hass Bahn. Der Mann beginnt, Frauen zu ermorden, die sich für andere Frauen einsetzen – um Ihre Worte zu zitieren. Wie es der Zufall will, wird ausgerechnet ihm die Leitung der Mordermittlung übertragen. Folglich verfügt er über alle notwendigen Informationen. Wo die Vergewaltigungsopfer versteckt und mit wie vielen Beamten sie beschützt werden. Für ihn ist es daher ein Leichtes, immer wieder zuzuschlagen.«

Traunstein starrte ihn überrascht an.

»Ist Ihnen nie der Gedanke gekommen, es könnte ein Polizist mit Insiderkenntnissen sein?«, wunderte sich Stefan.

Sie senkte ihren Blick auf die Mappe, aus der sie einige Sekunden später zwei Fotos holte, auf denen Stefan zu sehen war. Er erkannte sofort, dass es sich bei mindestens einem um eine Fälschung handelte. Keiner seiner Jobs hatte ihn in die Nähe der Bundeskanzlerin gebracht.

»Es gibt eine Verbindung zwischen Ihnen und vier Opfern. Judith Wirth. Josefine Fröhling. Barbara Augustin. Clara Meerkamp. Nicht zu vergessen Eva Haller.«

»Das linke Bild ist gefälscht. Beim rechten weiß ich es nicht genau.«

Es klopfte an der Tür, die gleich darauf geöffnet wurde. Verärgert schaute Traunstein auf.

»Was ist los?«

»Ich muss Sie sprechen«, sagte ein Beamter. In seiner Stimme schwang Dringlichkeit mit.

24

Verwirrt von dem Verlauf, den das Verhör gerade genommen hatte, stand die Oberkommissarin auf. Sie würdigte den Verdächtigen keines Blickes, als sie an ihm vorbeiging.

Der Streifenpolizist, der die Unterbrechung zu verantworten hatte, wartete im Gang. Traunstein schloss die Tür, damit Trapp das Gespräch nicht mitbekam.

»Ist es wirklich wichtig?«

»In der Zentrale ist vorhin ein Anruf eingegangen. Von einer gewissen Eva Haller. Sie bat darum, dass Ihnen Folgendes mitgeteilt wird: *Stefan Trapp hat ein lupenreines Alibi für den Angriff auf Eva Haller.*«

»War das der exakte Wortlaut?«, wollte die Sokoleiterin wissen.

Ihr Gegenüber nickte. Frustriert rieb sich Traunstein über die Stirn. Falls das stimmte, hatte sie die Verhaftung voreilig angeordnet. Sie malte sich lieber nicht aus, wie Wöhler darauf reagieren würde.

Aber unabhängig von den Konsequenzen für ihr berufliches Fortkommen musste sie nun die richtigen Schritte veranlassen. Sie nannte dem Beamten Hallers Adresse und wies ihn an, einen Streifenwagen hinzuschicken, um die Journalistin zum Präsidium zu bringen.

»Zu ihrem Schutz«, betonte sie.

* * *

Stefan hatte mittlerweile das zweite Bild analysiert. Er hörte, wie die Tür aufging, und schaute über die Schulter. Eine nachdenklich wirkende Kommissarin kam zurück in den Verhörraum.

»Das zweite Foto ist ebenfalls eine Fälschung«, sagte er. »Ich war nie für eine solche Podiumsveranstaltung gebucht.«

Traunstein setzte sich und schob die Fotos wieder in die Mappe.

»Ist es nicht seltsam, dass Ihnen die Lösung des Falls einfach so zugespielt wird?«

Er hatte ihre kurze Abwesenheit auch dafür genutzt, die Fakten im Kopf durchzugehen. Jemand hatte die Uhr in seiner Wohnung versteckt. Der Polizei waren gefälschte Bilddateien zugeschickt worden, die eine Verbindung zwischen ihm und zwei weiteren Opfern herstellten. Zählte man eins und eins zusammen, sprach viel dafür, dass die Soko nicht durch eigene Ermittlungen auf sein übersteigertes Interesse an Judith gestoßen war.

»Seit einem Jahr treibt der Mörder sein Unwesen, und plötzlich tauchen vermeintliche Beweise auf, die zu mir als Verdächtigem führen. Macht Sie das nicht misstrauisch?«

Traunstein schwieg weiterhin. Doch in ihrer Mimik erkannte er deutlich die Zweifel, die er in ihr geweckt hatte.

»Warum leitet Polizeirat Grohl nicht das Verhör?«, fragte Stefan.

Schweigend fischte sie einen kleinen Schlüssel aus der Hosentasche, mit dem sie seine Handschellen aufschloss.

»Danke«, murmelte er und rieb sich die schmerzenden Handgelenke.

»Der Einbruch bei Eva Haller fand an einem Donnerstagabend statt. Haben Sie für diesen Zeitpunkt ein Alibi?«

In einer Mischung aus Selbstkasteiung und Erleichterung

tippte er sich mit beiden Zeigefingern an die Schläfen. »Ich bin so dumm! Natürlich. An dem Donnerstag habe ich mit meinem Kung-Fu-Meister trainiert. Das wird er Ihnen bestätigen. Aber wieso fragen Sie gerade nach diesem Tag?«

»Frau Haller hat uns kontaktiert und behauptet, Sie hätten ein Alibi.«

»Können Sie mir bitte ein Telefon bringen? Ich möchte Eva anrufen.«

Sie nickte in Richtung Spiegel.

»Eine Streifenwagenbesatzung ist auf dem Weg, um Frau Haller ins Präsidium zu eskortieren.«

»Ich hoffe nicht, dass sie noch zu Hause ist. Dort wäre sie einem Angriff schutzlos ausgeliefert.«

Die Tür des Verhörraums öffnete sich, und ein Mann in Zivil reichte ihm ein Klapphandy. Hektisch tippte Stefan Evas Mobilfunknummer ein. In der Leitung erklang das Freizeichen.

»Geh ran«, flüsterte er.

* * *

Langsam rollte ihr Wagen die Auffahrt hinunter. Eva beschloss, das Garagentor offen zu lassen, um auf dem Weg zum Polizeipräsidium keine Zeit mehr zu vergeuden.

Plötzlich bemerkte sie aus dem Augenwinkel eine Bewegung. Rasch drehte sie den Kopf herum und kreischte erschrocken. Von der linken Seite kam ein dunkler SUV angeschossen. Kurz vor dem Aufprall erhaschte sie einen Blick auf den Fahrer, der eine Maske trug.

Ehe sie reagieren konnte, rammte das Gefährt sie mit ohrenbetäubendem Lärm. Die Airbags zündeten, Eva wurde im Sitz zur Seite geschleudert, und nur der Gurt verhinderte Schlimmeres. Sie stöhnte schmerzerfüllt, dann wurde ihr für einen Moment schwarz vor Augen.

Die Wucht des Zusammenstoßes schob ihren Wagen gegen die Mauer des Mülltonnenstellplatzes. Der erneute Aufprall rüttelte sie noch einmal durch; schlaff blieb sie im Sicherheitsgurt hängen und kämpfte dagegen an, das Bewusstsein zu verlieren.

Die Fahrertür wurde aufgerissen. Eine maskierte Gestalt beugte sich über sie. Benommen schlug sie nach der Person, traf sie sogar, doch hinter dem Abwehrversuch steckte nicht genug Kraft. Der Angreifer packte sie am Arm.

»Hilfe«, keuchte Eva.

Ihre freie Hand tastete zur Mittelkonsole, wo sie die Waffe deponiert hatte. In dieser Sekunde klingelte das in der Freisprecheinrichtung steckende Handy. Gleichzeitig spürte sie etwas an ihrem Hals. Ein unerträglicher Schmerz durchzuckte sie.

* * *

Nach dem sechsten Freizeichen sprang die Mailbox an.

»Eva, falls du bei dir zu Hause bist, dann warte dort. Jeden Moment trifft ein Streifenwagen ein, um dich abzuholen. Ansonsten ruf im Präsidium an und verlange, Oberkommissarin Traunstein zu sprechen.« Nachdenklich beendete Stefan das Gespräch. »Wann werden die Polizisten vor Ort sein?«

Die Beamtin blickte auf ihre Armbanduhr. »In etwa fünf Minuten.«

Er presste die Fäuste an die Stirn. Hoffentlich kamen sie nicht zu spät.

25

»Shit!«, fluchte der Streifenbeamte auf dem Beifahrersitz.

»Was ist los?«, fragte sein Kollege. Sie waren gerade in die Straße eingebogen, in der sie bei einer Journalistin nach dem Rechten sehen sollten. Bevor er antworten konnte, entdeckte sein Partner allerdings selbst die Unfallstelle. »Ist das die Adresse?«

Jonas Godau warf im Vorbeifahren einen kurzen Blick auf die Hausnummern. »Ich fürchte es.«

Als sie die beiden beteiligten Fahrzeuge, in deren Nähe einige Passanten standen, erreicht hatten, stellten sie fest, dass sich der Unfall tatsächlich vor dem Haus von Eva Haller ereignet hatte.

Kaum war Godau ausgestiegen, kam ein älterer Herr auf ihn zu, der eine dunkelgraue Jogginghose, Pantoffeln und ein Flanellhemd trug.

»Sie sind aber schnell hier«, zeigte er sich verwundert. »Ich habe erst eben den Notruf gewählt.«

»Wir waren nur ein paar Straßen entfernt«, erklärte der Streifenpolizist. Er hoffte auf eine unvoreingenommene Aussage, wenn er den Zeugen nicht über den Grund ihres Auftauchens informierte.

Ein schwarzer Geländewagen und ein Mittelklasseauto waren in die Kollision verwickelt. Die Fahrerseite des stahlgrauen Autos war völlig demoliert, außerdem wies die Beifahrerseite einen beträchtlichen Schaden auf, der bei der Kollision mit der Mauer des Mülltonnenstellplatzes entstanden sein musste.

Beim SUV war die Front eingedellt, und der Motor dampfte. Doch es gab keine Verletzten, die am Unfallort ausharrten, und niemand war in den Fahrzeugen eingeklemmt.

Mittlerweile hatte auch Roland Wiske den Einsatzwagen verlassen. »Das Kennzeichen dieser Haller hat die Zentrale nicht durchgegeben, oder?«, flüsterte er.

Godau schüttelte den Kopf. »Mit Vornamen heißt sie Eva«, erwiderte er leise und deutete auf das Nummernschild. Die Buchstabenkombination ›EH‹ verstärkte seine böse Vorahnung.

»Hat jemand gesehen, was passiert ist?«, fragte Wiske laut.

»Ich«, sagte der Jogginghosenträger. »Nachdem es so furchterregend geknallt hat, bin ich direkt zum Fenster gelaufen. Kaum hatte ich die Gardine beiseitegeschoben, sah ich, wie ein Mann die Fahrertür von Frau Hallers Wagen aufriss, sich hineinbeugte und meine regungslose Nachbarin kurz darauf forttrug.«

»Wohin?«, hakte Godau nach.

»Zu einem anderen Fahrzeug, das ungefähr dreißig Meter entfernt am Bürgersteig stand. Er hat sie in den Kofferraum gelegt und ist dann weggefahren.«

»Könnten Sie den Mann identifizieren?«

»Nein. Er hatte eine Maske auf.«

»Und das Kennzeichen?«

»War schlammbespritzt. Nicht zu entziffern.«

Wiske griff zu seinem Funkgerät und teilte der Zentrale die Fakten mit. Außerdem nannte er der Kollegin das Kennzeichen des SUV. Wenige Minuten später erfuhren die Polizisten, dass der Geländewagen einen Tag zuvor gestohlen worden war.

* * *

Stefan saß allein im Verhörraum und wartete auf eine Nachricht. Nervös trommelte er mit den Fingern auf den Tisch. Schließlich kehrte Traunstein zurück. Ihr war anzumerken, dass sie schlechte Neuigkeiten mitbrachte.

»Was ist passiert?«, fragte er.

»Frau Haller war in einen offenbar absichtlich herbeigeführten Unfall verwickelt«, erklärte die Oberkommissarin. »Ein SUV muss ihr Fahrzeug gerammt haben, als sie gerade aus ihrer Ausfahrt fuhr. Der Lärm hat einen Nachbarn alarmiert, der mitbekam, wie ein Maskierter Frau Haller aus dem Wagen gezogen und in ein anderes Auto verfrachtet hat. Leider konnte der Zeuge das Kennzeichen nicht erkennen.«

»Was ist mit dem Geländewagen?«

»Gestern gestohlen.«

»Sie müssen mich zu Evas Haus bringen.«

»Das wird nicht nötig sein. Ein Spurensicherungsteam ist dort bereits im Einsatz. Bislang gibt es jedoch keinen Anhaltspunkt, wohin der Entführer sie verschleppt haben könnte.«

»Wahrscheinlich kann ich ihren Aufenthaltsort ausfindig machen«, erwiderte Stefan, dem es zunehmend schwerer fiel, seine Ungeduld zu zügeln.

»Wie das?«

»Eva trägt einen Ring, in den ein Peilsender eingearbeitet ist. So kann ich sie aufspüren. Dazu benötige ich allerdings mein Tablet oder meinen Laptop. Das Tablet liegt eventuell noch in ihrem Fahrzeug. Die Beamten sollen es sicherstellen.«

***

Stöhnend schlug Eva die Augen auf. Ihr Körper wurde durchgeschüttelt, und sie stieß mit der Stirn irgendwo an.

Langsam kehrte die Erinnerung zurück.

»Oh nein«, flüsterte sie entsetzt.

Motorgeräusche drangen in ihr Bewusstsein. In Verbindung mit der Dunkelheit konnte das nur eins bedeuten: Sie wurde in einem Kofferraum entführt.

Ihre Vermutung bestätigte sich, als sie ein Stück in die Luft gehoben wurde und dann hart zurückfiel. Offenbar war das Auto über ein Schlagloch gefahren.

Panik stieg in ihr hoch. Am liebsten hätte sie geschrien, doch stattdessen zwang sie sich, ruhig zu bleiben und die Situation zu analysieren. Eva bewegte ihre Hände und stellte erleichtert fest, dass sie nicht gefesselt waren. Vielleicht würde es ihr gelingen, den Maskierten zu überwältigen, sobald sie das Ziel erreichten. Sie tastete suchend nach einem Gegenstand, der sich als Waffe nutzen ließe. Aber außer ihr befand sich nichts im Kofferraum.

Sie begann, die Sekunden zu zählen, um ein Gefühl für die Dauer der Fahrt zu bekommen. Das wurde ihr jedoch nach einer Weile zu mühselig. Stattdessen spielte sie in Gedanken verschiedene Möglichkeiten durch, wie sie sich zur Wehr setzen könnte.

* * *

Kurz nachdem der Wagen angehalten hatte, wurde die Kofferraumklappe geöffnet. Die tief stehende Sonne schien ihr direkt ins Gesicht und blendete sie. Von der Gestalt, die sich über sie beugte, nahm sie bloß Umrisse wahr. Trotzdem versuchte sie, mit einem Bein einen gezielten Treffer zu landen. Der Mann wehrte den Tritt ab, packte ihren rechten Arm und legte etwas um ihr Handgelenk. Obwohl sie sich verzweifelt bemühte, konnte sie nicht verhindern, dass er schließlich auch den anderen Arm zu fassen bekam und ihre Hände mit einem Kabelbinder fesselte.

Zumindest konnte sie jetzt die Umgebung besser wahrnehmen, weil er die Sonne abschirmte. Der Entführer trug eine schwarze Wollmaske, ein graues Sweatshirt und eine dunkelblaue Jeans. Grob zog er sie aus dem Fahrzeug. Vergeblich kämpfte sie um ihr Gleichgewicht; sie landete auf Schotter, der ihr schmerzhaft die Haut aufriss.

Als er dicht an sie herantrat, entdeckte sie einen Elektroschocker in seiner Rechten.

»Bitte nicht«, flüsterte sie.

Ohne ein Wort zu sagen, machte er ihr per Handzeichen klar, dass sie aufstehen sollte.

Sie stützte sich mit den Unterarmen ab. Dabei fiel ihr Blick auf ein frei stehendes, verwittert wirkendes Gebäude. Weißer Putz blätterte von den Mauern, an einem Fenster fehlte die Glasscheibe. Ungefähr fünfzig Meter hinter dem eingeschossigen Haus stand eine kleine Scheune.

Der Mann klatschte ungeduldig in die Hände. Eva erhob sich mühsam.

»Polizeirat Grohl, das Schicksal Ihres Sohnes tut mir schrecklich leid«, begann sie die im Auto gedanklich vorformulierte Rede. »Kein Vater sollte sein Kind beerdigen müssen. Sie haben mein Mitleid. Aber Ihre Taten bringen Sebastian nicht ins Leben zurück. Sie wissen, dass kein Verbrechen ein anderes ungeschehen machen kann.«

Für einen Augenblick schien er zu zögern.

»Wenn Sie mich laufen lassen und sich Ihren Kollegen stellen, ehren Sie Ihr Kind und beenden dieses fürchterliche Blutvergießen«, fuhr sie rasch fort.

Mit ausgestrecktem Arm zeigte er nun zum Hauseingang. Eva senkte den Kopf und trottete auf das Gebäude zu. Die

Tür war einen Spaltbreit geöffnet. Sie schob sie mit der Schulter weiter auf. Ein abgestandener Geruch schlug ihr entgegen. Eva erreichte eine Art Vorraum. Ihr Entführer stieß sie in den Rücken, und sie stolperte vorwärts in einen unbeleuchteten Gang. Sie kam an zwei offenen Türen vorbei, ehe sie am Absatz einer Holztreppe, die in den Keller führte, abbremste. Als sie in die Dunkelheit hinabblickte, erfasste sie nackte Panik.

»Warum tun Sie mir das an? Ich habe Ihren Sohn nicht einmal gekannt.«

Aus dem Augenwinkel registrierte sie, dass er einen Schalter betätigte. Eine matte Glühbirne flammte auf halbem Weg nach unten auf. Damit er sie nicht die Stufen hinunterschubste, setzte sie sich ohne Aufforderung in Bewegung.

»Sprechen Sie wenigstens mit mir! Behandeln Sie mich wie einen Menschen.«

Am Ende der Treppe verhinderte eine geschlossene Stahltür, dass sie weitergehen konnte. Plötzlich spürte sie einen Gegenstand an ihrem Hals und kurz darauf einen brennenden Schmerz.

* * *

Er legte einen Arm um ihren schlanken Körper, ihr Kopf sackte nach hinten, und sie verlor das Bewusstsein.

Was für eine Rede, dachte er amüsiert. Offensichtlich hatte sie die Worte, die sie vor ihrem bereits besiegelten Schicksal bewahren sollten, mit Bedacht gewählt.

War sie wirklich so naiv? Hatte sie wirklich gehofft, sich dadurch retten zu können?

Er öffnete die Durchgangstür und schaltete das Licht in dem vorbereiteten Raum ein. Zufrieden betrachtete er sein Arrangement. Auf dem Boden lag eine Kingsize-Matratze direkt vor einem Heizkörper, an dem er sie fixieren würde.

Vor einigen Wochen hatte sie ihn um das erste Vergnügen gebracht. In den nächsten Stunden würde sie qualvoll feststellen, dass sie sich lediglich einen Aufschub erkämpft hatte.

Er packte sie unter den Achseln und zog sie ächzend auf die Matratze. Danach begann er mit seinem persönlichen Vorspiel. Vorsichtig löste er die Schleifen an ihren Sportschuhen und zog ihr Schuhe sowie Socken aus. Mit wachsender Erregung streifte er ihr die Hose ab. Es folgte das langärmlige Sweatshirt, dann das rosafarbene Top. Nun trug sie nur noch einen Sport-BH und einen weißen Slip. Als Erstes machte er sich an dem BH zu schaffen. Als ihre Brüste entblößt waren, leckte er an einer Brustwarze. Ein erregtes Stöhnen entfuhr seiner Kehle. Sie hatte sich bei dem Unfall lediglich ein paar Blutergüsse zugezogen. Offene Wunden entdeckte er nicht – das würde sich nach seiner Spezialbehandlung ändern.

»Wir werden eine Menge Spaß haben«, flüsterte er.

Den Slip riss er ruckartig hinunter. Erfreut stellte er fest, dass sie frisch rasiert war. Obwohl es ihm schwerfiel, sie nicht sofort zu missbrauchen, hielt er sich zurück. Er würde warten, bis sie aus der Bewusstlosigkeit erwacht war. Sie sollte die Hoffnungslosigkeit ihrer Lage erkennen, bevor er sie bestrafte.

Zuletzt nahm er ihr den Ring und die Armbanduhr ab. Beides stopfte er in seine Hosentasche. Vielleicht würde er eines Tages erneut etwas benötigen, um falsche Spuren zu legen. Nachdem er sie mit zwei Kabelbindern an den Heizkörper gefesselt hatte, raffte er die Kleidungsstücke zusammen, ging ins Erdgeschoss und warf sie achtlos in eine Ecke. Eva Haller würde dafür keine Verwendung mehr haben.

Bedauerlich, dass er sich nicht an seine übliche Vorgehensweise halten konnte, aber wahrscheinlich wäre es in Zukunft unmöglich, sie noch einmal in die Hände zu bekommen. Umso mehr wollte er sich gleich austoben. Doch ehe er der Kleinen seine ganze Aufmerksamkeit schenkte, musste er letzte Vorbereitungen treffen.

26

Im Fond des zivilen Polizeifahrzeugs marterte sich Stefan mit Selbstvorwürfen. Natürlich war der Schachzug des Serienmörders nicht vorhersehbar gewesen – trotzdem hatte er das Gefühl, zu wenig für Evas Schutz getan zu haben. Wenn der Mörder sie vergewaltigen oder sogar töten würde, könnte er sich das niemals verzeihen. Hatte er vor Wochen ernsthaft gehofft, ihm eine Falle stellen zu können?

Die Oberkommissarin, die auf dem Beifahrersitz saß, beendete ein Telefonat. Sie blickte über ihre Schulter nach hinten.

»In zwanzig Minuten steht uns ein mobiles Einsatzkommando zur Verfügung«, erklärte sie laut genug, um die Sirene und den Motorlärm zu übertönen. »Ein achtköpfiges, schwer bewaffnetes Team, das jedes Versteck in kürzester Zeit einnehmen kann.«

Falls der Peilsender noch funktionierte, war dies eine Chance, Eva zu retten.

Der Wagen schoss mit quietschenden Reifen um eine Kurve. Sie näherten sich Evas Wohnviertel.

Der Fahrer bremste ab, als sie die Tempo-30-Zone erreichten. Nervös schaute Stefan aus dem Fenster. Der Anblick ihres demolierten Autos versetzte ihm einen Stich. Hoffentlich hatte sie bei dem Unfall keine schwerwiegenden Verletzungen davongetragen.

Ein Streifenpolizist stand neben dem Wagen. In der Hand hielt er ein schwarzes Gerät. Stefan und die Kommissarin stiegen fast gleichzeitig aus, nachdem der Fahrer den Streifenwagen gestoppt hatte.

»Ist es das?«, fragte der Beamte.

Stefan nickte. Ungeduldig griff er nach dem Tablet, dessen Display gesprungen war. Ein Riss zog sich in der Mitte über die Glasfläche. Trotzdem drückte er auf den Einschaltknopf.

»Scheint kaputt zu sein«, sagte der Mann.

»Verdammt!«, fluchte der Leibwächter, als er sah, dass der Bildschirm dunkel blieb.

»Was jetzt?«, wollte Traunstein wissen.

»Im Gästezimmer steht mein Laptop. Darauf ist das Programm ebenfalls installiert.«

Stefan rannte auf die offene Haustür zu. Ein Spurensicherungsbeamter sah ihn verblüfft an, als er an ihm vorbeilief.

»Hey!«, rief er. »Das ist ein Tatort.«

»Ist schon gut«, erklärte Traunstein. »Er hat meine Erlaubnis.«

Stefan nahm jeweils zwei Stufen auf einmal. Er durchquerte das Zimmer und suchte mit seinen Augen den Schreibtisch ab, an dessen linkem Rand er den Laptop entdeckte.

Die Software startete innerhalb einer halben Minute nach dem Hochfahren des Rechners, dennoch dauerte es ihm viel zu lange.

»Funktioniert es?«, fragte die Kommissarin, die ihm nach unten gefolgt war.

»Das System versucht den Sender zu orten«, murmelte er. »Das kann eine Weile dauern.«

* * *

Als Eva zu sich kam, bemerkte sie zunächst, dass ihre Arme über dem Kopf gefesselt waren. Sie reckte den Hals und entdeckte einen weißen Heizkörper, an dem sie mit Kabelbindern fixiert war. Erst danach wurde ihr bewusst, dass sie vollkommen nackt auf einer Matratze lag.

Verzweifelt riss sie die Hände auseinander. Die Fesseln bohrten sich schmerzhaft in ihre Haut, lockerten sich jedoch nicht.

»Scheiße!«

Da sie keine Möglichkeit sah, sich selbst zu befreien, blickte sie sich um. Vor allem hielt sie nach einer Kamera Ausschau. Aber offensichtlich legte der Entführer keinen Wert darauf, sie zu beobachten.

Was sollte sie bloß tun?

Ihre Beine waren frei beweglich. Somit könnte sie sie als Waffe einsetzen, sobald der Vergewaltiger näher kam. Sie probierte mehrere Trittvarianten aus, nach vorn ebenso wie zur Seite. Sie würde wohl nur eine Gelegenheit bekommen, weswegen der Angriff perfekt ausgeführt werden musste.

Als sie spürte, dass ihre Beine vor Erschöpfung erlahmten, hörte sie mit den Übungen auf und wartete. Es dauerte ihrer Schätzung nach mindestens eine Dreiviertelstunde, bis sich die Tür öffnete und der Killer den Raum betrat. Abgesehen von der Maske war er vollständig entkleidet.

* * *

Nachdem die Software das Signal geortet hatte, baute sich eine Straßenkarte auf. Der Sender war etwa fünfunddreißig Kilometer entfernt lokalisiert worden und schien sich in einer ländlichen Gegend zu befinden.

»Wie schnell wird das Team dort eintreffen?«

»In ungefähr vierzig Minuten«, vermutete Traunstein.

»Das ist zu lange!«, stieß Stefan mürrisch aus. »Können Sie keinen Hubschrauber schicken?«

»Soll ich den herbeizaubern?«

Die Karte zeigte den geografischen Längen- und Breitengrad an. Die Kommissarin notierte die Angaben, bevor sie den Leiter des Einsatzkommandos telefonisch unterrichtete.

»Nehmen Sie mich mit?«, fragte Stefan. »Oder soll ich allein fahren?«

»Sie können in meinem Wagen mitfahren«, entschied Traunstein. »Allerdings unter einer Bedingung. Sie überlassen die Rettung Ihrer Auftraggeberin den Profis.«

Das werden wir ja sehen, dachte Stefan. Trotzdem nickte er.

Gerade als er den Laptop vom Tisch nahm, verschwand das Signal.

»Oh nein«, flüsterte er.

»Was ist passiert?«

Stefan machte sie auf den Bildschirm aufmerksam. Bislang hatte dort ein roter Punkt geblinkt, nun war er nicht mehr vorhanden.

»Ist der Sender ausgefallen? Oder hat der Mörder ihn entdeckt und zerstört?«

Stefan ballte seine Hände zu Fäusten und klopfte sich gegen die Stirn. Warum war das Symbol verschwunden?

»Die Umgebung hat einen Einfluss auf die Signalstärke«, erklärte er der Polizistin. »Vielleicht hat er sie in einen unterirdischen Raum geschleppt.«

Die andere Alternative strich er aus seinen Überlegungen. Sollte der Täter den Zweck des Rings herausbekommen haben, würde er vermutlich mit Eva fliehen. Dann hätten sie keinen Anhaltspunkt mehr, um sie zu finden.

27

Um das lähmende Entsetzen abzuschütteln, versuchte Eva die Situation nüchtern zu analysieren. Wenn sie davon ausging, dass der Maskierte Ferdinand Grohl war, müsste ihr ein Mittfünfziger gegenüberstehen. Deutete sein Körper auf dieses Alter hin? Sie hatte keine Erfahrung mit Liebhabern jenseits der Vierzig. Ihr Peiniger war schlank, aber nicht muskulös. Anscheinend hatte er seine komplette Körperbehaarung wegrasiert, jedenfalls entdeckte sie nicht ein einziges Haar.

Sie konzentrierte sich auf den Kopf, um den Anblick der Erektion zu verdrängen. Seine deutlich sichtbare Erregung schürte ihre Angst. Der Vergewaltiger genoss seine Machtposition und würde sie wahrscheinlich intensiv auskosten.

»Reden Sie mit mir!«, verlangte Eva.

Während er bislang nur im Eingang gestanden hatte, kam er nun in den Raum und warf die Tür zu, was wie ein Hammerschlag klang, der ihr Schicksal besiegelte.

»Ich bin nicht die Frau, die den Tod Ihres Sohnes zu verantworten hat«, sagte sie.

Ihn trennten noch zwei Schritte von der Matratze.

Wie vor einem Bogenschuss achtete Eva auf ihre Atmung. Ein gut platzierter Tritt würde ihn eventuell außer Gefecht setzen. Obwohl es sie anwiderte, fixierte sie seinen Unterleib mit den Augen.

Ich werd's dir zeigen, mich kriegst du nicht ohne Gegenwehr, dachte sie.

Er erreichte das Matratzenende.

Gerade in Reichweite gekommen, bewegte er sich blitzschnell zur Seite, womit er ihren Plan durchkreuzte. Dadurch überrumpelt, änderte sie ihr Vorhaben. Als er auf die Matratze sprang, versuchte sie ihn mit einem seitlichen Tritt zu erwischen. Sie traf ihn zwar, spürte jedoch selbst, wie wenig Kraft hinter dem Angriff steckte.

Brutal hämmerte der Mann seine Faust auf ihr rechtes Knie.

Eva schrie auf.

Sein nächster Schlag landete in ihrer Magengegend und raubte ihr die Luft zum Atmen. Sie krümmte sich, die Kabelbinder schnitten sich tief in ihre Haut. Der Maskierte schob ihre Beine auseinander. Dann legte er eine Hand um ihren Hals und drückte zu.

Todesangst ergriff sie, während er sie unbarmherzig würgte. Ungeachtet der Schmerzen an den Handgelenken bäumte sie sich auf. Falls es ihr gelänge, ihm einen Kopfstoß zu versetzen, würde sie seine Pranke abschütteln können.

Aber er verlagerte sein Gewicht und presste den linken Unterarm gegen ihren Kehlkopf, wodurch er ihr jegliche Bewegungsfreiheit nahm.

Als er mit zwei Fingern grob in sie eindrang, gab Eva auf. Um zu einer besseren Bogenschützin zu werden, hatte sie Konzentrationsübungen erlernt, mit denen sie den Geist von lästigen Gedanken befreien konnte. Vielleicht würde sie seine Handlungen auf diese Weise verdrängen können, sie nicht bewusst wahrnehmen.

Sie visualisierte das Bild eines strahlend blauen Himmels, was für sie immer der Ausgangspunkt war, um –

Ein schriller Alarmton riss sie zurück in die Wirklichkeit. Der Druck auf ihren Hals ließ nach, ihr Peiniger wandte den Blick zur Tür, ehe er aufsprang.

Als er einen Fuß von der Matratze setzte, traf Eva seine

rechte Kniekehle mit einem gezielten Tritt. Überrascht stöhnte der Mann auf. Der erste Laut, den sie von ihm mitbekam, anhand dessen sie ihn jedoch nicht zu identifizieren vermochte. Er verlor das Gleichgewicht, strauchelte und fiel zu Boden. Sie sah seinen Kopf seitlich aufschlagen.

»Hilfe!«, brüllte sie. »Ich bin im Keller! Helft mir!«

* * *

Stefan hatte den Wagen verlassen und musterte die Umgebung. Sie parkten dreißig Meter vom Hauseingang entfernt, direkt neben einem Kombi.

Traunstein hatte den Dreck vom Kennzeichen gewischt und mittlerweile aus der Zentrale die Nachricht erhalten, dass das Nummernschild vor einigen Wochen von einem Fahrzeughalter als gestohlen gemeldet worden war. Nach wie vor fehlte ihnen also ein Hinweis auf die Identität des Mörders. Eine Anfrage wegen der Fahrzeugidentifizierungsnummer lief – bis sie die Antwort erhielten, würde es aber eine Weile dauern. Außerdem vermutete die Kommissarin, dass das Auto ebenfalls gestohlen war.

Kurz nach ihnen waren die beiden Mannschaftswagen des Einsatzkommandos eingetroffen, deren Mitglieder nun die Erstürmung des Gebäudes vorbereiteten. Stefan trug ein Headset, um die Kommunikation zu verfolgen und die Polizisten gegebenenfalls zu warnen, falls ihm etwas Ungewöhnliches auffiel.

Sie hatten Fußspuren entdeckt, die Richtung Haus führten und darauf hindeuteten, dass Eva dort festgehalten wurde. Trotzdem hatte der Einsatzleiter einem Zweierteam den Auftrag gegeben, die Scheune zu überprüfen.

Beide Teams stürmten los. Sechs schwer bewaffnete Beamte näherten sich dem Haus, der kleine Trupp rannte zur Scheune.

Als die ersten Einsatzkräfte die Türschwelle überschritten, ertönte ein ohrenbetäubender Alarm.

»Weiter!«, erklang die Stimme des Leiters. »Nach links!«

Wenige Sekunden später explodierte im Inneren des Hauses eine Blendgranate. Der helle Lichtblitz drang bis nach draußen.

»Gamma eins und zwei! Wir brauchen eure Unterstützung!«

Das Zweierteam machte auf halbem Weg zur Scheune abrupt kehrt.

Mit einer Hand deckte Stefan das Mikrofon ab und trat dicht an Traunsteins Seite. »Wir sollten ihnen helfen.«

»Und versehentlich ins Kreuzfeuer geraten? Auf keinen Fall! Die sind für solche Situationen ausgebildet.«

* * *

Der Maskierte rappelte sich auf. Von oben war ein gedämpfter Knall zu vernehmen. Statt sofort den Raum zu verlassen, kam der Mann zu ihr, wich einem erneuten Trittversuch aus und rammte ihr einen Ellenbogen gegen die Schläfe.

Eva stöhnte auf. Ihr wurde schwarz vor Augen, und für einen Moment schien sie das Bewusstsein zu verlieren. Doch sie kämpfte dagegen an und registrierte, wie er die Tür öffnete. Was hatte er bloß vor?

* * *

Ein Stolperdraht hatte die Explosion der Blendgranate hervorgerufen und dadurch den Vorstoß des Einsatzkommandos gestoppt. Der Teamleiter wartete, bis alle Mitglieder einschließlich der Nachzügler in seiner Nähe standen.

»Wir müssen mit weiteren Fallen rechnen«, warnte er. »Achtet bei jedem Meter, den ihr vorrückt, auf Drähte oder andere

Hindernisse. Wenn irgendwo etwas herumliegt, was wie Müll aussieht, machen wir einen großen Bogen drumherum. Auf geht's!«

Schon nach wenigen Schritten blieben die beiden vordersten Männer stehen. Der rechte Polizist hob einen Arm in die Höhe.

»Neue Stolperdrähte«, informierte er die Kollegen. »Allerdings sehe ich nichts, was durch die Berührung ausgelöst werden könnte.«

Der Vorgesetzte legte sich auf den Boden, um die Vorrichtung in Augenschein zu nehmen.

»Eine Attrappe«, sagte er nach einer Weile. Er stand auf und stellte einen Fuß auf den Draht. Nichts passierte. »Er will Zeit gewinnen! Was für einen ausgefeilten Fluchtplan spricht.«

* * *

Der Entführer kehrte zurück. Er hatte sich angezogen und hielt ein gezacktes Jagdmesser in der Hand.

Entsetzt zerrte Eva an den Fesseln. Der Lärm und seine Reaktion deuteten darauf hin, dass die Polizei eingetroffen war. Aber sie würden zu spät kommen, wenn er sie nun ungerührt niederstach.

Er näherte sich seitlich, damit sie ihn nicht erneut treffen konnte, und drückte das kalte Messer kurz an ihren Hals. Dann durchtrennte er die Kabelbinder. Ehe sie die zurückerlangte Beweglichkeit nutzen konnte, riss er sie hoch, trat hinter sie und presste die Klinge an ihre Kehle. Seine Absichten verstand sie auch ohne ein warnendes Wort. Einen Fluchtversuch würde er unmittelbar bestrafen.

Ihre Arme waren völlig taub von den Kabelbindern. Eva massierte mit der Linken ihr rechtes Handgelenk. Ihr Entführer setzte sich in Bewegung und drängte sie dabei nach vorn. Da ihr Knie wegen des brutalen Schlags pochte, kam sie nur humpelnd voran.

Erst jetzt bemerkte sie eine Tür in einer Nische des Raums, die sie von der Matratze aus nicht hatte einsehen können. Er schob sie darauf zu und drückte die Klinke hinunter. Nachdem er einen Schalter betätigt hatte, blickte sie in einen schwach beleuchteten Gang, dessen Ende nicht zu erkennen war.

* * *

Das Spezialkommando erreichte eine geschlossene Stahltür. Einer der Männer entnahm der Tasche mit der Ausrüstung eine kleine Kamera, die unter den Türschlitz passte und per Draht bewegt werden konnte. Ein anderes Teammitglied kontrollierte auf einem Monitor das Bild, welches von der Minikamera übertragen wurde.

»Ich kann nichts Gefährliches entdecken«, stellte er fest.

Trotzdem hatte der Einsatzleiter ein ungutes Gefühl. Oben waren sie auf zwei Hindernisse gestoßen, die ihnen Zeit geraubt hatten. Ihr Gegner war zweifellos clever genug, um eine weitere Überraschung vorbereitet zu haben.

»Mir gefällt das nicht«, murmelte er.

Doch wenn sie die Gefangene befreien wollten, blieb ihnen keine andere Wahl, als den Weg fortzusetzen.

Er überprüfte den Bildschirm. Tatsächlich zeigte das Kamerabild nichts, was nach einer Falle aussah. Daraufhin positionierte er die Teammitglieder in einer Formation, die sie schon oft angewandt hatten. Vier von ihnen schickte er zurück zur Treppe. Er hingegen ging in unmittelbarer Nähe der Tür in die Hocke und hielt seine Waffe schussbereit.

»Los!«, befahl er.
Einer seiner Männer drückte die Klinke hinunter.

* * *

Warum dauert das bloß so lange?, fragte sich Stefan mit zunehmender Sorge.

Seit einer Weile starrte er auf den Laptop. Das blinkende Symbol war nicht wieder aufgetaucht, aber er hatte keinen Zweifel –

Eine gewaltige Detonation zerriss die Stille. Der Boden erzitterte, Stefan zuckte zusammen, die Kommissarin duckte sich instinktiv hinter den Wagen. Am Haus wurden die Fensterscheiben durch den Explosionsdruck nach außen geschleudert. Rauch stieg auf, ein unheilvolles Geräusch erklang, und ehe Stefan reagieren konnte, stürzte das altersschwache Gebäude mit lautem Getöse ein.

»Nein!«, brüllte er. »Eva!«

28

»Eine Explosion hat das Haus zum Einsturz gebracht«, informierte Traunstein die Zentrale mit sich überschlagender Stimme per Handy. »Das gesamte SEK ist unter den Trümmern begraben! Alarmieren Sie die Feuerwehr! Wir brauchen schnellstmöglich Rettungsteams!«

Aus einem Impuls heraus wollte Stefan mit nackten Händen nach seiner Auftraggeberin graben, doch die Kommissarin überzeugte ihn wegen der Gefahr für sein eigenes Leben davon, sich vom Einsturzort fernzuhalten.

Er hatte versagt. Eva hatte ihn zu ihrem Schutz angeheuert, aber er hatte weder die Entführung noch ihren Tod verhindern können. Diese Schuld würde für immer auf ihm lasten.

Als er den Blick auf den Laptop richtete, traute er seinen Augen nicht: Der rote Punkt pulsierte wieder. Wurde der im Ring versteckte Sender durch den Einsturz des Hauses nicht länger durch störende Bauteile abgeschirmt?

Plötzlich bemerkte Stefan, dass sich das Symbol bewegte. Nur ein kleines Stück, in der Realität entsprach das jedoch bestimmt fünfzig Metern.

Er schaute nach vorn. Über die Trümmerlandschaft hinweg hatte er freie Sicht auf die Scheune.

Endlich begriff er, was das zu bedeuten hatte.

»Er schleppt sie fort«, schrie Stefan.

Die Polizistin sah ihn verständnislos an. Trotzdem rannte er los. Nun zählte jede Sekunde. Es durfte dem Täter nicht gelingen, mit Eva zu verschwinden.

So schnell er konnte, sprintete er auf die intakte Scheune zu. Ihm wurde bewusst, dass er keine Pistole hatte – ein Umstand, den er nicht ändern konnte. Sollte er den Mörder in einen Zweikampf verwickeln, würden seine Hände als Waffe dienen.

* * *

Der Knall der Explosion hatte die Umgebung erschüttert, doch der Mann war seelenruhig weitergelaufen. Schließlich erreichten sie das Ende des Ganges, wo eine Holzleiter zu einer dicht über ihren Köpfen befindlichen Klappe führte. Er drückte mit der rechten Hand dagegen, während er das Messer mit der linken weiter an ihre Kehle presste. Knarzend öffnete sich die Luke.

Vielleicht bot sich hier eine Gelegenheit, ihm zu entwischen. Entweder würde er sie zuerst nach oben schicken, oder er würde vorangehen. In beiden Fällen wäre sie zumindest kurzzeitig außerhalb seiner Reichweite.

Ein Stoß in den Rücken machte Eva klar, dass sie als Erste an der Reihe war. Sie fasste nach einer Sprosse und stieg die Leiter hoch. Sobald sie den Rand des Ausstiegs erreicht hatte, sprang sie auf. Da sie allerdings nur humpelnd vorwärtskam, spürte sie ihn rasch hinter sich. Er schubste sie, Eva verlor das Gleichgewicht, taumelte und stürzte. Für einen Moment sah sie ein in der Scheune stehendes Motorrad. Dann war er bei ihr und trat ihr brutal in den Magen. Nach Atem ringend, krümmte sie sich. Der Maskierte hockte sich zu ihr, die gezackte Klinge des Messers einsatzbereit.

»Lass sie in Ruhe!«, ertönte eine entschlossene Stimme.

Hektisch erhob sich der Entführer und sprintete Richtung Motorrad.

Durch das offene Scheunentor sah Eva Stefan in etwa fünfzehn Metern Entfernung auf sich zurennen. Sie kroch langsam in seine Richtung.

»Bist du okay?«, fragte er japsend.

»Ja«, rief sie über den Lärm der Maschine hinweg, deren Motor aufheulte.

Der Leibwächter setzte dem Täter nach, doch als ihn nur noch wenige Schritte von dem Mann trennten, schoss das Zweirad vorwärts. Er hechtete darauf zu, verfehlte den Fahrer jedoch knapp. Dieser umkurvte ihn und flüchtete durch das Scheunentor.

Sofort kehrte Stefan zurück und kniete sich neben sie.

»Sind Polizisten vor Ort?«, wollte sie wissen.

»Lediglich Oberkommissarin Traunstein. Das Einsatzteam wurde unter den Trümmern verschüttet.« Stefan zog sein Shirt aus und reichte es ihr. Besorgt betrachtete er die blauen Flecken auf ihrer Haut.

Dankbar ergriff sie es, um wenigstens einen Teil ihrer Blöße zu bedecken.

»Hat er dir etwas angetan?«

»Nein. Du hast mich rechtzeitig gerettet.« Ihr Körper zitterte unkontrolliert.

»Was ist los?«

»Mir ist kalt«, murmelte sie.

»Du siehst blass aus.« Er berührte ihr Handgelenk. »Dein Puls ist ganz schwach.«

»Bestimmt geht's mir gleich besser.«

Er erhob sich, half ihr auf und legte einen Arm um ihre Schultern.

»Frau Haller«, drang die Stimme der Kommissarin zu ihnen. »Gott sei Dank! Sie leben!«

»Warum haben Sie nicht die Verfolgung aufgenommen?«, fragte Stefan verärgert.

»Ich war auf halbem Weg zu Ihnen, als das Motorrad an mir vorbeischoss«, rechtfertigte sich die Beamtin. »Ich musste sogar zur Seite springen, sonst hätte er mich gestreift. Außerdem hätte ich mit dem Wagen keine Chance gegen die Wendigkeit einer solchen Maschine gehabt.«

Stefan schien zu einer scharfen Erwiderung anzusetzen, schluckte sie aber hinunter. Stattdessen seufzte er resigniert. »Ist er also weiter eine Gefahr.«

Das dunkelblaue Shirt reichte Eva bis zu den Oberschenkeln. Das Zittern verstärkte sich.

»Frieren Sie?«, erkundigte sich Traunstein.

»Holen Sie die Rettungsdecke aus dem Verbandskasten«, sagte Stefan, bevor Eva die Frage beantworten konnte.

Die Polizistin drehte sich um und eilte Richtung Auto. Stefan stützte Eva. Mit kleinen Schritten folgten sie der Beamtin.

»Wo ist der Ring?«, wollte er wissen, als sie die Hälfte der Strecke geschafft hatten.

»Den hat er mir abgenommen.«

Traunstein, die ihnen entgegenkam, hatte das Gesagte offensichtlich mitbekommen. Während sie Eva in die Rettungsdecke einhüllte, sah sie den Leibwächter an. »Heißt das, wir können ihn anpeilen?«

»Unter Umständen. Vorausgesetzt, er entsorgt oder zerstört den Ring nicht.«

So schnell wie möglich liefen sie zu Traunsteins Wagen. Dort angekommen, konzentrierte sich Stefan auf den Laptopbildschirm.

»Das Signal ist noch vorhanden«, stellte er zufrieden fest.

Die Polizeibeamtin griff zum Funkgerät und informierte die Zentrale über die Fluchtroute des Mörders. »Ich brauche an verschiedenen Stellen Straßensperren.« Sie hörte kurz zu, ehe ihr der Geduldsfaden riss. »Mir egal, wie Sie das an einem

Sonntag organisieren. Es ist möglicherweise unsere einzige Chance, ihn zu erwischen, bevor er noch mehr Unheil anrichtet. Er hat sechs Frauen und mehrere Polizisten auf dem Gewissen.« Als sie die Verbindung trennte, wirkte sie genervt. »Spätestens, wenn er irgendwo unterschlüpft, schnappen wir ihn. Aber vielleicht können ihm die Kollegen den Weg abschneiden.«

Eine Weile starrten sie auf das Programm, um eine Richtungsänderung rechtzeitig durchgeben zu können. Schließlich wandte sich die Kommissarin an Eva. »Ich habe nach der Detonation Krankenwagen angefordert. Die müssten gleich hier sein. Sie bleiben mindestens eine Nacht im Krankenhaus. Ich sorge dafür, dass Sie dort bestmöglich beschützt werden.«

»Ich komme mit«, meinte Stefan unmissverständlich.

Traunstein seufzte. »Als hätte ich damit nicht gerechnet. Frau Haller, können Sie den Täter identifizieren?«

»Er trug die ganze Zeit eine Maske. An seinem Körper sind mir keine außergewöhnlichen Merkmale aufgefallen. Oberhalb der linken Brustwarze ist ein Leberfleck. Gesprochen hat er kein einziges Wort.«

»Verdammt!«

»Ich glaube, es handelt sich um Ferdinand Grohl«, sagte Eva.

»Diese Theorie hat Ihr Bodyguard bereits geäußert. Das ist Schwachsinn!«

»Wieso?«, hakte Stefan nach.

Unwirsch schüttelte Traunstein den Kopf. »Ich kenne den Polizeirat seit vielen Jahren. Ich bin nicht mit jedem seiner Ermittlungsansätze einverstanden gewesen, er ist jedoch ganz gewiss kein Mörder.«

»Kontaktieren Sie ihn«, bat Eva.

»Was?«

»Rufen Sie ihn an. Wenn ich recht habe, rast er gerade auf einem Motorrad davon und wird den Anruf nicht entgegennehmen.«

»Soll das vor Gericht als Beweis gelten?«, spottete die Kommissarin.

»Tun Sie mir bitte den Gefallen. Es ist wirklich wichtig für –«

»Oh nein«, unterbrach Stefan sie.

»Was gibt's?«, fragten die Frauen zugleich.

»Das Signal bewegt sich nicht mehr.«

»Vielleicht hat er sein Ziel erreicht?«

»Er befindet sich mitten im Nirgendwo«, widersprach er. »Ich fürchte eher, er hat kapiert, wie wir ihm auf die Schliche gekommen sind.«

»Und den Sender weggeworfen?«

Stefan nickte.

»Bitte!«, flehte Eva. »Rufen Sie Grohl an.«

Zunächst erwiderte die Polizeibeamtin nichts. Schließlich nahm sie ihr Handy widerstrebend aus der Hosentasche, tippte mehrfach auf das Display und schaltete den Lautsprecher ein. Das Freizeichen erklang. Quälende Sekunden verstrichen, ohne dass das Gespräch angenommen wurde.

»Das beweist überhaupt nichts«, meinte die Sokoleiterin.

Als sie gerade auflegen wollte, meldete sich eine matte Stimme.

»Hallo?«

Ein triumphierendes Lächeln erhellte Traunsteins Gesichtszüge. »Polizeirat Grohl«, begrüßte sie ihn übertrieben freundlich. »Wie geht es Ihnen?«

»Weswegen rufen Sie an?«

Eva nahm den sonderbaren Klang seiner Stimme wahr. Als wäre er den Tränen nahe. Sie versuchte anhand von Nebengeräuschen zu erkennen, ob er sich im Freien aufhielt. Doch in der Leitung war es völlig still.

»Eigentlich ist das bloß ein Missverständnis. Ich bin hier mit Frau –«

»Vielleicht ist das kein Zufall, sondern Ihr Instinkt«, fiel er ihr ins Wort. »Ich habe nämlich etwas Schreckliches getan.«

Traunsteins Lächeln erstarb.

29

Einige Stunden zuvor

Ein heftiges seelisches Unbehagen verursachte einen Schmerz in Ferdinand Grohls Brust, der einen enormen Druck auslöste und ihn aufstöhnen ließ.

Heute vor vier Jahren hatte sein Sohn keinen Ausweg mehr gesehen und war freiwillig aus dem Leben geschieden. Ursprünglich hatte Grohl den Tag am Grab verbringen wollen, aber der Hass auf die Frau, die für Sebastians Tod verantwortlich war, hatte ihn dazu getrieben, seine Pläne zu ändern.

Stattdessen saß er wartend im Auto, dreißig Meter von ihrem Haus entfernt.

Erinnerungen an seinen Jungen flimmerten vor seinem inneren Auge auf. Er hatte viel zu wenig von dessen Kindheit miterlebt, weil er wegen seines Jobs oft erst nach Hause gekommen war, wenn Sebastian schon im Bett gelegen hatte. Deswegen war ihr Verhältnis zueinander sehr distanziert gewesen. Ob Sebastian sich in seiner seelischen Not an ihn gewandt hätte, wenn er ihn als Freund und Vertrauten empfunden hätte?

Die Heimkehr der Frau unterbrach Grohls Gedanken. Sie fuhr die Straße entlang, offensichtlich auf der Suche nach einem Parkplatz. Grohl rutschte ein Stück im Sitz nach unten. Sie rollte an ihm vorbei, ohne ihn zu bemerken. Ob sie ahnen würde, wer er war? Die Leute hatten früher immer gesagt, Sebastian sei ihm wie aus dem Gesicht geschnitten.

Auf der anderen Straßenseite wurde sie schließlich fündig. Er beobachtete, wie sie relativ geschickt in die enge Lücke einparkte. Kurz danach stieg sie aus, in der Hand eine dunkelbraune Umhängetasche. Ob sie darin wohl ein Pfefferspray verstaut hatte, mit dem sie sich gegen männliche Angreifer zur Wehr setzen würde? Bestimmt sah sie in jedem Mann ein Tier, das es zu bekämpfen galt.

Seit jener Zeit fragte sich Grohl, was sie dazu veranlasst hatte, seinen Sohn zu verunglimpfen. Das angebliche Opfer war nur auf ihr Drängen hin aktiv geworden – hätte sie sich nicht eingemischt, würde sein Junge noch leben.

Sie verschwand im Hauseingang.

Natürlich wusste Grohl, dass ihre Wohnung im zweiten Stock lag. Einhundertzehn Quadratmeter für einen Single in einem der besseren Kölner Stadtteile. Sie verdiente gutes Geld und hatte es in ihrem Job bis weit nach oben geschafft. Mittlerweile bekleidete sie eine Position, an der Sebastian wahrscheinlich interessiert gewesen wäre. Für den Polizeirat stand ihr Motiv daher fest. Sie hatte lediglich einen Konkurrenten aus dem Weg geräumt.

Wofür sie heute bezahlen würde.

Im letzten Jahr war erstmals in ihm das Bedürfnis erwacht, seinen Sohn zu rächen. Eine Vorstellung, die ihn anfangs erschreckt hatte. Er war mit Leib und Seele Polizist – kein Verbrecher. Der Gedanke wuchs jedoch wie ein Krebsgeschwür, und irgendwann erschien ihm eine Bestrafung angemessen für das Leid, das sie verursacht hatte. Zunächst hatte er sie bloß ein wenig ängstigen wollen. Doch je länger die Serienmordermittlung andauerte, desto dunkler wurden seine eigenen Abgründe.

Er öffnete die Wagentür. In seiner Lederjacke steckten ein Paar Handschellen und seine Dienstwaffe. Geständnis, Urteil, Vollstreckung. Darauf lief es nun hinaus.

An der Haustür betätigte er den Klingelknopf einer im dritten Geschoss befindlichen Wohnung. Das moderne Gebäude verfügte über eine Videosprechanlage.

»Ja, bitte?«, erkundigte sich eine Frauenstimme.

»Polizei«, sagte er und hielt seinen Ausweis in die Kamera. »Ich muss ins Haus, allerdings nicht zu Ihnen.«

Wie üblich reichte diese Erklärung. Die Leute erschraken, wenn sie unvermutet von einem Polizisten kontaktiert wurden. Sobald sie hörten, dass es nicht um sie ging, waren sie willige Gehilfen.

Ein Summen ertönte. Grohl salutierte spöttisch. Er schlüpfte in den Flur und eilte Richtung Aufzug. Nach ein paar Sekunden kam der im Erdgeschoss an, die Türen glitten auf, und der Polizeirat trat hinein.

Die Kabine war mit einem Spiegel ausgestattet, in dem er sich während der Fahrt musterte. Der mangelnde Schlaf war ihm an den Augenringen anzusehen. Aber in wenigen Minuten würde das keine Rolle mehr spielen. Dann würde er endlich seinen Frieden finden.

Er stieg in der zweiten Etage aus und wandte sich nach links. An ihrer Wohnungstür drückte er ohne Zögern die Klingel. Eine kurze, fröhliche Melodie kündigte den Besucher an.

Der helle Punkt des Türspions verdunkelte sich. Er präsentierte seinen Dienstausweis, der die gewünschte Wirkung zeigte.

»Moment«, rief die Bewohnerin. Sie drehte einen Schlüssel im Schloss herum und machte ihm auf.

»Kann ich Ihnen helfen?«, fragte sie.

In ihren Augen sah er keinerlei Erkennen. Wütend schlug er ihr die Faust unters Kinn. Wie ein gefällter Baum stürzte sie zu Boden.

Ächzend zog er sie ins Wohnzimmer, hievte ihren Körper auf einen Stuhl und fesselte ihre Hände hinter der hohen Lehne. Die Beine band er mit einer einfachen Schnur zusammen. Danach schaute er sich in aller Ruhe um.

Die Wohnung war stilvoll eingerichtet und wirkte großzügig. Ein Einrichtungsstil, der seiner Ex-Frau, die ihn zwei Jahre nach Sebastians Freitod verlassen hatte, auch gefallen hätte.

Ein Stöhnen signalisierte, dass die Frau langsam zu sich kam. Gemächlich kehrte er in den größten Raum zurück. Als sie die Augen aufschlug, lächelte er.

»Darf ich mich vorstellen? Mein Name ist Ferdinand Grohl.«

Nach wenigen Sekunden dämmerte ihr, wem sie ausgeliefert war.

»Genau«, bestätigte er. »Der Vater von Sebastian. Den Sie auf dem Gewissen haben. Und dafür werden Sie jetzt bezahlen!«

30

»Was haben Sie getan?«, fragte Traunstein fassungslos.

Der ehemalige Sokoleiter antwortete nicht. Hatten Haller und Trapp mit ihrer Anschuldigung etwa recht?

»Wo sind Sie, Ferdinand?«

Wegen der Stille am anderen Ende befürchtete sie, die Leitung sei zusammengebrochen, doch das Display zeigte an, dass die Verbindung noch bestand.

»Ferdinand?«

Stockend nannte er ihr eine Adresse und den dazugehörigen Stadtteil. »In der Wohnung von Elisabeth Werhahn.«

»Bleiben Sie dort. Ich bin in ungefähr einer Stunde bei Ihnen.« Traunstein beendete das Gespräch.

»Sie müssen Ihre Kollegen alarmieren«, forderte der Leibwächter.

Entschlossen schüttelte die Kommissarin den Kopf. »Darum kümmere ich mich vorläufig allein.«

»Das ist nicht Ihr Ernst!«

»Mein völliger! Was ist mit dem Signal?«

»Bewegt sich nach wie vor nicht«, erklärte Trapp.

»Geben Sie mir die Koordinaten. Ich leite sie an die Zentrale weiter.«

»Mich würde Ihr weiteres Vorgehen bei Grohl interessieren.«

»Die Adresse befindet sich mindestens vierzig Minuten von hier entfernt«, erklärte Traunstein. »Er kann also nicht der Entführer sein.«

»Er hat Ihnen gerade ein Verbrechen gestanden«, gab Trapp zu bedenken.

»Nein«, widersprach sie. »Er hat lediglich gesagt, dass er etwas Schreckliches getan hat. Von einem Verbrechen war keine Rede.«

Eine anschwellende Sirene kündigte das Näherkommen des ersten Rettungswagens an.

»Na, endlich! Ich werde den Sanitätern sagen, dass Herr Trapp Sie begleiten wird. Von unterwegs arrangiere ich eine Bewachung des Krankenzimmers. Morgen früh sehen wir, wie es Ihnen geht und ob Ihre Aussage die Ermittlungen vorwärtsbringen kann. Doch ich hoffe, dass der Mörder bis dahin verhaftet ist.«

* * *

Als Traunstein in dem von Grohl angegebenen Haus mit dem Aufzug nach oben fuhr, malte sie sich ein schreckliches Szenario aus, in dem mindestens eine blutüberströmte Leiche vorkam und der Polizeirat irre lächelnd eine Axt in der Hand hielt.

»Du guckst zu viele billige Horrorstreifen«, wisperte sie, um die Bilder zu verdrängen.

Die Fahrstuhltüren öffneten sich, und nachdem sie in den Flur der zweiten Etage getreten war, entdeckte sie ihren Vorgesetzten, der vor einer Wohnungstür auf sie wartete. Ohne Blutspritzer an der Kleidung.

»Ferdinand«, begrüßte sie ihn. Sie blieb bei der bereits am Telefon angewandten Taktik. Ihn mit dem Vornamen anzusprechen sollte eine Vertrauensbasis zwischen ihnen schaffen.

»Andrea«, erwiderte er. »Danke, dass Sie gekommen sind.«

Sein Händedruck war schwach, die Handinnenfläche verschwitzt. Zögernd ging er einen Schritt zurück und forderte sie auf, einzutreten.

»Wo ist Frau Werhahn?«, fragte die Kommissarin.

»Sie hat meinen Sohn auf dem Gewissen«, antwortete er ausweichend, während er die Tür schloss.

»Ihr Sohn hat Selbstmord begangen«, erinnerte sie ihn. Sie fürchtete, dass Grohl den Bezug zur Realität verloren hatte. Obwohl er geistig normal wirkte.

»Sebastian war in seiner damaligen Firma der jüngste Abteilungsleiter, dem man jemals die Verantwortung für ein Team von fünfundzwanzig Mitarbeitern übertragen hatte. Er hätte es bis in den Vorstand geschafft. Bis eine Anzeige wegen sexueller Nötigung seine Karriere jäh beendet hat. Angeblich hatte er eine Auszubildende auf einer Teamfindungsveranstaltung belästigt.«

Ungeduldig hörte Traunstein dem Monolog zu. Sie ließ sich jedoch nichts anmerken, sondern lehnte sich mit dem Rücken gegen die Eingangstür, um ihm zu signalisieren, dass sie Interesse an seinem Rechtfertigungsversuch hatte.

»Es war allerdings nicht das Mädchen, das den Fall in die Öffentlichkeit getragen hat«, fuhr Grohl fort, »sondern die Gleichstellungsbeauftragte Elisabeth Werhahn. Sie drängte das junge Ding, Anzeige zu erstatten. Deswegen hat ihn die Firma gefeuert.« Er streckte seinen rechten Zeigefinger in die Höhe, um auf die Wichtigkeit seiner nächsten Worte hinzuweisen. »Mein Sohn zog vor Gericht, das Verfahren gewann er. Es waren nur zwei Prozesstage nötig, um die Anschuldigungen zu zerfetzen. Doch die Firma weigerte sich, ihn wieder einzustellen und Werhahn zu entlassen. Er bekam zwar eine angemessene finanzielle Entschädigung, sein guter Ruf war aber ruiniert. Zwei Monate später besuchten meine Ex-Frau und ich ihn an einem Sonntag. Er öffnete uns nicht die Tür, aber wir hatten einen Schlüssel. Als ich die Wohnung betrat, befürchtete ich das Schlimmste. Es war so still. Es war meine Frau, die ihn fand. Er lag mit aufgeschnittenen Pulsadern in der Badewanne. Das Wasser war rot gefärbt. Ich sehe Rosi noch vor mir, wie sie kalkweiß aus dem Bad getaumelt ist.«

»Wo ist Elisabeth?«

»Rosi hat den Schock niemals überwunden. Unsere Ehe ist daran zerbrochen.«

»Und jetzt haben Sie sich gerächt«, vermutete Traunstein. Alle von der Diele abgehenden Zimmertüren waren geschlossen. Wo würde sie das Mordopfer finden?

»Anfangs war da bloß diese endlose Trauer. Ich konnte keine Freude mehr empfinden. Der Verlust war zu schmerzhaft. Nachdem mich Rosi verlassen hatte, wachte ich jede Nacht in einem viel zu breiten Bett auf – eine Seite kalt und leer. Ich erinnere mich nicht mehr, was für ein Gefühl es ist, acht Stunden am Stück zu schlafen. Um mich abzulenken, fing ich an, nachts durch die Straßen zu fahren. Sebastian war ein unruhiges Baby, das unter Einschlafschwierigkeiten litt. Eine Fahrt hat ihn stets beruhigt.« Grohl setzte sich auf den Dielenboden. »Mich dagegen nicht«, sagte er leise. »Irgendwann entstand ein Rachewunsch in mir. Ich wollte Werhahn den Schmerz heimzahlen. Sie für Sebastians Tod büßen lassen. Der Drang wurde immer stärker. Ich begann, in den Nachtstunden ihre Wohnung zu beobachten. Meistens war das Licht aus, und ich verfluchte sie wegen ihres guten Schlafs.«

»Heute ist der vierte Todestag«, erinnerte sich Traunstein.

Er nickte wortlos.

»Deswegen haben Sie es heute durchgezogen.«

»Ich bin hergekommen, und sie hat mir ahnungslos die Tür geöffnet. Erst habe ich sie mit der Faust niedergeschlagen, dann habe ich sie im Wohnzimmer an einen Stuhl gefesselt.

Ich wollte sie verletzen, um mich zu rächen.« Sein Blick richtete sich auf eine der Türen.

Die Kommissarin reagierte sofort und stieß die Tür zum Wohnzimmer auf. In der Mitte des Raumes saß die Frau. Ihr Gesicht zeigte die typische, von Schlägen hervorgerufene Verfärbung der Haut. Die Hände waren mit Handschellen hinter der Stuhllehne gefesselt. Traunstein nahm Uringeruch wahr, aber wenigstens war nirgendwo Blut zu sehen. Schreckerfüllt starrte Elisabeth Werhahn sie an.

»Alles wird gut«, flüsterte die Beamtin. Sie griff zu ihrem eigenen Schlüsselbund, um die Handschellen zu öffnen.

»Ich war nicht in der Lage, ihr mehr anzutun. Sebastian, es tut mir leid. Ich bin doch Polizist.« Die letzten Worte klangen tränenerstickt, und er begann, wie ein kleines Kind zu schluchzen.

»Warum haben Sie nicht um Hilfe gerufen, als Sie mich gehört haben?«, wisperte Traunstein.

»Ich durfte nicht. Er hat es verboten.«

An der Stimme der Frau erkannte die Kommissarin, dass sich Grohl irrte. Entgegen seiner Annahme hatte er den Tod seines Sohnes durchaus gerächt. Er hatte aus Elisabeth Werhahn ein verängstigtes Opfer gemacht, dem selbst viele schlaflose Nächte bevorstanden.

31

Um effektiv geschützt werden zu können, lag Eva in einem Einbettzimmer ohne Fenster. Vor dem Raum saßen zwei Polizisten, vier weitere Einsatzkräfte patrouillierten auf dem Gang. An diesem Ort drohte ihr keine Gefahr.

Die Symptome des Schocks waren nach einer Medikamentengabe und einigen Stunden Bettruhe verschwunden. Zwischendurch erwachte sie zwar gelegentlich, doch wegen des verabreichten Schlafmittels dauerten die Wachphasen nicht lange.

Stefan Trapp hingegen fand keine Ruhe. In Gedanken erstellte er einen Schlachtplan für die nächsten Tage. Bestimmt würde der Killer einen weiteren Versuch unternehmen, Eva zu entführen.

Als er von diesen Überlegungen müde wurde, setzte er sich neben das Bett und betrachtete seine schlafende Auftraggeberin. In ihrem ruhigen Schlaf erinnerte sie ihn an Dornröschen.

Wie froh er war, sie rechtzeitig gerettet zu haben.

An der Tür klopfte es sacht. Er stand auf und öffnete. Eine völlig erschöpft wirkende Kommissarin Traunstein wartete im Flur. Mit einem letzten Blick auf Eva verließ Stefan das Zimmer.

»Wie geht es ihr?«, fragte die Polizeibeamtin.

»Den Umständen entsprechend. Der behandelnde Arzt vermutet, dass sie morgen entlassen werden kann.«

»Ich werde sie unter Polizeischutz stellen«, teilte ihm Traunstein mit. »Ihre oder Frau Hallers Meinung dazu interessiert mich nicht mehr.«

»Das Angebot nehmen wir gern an«, entgegnete Stefan. »Sie wird jedoch darauf bestehen, in ihrem Haus bleiben zu können.«

»Das lässt sich einrichten.«

»Gut. Was hat Grohl eigentlich angestellt?«, wollte er wissen.

In den folgenden Minuten erzählte sie ihm, was in Elisabeth Werhahns Wohnung vorgefallen war.

»Schlimm«, murmelte Stefan betroffen. »Was passiert denn jetzt mit ihm?«

»Er wird sich wegen Freiheitsberaubung und Körperverletzung verantworten müssen. Seine Karriere ist vorbei. Wenn er einen gnädigen Richter findet, erhält er vielleicht nur eine Bewährungsstrafe.«

»Puh«, stöhnte Stefan. »Gibt es Nachricht von den verschütteten Mitgliedern des Einsatzkommandos?«

»Vier sind tot. Vier konnte die Feuerwehr lebend bergen. Zwei davon schweben allerdings noch in Lebensgefahr – die anderen beiden hatten großes Glück und sind fast unverletzt geblieben.«

»Daran wird Eva Haller zu knabbern haben. Sie gibt sich die Schuld am Schicksal der Männer.«

»Sie müssen ihr klarmachen, dass allein der Mörder die Verantwortung dafür trägt.«

»Leichter gesagt als getan.« Plötzlich hatte er das Bedürfnis, der Kommissarin von einer tief in seinem Inneren vergrabenen Erinnerung zu erzählen. »Meine erste Anstellung als Bodyguard hatte ich in einer Sicherheitsfirma, die auf Personenschutz spezialisiert war. Bei einem meiner Aufträge litten wir unter einem Personalengpass. Statt sechs Leibwächtern waren für die Bewachung eines aus Osteuropa stammenden

Großindustriellen bloß drei Männer eingesetzt. Ausgerechnet an dem Abend versuchte ein Mafioso, ihn zu entführen. Wir konnten den Angriff abwehren, aber einer meiner Kollegen starb. Mich hat monatelang die fixe Idee belastet, ich hätte ihn auf dem Gewissen. Obwohl es dafür keine Veranlassung gab.«

»Mir erging es vor ein paar Jahren ähnlich, nachdem ich im Dienst –« Sie hielt inne. »Na ja, ist eine Weile her.« Traunstein blickte auf die Armbanduhr. »Ich fahre nach Hause. Das sollten Sie übrigens auch tun. Treffen wir uns morgen früh um neun hier im Krankenhaus und besprechen das weitere Vorgehen. Dann wissen wir bestimmt, ob sie entlassen werden kann.«

»Einverstanden.«

Sie reichten sich die Hände.

Als er ins Zimmer zurückkam, schlug Eva die Augen auf.

»Du bist noch da«, nuschelte sie schwer verständlich. »Warum?«

»Ich erledige meinen Job«, erwiderte er. »Und zwar so lange, bis sie den Mistkerl geschnappt haben.« Dass er sich Vorwürfe machte, weil er ihre Verschleppung nicht hatte verhindern können, verschwieg er.

»Du musst schlafen.«

»Irgendwann.«

Doch kaum war sie wieder eingeschlummert, spürte er, wie recht sie hatte. Also informierte er die diensthabenden Polizisten, dass er gehen würde, und bat sie eindringlich, gewissenhaft auf seinen Schützling aufzupassen.

* * *

»Verdammte Hure! Wie sehr ich dich hasse! Du wirst mich kennenlernen!«

Zwar hatte er es geschafft, in seine Wohnung zu fliehen, musste aber befürchten, demnächst enttarnt zu werden.

Zu viel war passiert.

Wenn sie die vergangenen Wochen genau beleuchteten, würden sie das entlarvende Detail zwangsläufig entdecken.

Er war sich damals clever vorgekommen, und es hatte ihm einiges erleichtert – nun jedoch musste er einsehen, einen Fehler begangen zu haben.

Rasch packte er das Nötigste in eine Tasche. Er hatte immer eine Flucht einkalkuliert. Insofern war er vorbereitet. Siebzig Kilometer entfernt hatte er schon vor Jahren ein kleines möbliertes Appartement angemietet, in dem er für eine Weile sicher wäre. Nun musste er seine Spuren verwischen.

* * *

Morgens um sechs riss ihn ein wirrer Traum aus dem Schlaf. Nachdem er zur Uhr geschaut hatte, versuchte er, noch einmal einzuschlafen. Doch ihm kam das defekte Tablet in den Sinn. Auf dem Gerät befanden sich Sicherheitskopien von Dateien, die für seinen Job wichtig waren. Wahrscheinlich wäre es sinnvoll, sie nun vom Laptop auf einen anderen Datenträger zu ziehen. Er schwang die Beine aus dem Gästebett, ging zum Schreibtisch und betätigte den Startknopf seines mobilen Rechners. Danach kramte er in den mitgebrachten Utensilien nach einem USB-Stick.

»Das darf nicht wahr sein«, murmelte er ein paar Minuten später. Unter den zahlreichen Gegenständen fand er kein Speichermedium.

Einen kurzen Moment überlegte er, die Sicherung später nachzuholen, entschied sich jedoch dagegen; die gestrigen Ereignisse hatten ihm vor Augen geführt, wie schnell etwas Unvorhergesehenes passieren konnte.

Er ging in Evas Arbeitszimmer, wo er auf dem Schreibtisch einen schwarzen USB-Stick entdeckte. Falls darauf genügend Speicherplatz frei war, würde er seine Dateien dort zwischenspeichern. Bevor er jedoch wieder in den Keller zurückkehrte, machte er sich eine Tasse Kaffee.

Kaum hatte er den Stick in einen freien Port gesteckt, öffnete sich eine Meldung am Bildschirm, die ihn wegen einer Malware davor warnte, die externe Speicherquelle zu benutzen.

Was ist das denn?, dachte er irritiert. Es sah Eva gar nicht ähnlich, so sorglos mit ihrem Computer umzugehen.

Alarmiert startete er ein Analyseprogramm. Dessen Ergebnis beunruhigte ihn so sehr, dass er hochrannte und Evas PC einschaltete. Das Resultat war niederschmetternd: Auf der Festplatte befand sich ein trojanisches Pferd, das es einem Angreifer ermöglichte, die Kontrolle über ihren Rechner zu übernehmen.

Dank seines Tools konnte er sogar feststellen, wann der Trojaner aktiv gewesen war.

* * *

Als er ins Krankenzimmer stürmte, saß Eva aufrecht im Bett und knabberte lustlos an einer belegten Brotscheibe.

»Du hast es ja eilig! Guten Morgen.«

»Hi!«, erwiderte er knapp.

Sie schob das Frühstückstablett beiseite. »Was ist los?«

Er nahm den USB-Stick aus der Jackentasche. »Der lag auf deinem Schreibtisch. Darauf befindet sich ein trojanisches Pferd.«

Sie musterte die Hardware. »Bist du sicher? Den habe ich von Pfaff. Zum Installieren der Firewall, die er mir zur Verfügung gestellt hat. Er meinte, das sei ein professionelles Schutzsystem, wie es normale User wegen der Lizenzgebühren niemals nutzen würden.«

»Ich konnte die genauen Zeiten herausfinden, zu denen dein System fremdgesteuert wurde.« Er reichte ihr ein Blatt Papier.

»Scheiße«, flüsterte sie. »Mir fallen mindestens zwei Tage auf, an denen mein Blog manipuliert worden ist.«

»Was weißt du über diesen Pfaff?«

32

Wegen der Dringlichkeit der Ermittlungen besaß die Soko bereits um elf Uhr vormittags einen Durchsuchungsbeschluss, sowohl für Pfaffs Firma als auch für seine Privatwohnung. Der Richter hatte den Tatverdacht für begründet genug erachtet, um dem Antrag in vollem Umfang stattzugeben.

Da Wohnung und Geschäftsräume in Düsseldorf lagen, hatte Traunstein Amtshilfe der dortigen Kollegen angefordert. Doch die Verantwortung trug sie. Vor Ort war jeweils nur ein Polizist aus dem Düsseldorfer Kriminalkommissariat anwesend. Zusätzlich hatte die Kölner Kommissarin zwei Teams gebildet, die zeitgleich zuschlagen würden. Sie beaufsichtigte die Beamten, die sie für die Wohnung eingeteilt hatte, denn sie ging davon aus, in Pfaffs Zuhause eher auf wertvolle Spuren zu stoßen als in seinem Büro.

»Dauert das noch lange?«, fragte sie ungeduldig, nachdem einer ihrer Männer bereits zehn Minuten mit dem Öffnen der Tür zugebracht hatte.

»Ich fürchte, das Schloss hier übersteigt meine Fähigkeiten«, erwiderte er konzentriert. Trotzdem gab er vorläufig nicht auf.

Die Oberkommissarin dachte an den Kenntnisstand, über den sie inzwischen verfügten. Sie waren auf einen Robert Pfaff gestoßen, der im Jahr 2005 an Krebs gestorben war. Der Inhaber der *For Your Information GmbH* war am selben Tag wie der Verstorbene geboren. Daneben gab es weitere deckungsgleiche Details wie einen Uniabschluss als Diplom-Betriebswirt.

An einen Zufall mochte Traunstein nicht glauben. Es sprach einiges dafür, dass der Mörder die Identität eines Toten angenommen hatte.

»Verfluchter Mist!«, riss der Mann sie stöhnend aus ihren Gedanken. »Jetzt ist das Werkzeug abgebrochen. Wir haben keine Chance.« Er erhob sich und trat beiseite.

Die Kommissarin hatte im Hinblick auf die Gefahr einer Sprengfalle angeordnet, die Tür möglichst behutsam zu öffnen. Nun blieb ihnen nur eine rabiatere Methode. Sie gab den Befehl, die Wohnungstür aufzubrechen. Einer der Männer holte eine Ramme aus dem Einsatzwagen und zog sich Schutzkleidung über, die ihn vor den Auswirkungen einer eventuellen Explosion bewahren sollte. Die anderen postierten sich in ausreichendem Abstand zum Eingang.

Nach drei gezielten Schlägen sprang die Tür auf. Instinktiv zuckte Traunstein zusammen, doch nichts geschah.

»Wir benötigen Fingerabdrücke«, betonte sie.

Der Wechsel einer Identität deutete meist darauf hin, dass der Betreffende zuvor mit dem Gesetz in Konflikt geraten war. In einem solchen Fall wären seine Daten im System gespeichert.

Die Wohnung war spärlich möbliert. Vor allem fehlten persönliche Gegenstände. Nirgendwo entdeckte Traunstein Fotos. Die Räume wirkten allerdings nicht so, als sei der Mieter überstürzt aufgebrochen.

In der Küche stießen sie auf benutztes Geschirr, das zwar in die Spülmaschine eingeräumt, aber noch nicht gespült war. Zufrieden lächelte Traunstein, denn daran würden sie höchstwahrscheinlich Abdrücke sicherstellen können.

»Frau Oberkommissarin«, rief einer der Männer. »Kommen Sie mal ins Schlafzimmer!«

Sie hörte am Klang seiner Stimme, dass er eine wichtige

Entdeckung gemacht hatte. Rasch lief sie zurück in die Diele, von der die Wohnräume abgingen. In dem nur wenige Quadratmeter großen Schlafzimmer befand sich außer einem breiten Einzelbett lediglich ein dreitüriger Kleiderschrank.

Traunsteins Aufmerksamkeit wurde von einer dunkelbraunen Aufbewahrungsbox angezogen, die neben dem Bett am Boden stand.

»Die habe ich im Schrank gefunden«, erklärte der Spurensicherungsbeamte.

Sie trat näher, um den Inhalt in Augenschein zu nehmen.

»Wir haben den Mistkerl!«, sagte sie mit einer Mischung aus Triumphgefühl und Erleichterung. In der Box lagen Zeitungsartikel über die Mordfälle und zahlreiche Gegenstände: Armbanduhren, Schmuck, Kleidungsstücke. Einige der Sachen erkannte sie auf Anhieb. Sie hatten zweifelsfrei Mordopfern gehört.

* * *

Am nächsten Abend fuhr Andrea Traunstein zu Eva Haller nach Hause. Unmittelbar vor dem Gebäude parkte ein Streifenwagen, fünfzig Meter entfernt ein zweiter. Ein weiteres Team sicherte den hinteren Bereich ab. Der Mörder sollte keine Chance bekommen, die Journalistin noch einmal in seine Gewalt zu bringen.

Die Identifizierung des Mannes hatte nur wenige Stunden gedauert, da seine Fingerabdrücke im System gespeichert waren. Der vor ihr liegende Berg an Arbeit war dadurch allerdings nicht kleiner geworden. Nach anderthalb Tagen intensivster Ermittlungen konnte sie dem letzten Opfer jedoch endlich konkrete Ergebnisse präsentieren.

Weil es in Strömen regnete, zog die Kommissarin sich ihre

dünne Jacke über den Kopf und eilte unters Vordach. Der Bodyguard öffnete ihr die Tür und führte sie ins Wohnzimmer, wo Eva auf der Couch saß. Mit einem Blick stellte Traunstein fest, wie es um sie bestellt war. Die Journalistin wirkte nach wie vor mitgenommen. Ob es nicht besser gewesen wäre, sie zur Beobachtung im Krankenhaus zu behalten?

»Es gibt gute Neuigkeiten«, sagte sie, nachdem sie sich gesetzt hatte. »Die beiden verletzten Polizisten des mobilen Einsatzkommandos schweben nicht mehr in Lebensgefahr.«

»Gott sei Dank.« Haller war sichtlich erleichtert.

»Außerdem haben wir den Täter identifiziert. Sein richtiger Name lautet Matthias Claussen. Kommt Ihnen der bekannt vor?«

»Da klingelt zwar was bei mir«, meinte Haller nach kurzer Bedenkzeit, »doch richtig einordnen kann ich den Namen nicht.«

»Claussen hat bis vor drei Jahren beim Regionalfernsehen als Moderator gearbeitet. Er hat Computertipps gegeben und zwar auf so verständliche und humorvolle Art, dass ihm eine Zukunft im Unterhaltungsprogramm größerer Sender vorausgesagt wurde.« Sie holte eine Autogrammkarte aus ihrer Handtasche hervor.

Die Journalistin musterte die Karte eingehend. »Ist das wirklich Pfaff?«, erkundigte sie sich zweifelnd.

»Hundertprozentig. Claussens Fingerabdrücke stimmen mit denen überein, die wir in der von Robert Pfaff angemieteten Wohnung gefunden haben. Allerdings verstehe ich Ihre Bedenken. In der Düsseldorfer Firma hingen ein paar Fotos von dem Firmeninhaber. Unsere Experten haben die Bilder miteinander verglichen. Sie vermuten, dass er eine Haartransplantation hat vornehmen lassen. Nase und Kinn scheinen durch eine Schönheits-OP korrigiert worden zu sein. Zudem verändert der Vollbart das Gesicht.«

»Jetzt erinnere ich mich. Stand gegen Claussen nicht ein Vergewaltigungsvorwurf im Raum?«

»Genau. Wodurch seine Karriere abrupt endete. Eine Redaktionsmitarbeiterin hatte den Vorwurf erhoben. Nach einer durchzechten Nacht war sie in seinem Bett gelandet und hatte ihn am nächsten Vormittag angezeigt. Laut Claussen hatte sich die Frau freiwillig auf Fesselspiele und harte Sexpraktiken eingelassen. Das Gericht entschied für den Angeklagten, nicht zuletzt, weil sie ihm ohne Zwang in die Wohnung gefolgt war. Prozessbeobachter sprachen jedoch von einem Freispruch zweiter Klasse. Der auslaufende Vertrag beim Fernsehen wurde nicht verlängert. Kurz darauf tauchte Matthias Claussen unter. Seitdem fehlt jede Spur von ihm. Als Diplom-Informatiker besaß er die erforderlichen Kenntnisse, um sich neue Identitäten zu verschaffen. Robert Pfaff war nur eine davon. Wir kennen mittlerweile zwei weitere. Diese beiden hat er verwendet, um Pflanzendünger und andere Materialien zu bestellen, die er zur Herstellung des Sprengstoffs benötigt hat.«

»Pflanzendünger?«, hakte Haller ungläubig nach.

»Die Bauanleitungen für derartige Bomben stehen im Internet. Manchmal habe ich den Eindruck, dass wir in einer sehr kranken Zeit leben.«

»Was hat es mit dem Gebäude auf sich, in das er Eva verschleppt hat?«, fragte Trapp.

»Es gehörte einem Großcousin von ihm«, erklärte Traunstein. »Nach dessen Tod bezahlte Claussen dem eigentlichen Erben einen geringen Betrag, um es dauerhaft nutzen zu können.«

»War er für den Tod des Verwandten verantwortlich?«

»Nein. Der ist an einem Herzinfarkt gestorben. Vor einigen Stunden habe ich übrigens die Nachricht erhalten, dass ein Robert Pfaff am Montagmorgen einen Flug nach London gebucht und gegen Mittag auch angetreten hat. Montagabend hat Claussen dort mit einer seiner anderen Identitäten ein Flugticket nach Venezuela gekauft. Die Maschine hat heute abgehoben. Er musste damit rechnen, dass wir ihm durch das Grundstück auf die Schliche kommen. Insofern erscheint mir seine Flucht logisch. Interpol ist eingeschaltet. Wir warten auf eine Bestätigung, ob er den Flug tatsächlich genommen hat. Im günstigsten Fall wird er bei der Einreise in Caracas verhaftet.«

»Diese ganzen schrecklichen Taten wegen einer Vergewaltigungsklage, für die er nicht einmal verurteilt worden ist?«, zweifelte die Journalistin.

»Es sieht so aus, als habe er sich damit für die Zerstörung seiner Karriere rächen wollen.« Traunstein dachte an Grohl. War es bloß eine Ironie des Schicksals, dass es eine Parallele zwischen dem Leben von dessen Sohn und dem von Claussen gab? Der Polizeirat hatte sich bisher darüber ausgeschwiegen, ob die Ermittlungsarbeit Einfluss auf sein eigenes Handeln gehabt hatte. Vielleicht würde das erst der Prozess ans Licht bringen. »Die Redaktionsmitarbeiterin hat übrigens angegeben, eine wahre Tortur durchlebt zu haben. Claussen muss brutal über sie hergefallen sein. Er war vermutlich schon damals ein Psychopath. Und hat sich nachher wahrscheinlich ungerecht behandelt gefühlt und nun umso grausamer zugeschlagen.«

»Mir erscheint das als Motiv etwas zu simpel«, meinte Stefan. »Eine gescheiterte Fernsehkarriere wegen einer möglicherweise falschen Anschuldigung würde als Auslöser für einen einfachen Mord reichen. Aber dieser Kerl ist ein äußerst brutaler Serienkiller.«

Traunstein spürte, wie es innerlich in ihr brodelte. Warfen die beiden ihr etwa eine Fehleinschätzung vor? Sie hatte sich stärker in den Job gekniet als je zuvor und sah nicht ein, Kritik einstecken zu müssen. »Fassen wir mal die Fakten zusammen. Es standen Frauen auf der Abschussliste, die sich in unterschiedlichen Berufen für die Rechte von Geschlechtsgenossinnen stark machten. Dass Claussens Vertrag beim Sender trotz des Freispruchs nicht verlängert wurde, hatte er einer Justiziarin zu verdanken, die sich vehement gegen ihn ausgesprochen hatte. In seinem Beisein muss sie ihn als tickende Zeitbombe und Bedrohung für die Frauen im Sender bezeichnet haben. Er taucht unter, verschafft sich falsche Identitäten, gründet eine mittelmäßig erfolgreiche Dienstleistungsfirma. Irgendwann begeht er die erste Vergewaltigung. Tage später tötet er die zuvor von ihm missbrauchte Frau und schneidet ihre Zunge heraus.«

»Was?«, entfuhr es ihren Gastgebern gleichzeitig.

Traunstein wurde bewusst, dass sie sich verplappert hatte. Wenn Wöhler davon erfuhr, hätte das unangenehme Konsequenzen.

»Das war eine vertrauliche Information«, sagte sie schnell. »Sie müssen mir schwören, sie nicht zu veröffentlichen.«

»Ich plane keine weiteren Artikel über die Mordserie.«

»Wie erklären Sie sich dieses Vorgehen?«, fragte der Leibwächter.

»Geben Sie mir eine hundertprozentige Zusage, dass Sie diese Information für sich behalten?«

»Natürlich«, versicherten Eva Haller und Stefan Trapp unisono.

»Der Fallanalytiker des BKA sieht darin die Absicht, die Frauen post mortem zum Schweigen zu bringen.«

»Er hat sie ermordet«, wandte Eva ein. »Tote reden nicht.«

»Sie nur zu töten, reicht ihm offensichtlich nicht. Er will sie symbolisch ihrer Sprechfähigkeit berauben.«

33

Stefan machte sich Sorgen um Eva. Sie wirkte völlig lethargisch, saß selten an ihrem PC – und wenn, dann starrte sie die meiste Zeit auf den Monitor, ohne zu arbeiten.

Obwohl sie Claussen körperlich weitgehend unversehrt entkommen war, hielten die Ereignisse sie psychisch immer noch gefangen.

Als sie wieder einmal bei ausgeschaltetem Computer am Schreibtisch hockte, dachte er an das Gespräch mit der Oberkommissarin. Auch nachdem er eine Nacht darüber geschlafen hatte, erschien ihm ihre Erklärung für das Motiv zu schwach. Deshalb ging er mit seinem Laptop und einem zusätzlichen Stuhl zu Eva in den Raum. Versehentlich stieß er mit einem Stuhlbein gegen den Türrahmen. Sie zuckte zusammen.

»Entschuldige, ich wollte dich nicht erschrecken.«

Sie lächelte verzagt. »Du kannst ja nichts dafür.«

»Stimmt, deine Türen sind zu schmal.«

Erfreut sah er, wie ihr Lächeln breiter wurde.

»Was wird das?«, fragte sie, nachdem er sich an ihre Seite gesetzt hatte.

»Ich würde gern gemeinsam mit dir recherchieren.«

»Wonach?« Sie klang erstaunt.

»Mich überzeugt Traunsteins Vermutung nicht, warum er die Opfer getötet hat.«

»Na ja. Sie sind in sein Visier geraten, weil sie Tätigkeiten ausgeübt haben, die –«

»Du passt nicht in dieses Muster«, unterbrach er sie.

»In meinem Blog vertrete ich feministische Standpunkte«, wandte sie ein.

»Also machst du dich für die Gleichberechtigung von Männern und Frauen stark. Wieso sollte er dich deswegen töten wollen?«

»Was suchen wir?« Ihr Interesse war geweckt.

»Einen Zusammenhang, aus dem sich ein plausibleres Motiv ergibt«, erwiderte Stefan und schaltete seinen Laptop ein.

Der Name *Matthias Claussen* brachte aufgrund der öffentlichen Fahndung zahlreiche Treffer. In den Medien wurde das mittlerweile verlautbarte Tatmotiv unkritisch wiedergegeben. Anscheinend hinterfragte niemand die Angaben der Polizei.

Doch richtig vorwärts kamen sie nicht. Nach über einer Stunde streckte sich Eva.

»Ich brauche eine Pause. Willst du einen Tee?«

»Gute Idee.«

Sie stand auf und lief energischer aus dem Raum, als sie sich in den letzten Tagen bewegt hatte. Selbst wenn ihre Recherchen nichts brachten, hatten sie sich trotzdem gelohnt. Aber vorerst gab es noch keinen Grund, entmutigt aufzugeben.

Stefan dachte an Judith Wirth – was er in den letzten Jahren tunlichst vermieden hatte. Sein damaliges Verhalten hatte Züge von Besessenheit gehabt. Im Nachhinein wunderte er sich nicht über ihre Beschwerde. Zu jener Zeit war bei seiner Mutter Krebs diagnostiziert worden, und er hatte sich in die fixe Idee hineingesteigert, dass seine heile Welt wiederhergestellt würde, wenn er nur mit Judith zusammenkäme. Verrückt!

Er startete eine Internetsuche nach ihr und Matthias Claussen, die nur Artikel anzeigen sollte, in denen beide Namen vorkamen. Zunächst waren Ergebnisse aufgelistet, die in den letzten Tagen publiziert worden waren; dann jedoch entdeckte er einen Treffer, der deutlich älter war. Er klickte ihn an und stellte überrascht fest, dass Judith Wirth sich einige Jahre zuvor im Zusammenhang mit Claussens Vergewaltigungsprozess öffentlich geäußert hatte. Ihrer Meinung nach hatte es sich um ein skandalöses Fehlurteil gehandelt.

»Eva!«, rief er aufgeregt. »Schau dir das hier an.«

Sein Tonfall schien sie neugierig gemacht zu haben. Rasch kehrte sie ins Arbeitszimmer zurück. »Was ist?«

Er zeigte auf den Bildschirm. Hinter ihm stehend, las sie den Text.

»Wie bist du darauf gestoßen?«

Während er es erklärte, setzte sie sich an den Schreibtisch. In den folgenden Minuten arbeiteten sie die Opfer in chronologischer Reihenfolge ab. Barbara Augustin hatte das Urteil ebenfalls negativ kommentiert. Für die vier anderen ermordeten Frauen ergaben sich allerdings keine entsprechenden Suchresultate.

»Warum ist die Soko nicht auf die Gemeinsamkeit zwischen Wirth und Augustin gestoßen?«

»Wir kennen jetzt seine Identität, das vereinfacht die Suche. Außerdem ist Augustins Kommentar nur eine kleine Randbemerkung in einem langen Bericht über ein völlig anderes Thema«, sagte Stefan. »Wolltest du nicht Tee machen?«

»Ups. Der steht noch in der Küche.«

»Bleib sitzen. Ich hole ihn.«

Eva starrte auf den Monitor. Er platzierte ihre Tasse so, dass sie bequem danach greifen konnte.

»Danke.«

Nun bemerkte er, woran sie in seiner kurzen Abwesenheit gearbeitet hatte. Sie hatte Fotos der sechs Opfer neben- und untereinander angeordnet.

»Was fällt dir auf?«, fragte sie.

Nach einer Weile zuckte er mit den Achseln. »Worauf willst du hinaus?«

»Die drei letzten Frauen waren jünger als die ersten Toten.«

»Stimmt. Und attraktiver. Sehen die sich nicht sogar ein bisschen ähnlich?«

Eva nickte. »Ob er sich anfangs an Frauen gerächt hat, die den Freispruch falsch fanden?«

»Während er seine Opfer hinterher wegen ihres Aussehens ausgewählt hat?«

»Dann fehlt nur noch eine Verbindung zu Helena Netzeband.« Sie griff zu ihrer Tasse und pustete ins Getränk, obwohl es gar nicht dampfte. »Wir sollten Traunstein informieren.«

* * *

Frustriert legte Andrea Traunstein den Hörer auf. Matthias Claussen hatte nicht in dem Flieger nach Venezuela gesessen. Verfolgte er einen Plan, der sich leichter realisieren ließ, wenn ihn die Polizei im Ausland wähnte?

Sie dachte an Eva Haller. Es wäre logisch, wenn er einen erneuten Versuch unternehmen würde, sie zu verschleppen oder gleich zu töten. Doch sie war nicht die einzige Frau, die als nächstes Opfer infrage kam. Auch die Fernsehredakteurin, die den Vergewaltigungsvorwurf gegen ihn erhoben hatte, war eventuell gefährdet, weswegen sie mittlerweile unter Polizeischutz stand.

Trotz des immensen Personaleinsatzes konnten sie kein Ergebnis vorweisen. Statt den Mörder am Flughafen in Gewahrsam zu nehmen, hatten sie keine Ahnung, wo er sich versteckt hielt.

Wöhler würden diese Neuigkeiten nicht erfreuen.

Ihr Telefon klingelte, gerade als sie aufgestanden war, um den Polizeipräsidenten persönlich auf den neuesten Stand zu bringen. Erschöpft sank sie auf den Schreibtischstuhl zurück.

»Traunstein!«

»Stefan Trapp hier. Hallo.«

»Herr Trapp! Bei Ihnen hätte ich mich heute noch gemeldet.«

»Haben Sie ihn verhaftet?«

»Nein. Er saß nicht in dem Flugzeug«, erklärte sie.

»Das heißt, er könnte sich ganz in der Nähe aufhalten und den nächsten Angriff vorbereiten.«

»Leider.« Ihr schwirrte die Anzahl der Beamten im Kopf herum, die damit beschäftigt waren, die Journalistin zu schützen. Das Haus war überwachungstechnisch ein Albtraum. »Haben Sie eigentlich mal darüber nachgedacht, woanders unterzutauchen?«

»Sie wissen, dass Eva nicht in einer Schutzwohnung untergebracht werden will.«

»Und wie ist es mit Ihrer Wohnung? Zumindest vorübergehend? Ich würde Ihnen jedoch raten, das Schloss austauschen zu lassen. Das war für mein Team keine sonderliche Herausforderung. Und als zusätzliche Vorsichtsmaßnahme kann ich Ihnen die Anbringung eines Panzerriegels empfehlen.«

»Ich werde Eva nach ihrer Meinung fragen. Angerufen habe ich aber aus folgendem Grund.« Er berichtete ihr von dem möglichen Zusammenhang zwischen den ersten beiden Opfern und wies außerdem auf die äußere Ähnlichkeit zwischen den letzten Ermordeten hin.

»Das ähnliche Aussehen ist uns nicht verborgen geblieben. Frau Haller passt allerdings nicht in die Reihe.«

Trapp brummte zustimmend, ohne etwas zu erwidern. Diesen Aspekt hatten sie wohl übersehen.

»Könnten Sie mir die von Ihnen erwähnten Artikel zusenden?«

Er versprach ihr eine E-Mail mit den entsprechenden Links, ehe sie das Gespräch kurz darauf beendeten.

34

Nachdem er in die Straße eingebogen war, sah er die beiden Streifenwagen, die versetzt voneinander in der Nähe ihres Hauses standen.

»Angriff ist die beste Verteidigung«, flüsterte er. Er hatte in den letzten Tagen zu viel investiert, um nun unverrichteter Dinge abzuhauen.

Kaum hatte er sein Auto abgestellt, öffnete sich die Beifahrertür des vor dem Eingang stehenden Polizeiautos. Unbeeindruckt stieg er aus und lief auf die Haustür zu.

»Warten Sie!«, forderte der Beamte.

»Dies ist ein freies Land!«

»Bleiben Sie stehen.«

Genervt stöhnte er. »Sehe ich etwa aus wie der von Ihnen gesuchte Killer?«

* * *

Es klingelte. Überrascht schaute Eva auf die Küchenuhr.

»Erwartest du jemanden?«, fragte Stefan.

»Eigentlich nicht.« Das unerwartete Läuten beschleunigte ihren Puls. Dann wurde ihr klar, dass Claussen alias Pfaff nicht klingeln würde. Ob das einer der Polizeibeamten war?

Sie wusch sich gerade die Hände unter lauwarmem Wasser, als es das zweite Mal schellte. Eva griff nach einem Geschirrtuch, das sie mit zur Tür nahm. Stefan folgte ihr in den Hausflur.

»Viktor?«, entfuhr es ihr verblüfft, nachdem sie geöffnet hatte.

»So ist es«, antwortete der unangemeldete Besucher mit einem verschmitzten Lächeln.

Sie betrachtete den Mann, den sie seit über einem Jahr nicht zu Gesicht bekommen hatte. Er war gut einen Meter achtzig groß, und seine braunen Haare standen ihm wie immer widerspenstig vom Kopf ab; neuerdings trug er auch eine modische Brille. Sein schwarzes Hemd konnte den Bauchumfang, der gewachsen zu sein schien, nicht kaschieren.

Viktor Wolff wurde auf Stefan aufmerksam. »Ihnen bin ich bislang nicht vorgestellt worden.«

Der Angesprochene reichte ihm die Hand. »Stefan Trapp.«

»Ich habe ihn als Bodyguard engagiert«, erklärte Eva.

Gemeinsam gingen sie ins Wohnzimmer, und Viktor sprach den Grund seines Besuchs direkt an.

»Du wirst von dem gesuchten Serienmörder entführt, gleichzeitig dringt der Leiter der zuständigen Sonderkommission in die Wohnung einer Frau ein, um sie für den Selbstmord seines Sohnes bezahlen zu lassen. Sebastian Grohl. Dein Anruf vor einigen Tagen hatte nichts mit dem Blog zu tun.«

»Nein«, gestand sie. »Ich wollte dir einfach nicht die Wahrheit sagen.«

»Irgendwie enttäuschend.«

»Ich weiß doch, wie du bist. Hast du erst einmal eine Sensation gewittert, recherchierst du gnadenlos und gehst dabei über Leichen.«

»Hey! Ich erledige nur meinen Job!«, beschwerte er sich.

»Bist du gekommen, um mir Vorwürfe zu machen?« Eva spürte, wie sie ungehalten wurde. In ihrer momentanen Verfassung erschien ihr seine Empfindlichkeit absurd. Ahnte er nicht, was sie durchgemacht hatte?

Unschuldig hob er die Hände. »Keine Vorwürfe. Versprochen. Aber ist dir nicht aufgefallen, dass die Statements der Polizei überhaupt keinen Sinn ergeben?«

»Inwiefern?«, fragte Stefan.

In den nächsten Minuten legte Viktor ihnen die Fakten dar, die er seit Sonntagabend herausgefunden hatte.

»Irgendwann begeht er die erste Vergewaltigung. Tage später tötet er die von ihm missbrauchte Frau und schneidet ihr die Zunge heraus.«

»Woher weißt du das?«, erkundigte sich Eva erschrocken.

Er lachte arrogant. »Ich habe verlässliche Quellen. Wo war ich? Ach ja. Er wiederholt das Ganze mehrfach, obwohl die Polizei alles daransetzt, ihn aufzuhalten. Jeder neue Angriff auf die mit großem Aufwand beschützten Frauen stellte ein gewaltiges Risiko für ihn dar, geschnappt zu werden. Das alles aufgrund einer Falschbeschuldigung und einem daraus resultierenden Karriereknick?« Er schnaubte abfällig. »Nein. Sicher nicht.«

»Traunstein erwähnte, die Vergewaltigung der Redaktionsmitarbeiterin sei sehr brutal gewesen und weise auf psychopathisches Verhalten hin.«

»Trotzdem reicht das als Motiv nicht.«

»Was vermuten Sie?«, fragte Stefan.

»Bestimmt steckt die Erklärung, wieso er nach dem Vergewaltigungsvorwurf so ausgerastet ist, in seiner Vergangenheit.«

»Du willst herausfinden, was das ist«, folgerte Eva.

Er deutete mit dem rechten Zeigefinger auf sie und zwinkerte.

Die Geste wirkte so selbstgefällig, dass Eva ihn am liebsten angeschrien hätte. Aber es gelang ihr, ruhig zu bleiben. Da sie den wahren Grund seines Besuchs noch nicht durchschaut hatte, durfte sie ihn nicht verärgern. »Warum erzählst du mir das eigentlich alles?«

»Ich finde, wegen der Lügengeschichte mit dem Blog schuldest du mir einen Gefallen. Hier bietet sich dir die Chance, dich zu revanchieren.«

»Hattest du nicht versprochen, mir keine Vorwürfe zu machen?«

»Oh, bist du empfindlich«, stöhnte er. Dann griff er in seine Jackentasche, holte einen Notizblock heraus und schlug ihn auf. Die erste Seite war mit einer engen Schrift vollgeschrieben.

»Matthias Claussen ist in der Stadt Luxemburg aufgewachsen, weil sein Vater dort einen Job annahm, als sein Sohn sieben war. Erst zum Studium kam Claussen zurück an seinen Geburtsort Köln. Ich will nach Luxemburg fahren, um in seinem damaligen Umfeld zu recherchieren. Ein paar Adressen aus seiner Jugend habe ich bereits ermittelt. Außerdem interessiert mich, was die Frau zu sagen hat, die ihn damals angezeigt hat. Dir als Beinaheopfer wird sie eher Auskunft geben als mir. Insofern wäre ich dir dankbar, wenn du mit ihr reden würdest. So wie ich für dich über Grohls Sohn Infos eingeholt habe. Darf ich mal eben dein Klo benutzen?«

Sie nickte und zeigte geistesabwesend mit einer Hand zur Wohnzimmertür.

»Was ist los?«, flüsterte Stefan, nachdem Viktor den Raum verlassen hatte.

»Der wird ein Buch über den Fall schreiben und meine Geschichte an die Öffentlichkeit zerren.«

»Und wenn du ihn bittest, es nicht zu tun?«

»So moralisch ist der nicht. Scheiße! Wir müssen das unbedingt verhindern. Ich will die Sache schnellstmöglich hinter mir lassen. Und das geht nicht, wenn er es publik macht.«

Sie zog den Block zu sich heran und überflog die Notizen. Viktor hatte Namen mitsamt luxemburgischen Telefonnummern und Datumsangaben notiert. Eva aktivierte blitzschnell die Kamera an ihrem Handy und machte ein Foto von dem Blatt.

»Würdest du das machen?«, fragte Viktor nach seiner Rückkehr.

»Ich weiß nicht …«, gestand sie. »Wie schnell müsste das erledigt werden?«

»Je eher, desto besser. Ich habe nächste Woche Urlaub eingereicht und Termine in Luxemburg vereinbart.«

Scheinbar unschlüssig trommelte sie mit den Fingern auf die Tischplatte.

»Gib mir ihre Kontaktdaten. Falls ich es tue, dann am Wochenende. Du hörst rechtzeitig von mir.«

* * *

Viktor hatte alle benötigten Informationen über Claussens erstes Vergewaltigungsopfer zusammengetragen. Die ehemalige Redaktionsassistentin war inzwischen einunddreißig, arbeitete als Redakteurin für den WDR und wohnte im Stadtteil Ehrenfeld. Obwohl sie nicht im Telefonbuch stand, hatte der Journalist es geschafft, ihre Handynummer herauszufinden.

Kaum war er gegangen, wählte Eva die Nummer.

»Löwenstein.«

»Eva Haller. Guten Abend. Sie haben wahrscheinlich von der Fahndung nach Matthias Claussen ge–«

»Lassen Sie mich raten«, unterbrach Annika Löwenstein sie barsch. »Sie sind Journalistin und wollen nun in alten Wunden bohren. Welches Schmierblatt bezahlt Sie? Der –«

»Ja, ich bin Journalistin, aber vor allem bin ich die Frau, die er zuletzt verschleppt hat und die ihm entkommen konnte.«

»Oh. Das wusste ich nicht. Entschuldigen Sie meine schroffe Reaktion.«

Für ein paar Sekunden breitete sich in der Leitung Stille aus. Eva wartete, ob Annika Löwenstein weitersprechen würde. Manchmal wurden Gesprächspartner zugänglicher, wenn man ihnen das Gefühl gab, sie nicht zu überrumpeln.

»Weswegen rufen Sie mich an?«, fragte die Redakteurin zögernd.

»Ich versuche, diese Mordserie zu begreifen. Die Polizei vermutet, dass Ihre Klage gegen ihn der Auslöser war. Ich kann das nicht glauben.«

»Endlich jemand, der es so sieht wie ich. Wissen Sie, wie ich mich in den letzten Tagen gefühlt habe? Ich kam mir schuldig vor. Als hätte *ich* die Frauen getötet. Dabei bin ich eins seiner *Opfer*!«

»Haben Sie Oberkommissarin Traunstein Ihre Zweifel mitgeteilt?«

»Außer dass sie mich von zwei Polizisten rund um die Uhr beschützen lässt, hat das nichts gebracht.«

Wieder trat eine Gesprächspause ein.

»Was hat er mit Ihnen angestellt?«, fragte Annika schließlich.

Um Informationen zu erhalten, musste Eva ihre Karten auf den Tisch legen. Sie erzählte von Claussens Einbruch in ihr Haus und wie sie ihn in die Flucht geschlagen hatte. Danach berichtete sie von den Ereignissen, die mittlerweile genau eine Woche zurücklagen.

»Die Polizisten haben mich gerettet. Er stand nackt vor mir, lediglich das Gesicht hinter einer Maske verborgen. Ich hätte keine Chance gehabt. Wären die Einsatzkräfte nur wenige Minuten später eingetroffen, wäre ich jetzt tot.«

»Wissen Sie, was für mich das Schlimmste war? Ich fand ihn sympathisch.«

Eva dachte an das Treffen mit Claussen alias Pfaff im Café des Schokoladenmuseums. »Das verstehe ich. Mir hat besonders sein Lachen gefallen.«

»Sie kannten ihn?«, wunderte sich Annika.

»Er hat den Kontakt zu mir gesucht.« Sie gab den Rest der Geschichte preis.

»Was für ein Schwein!«, stieß Annika hervor.

»Wie hat er als Mann auf Sie gewirkt?«, fragte Eva.

»Attraktiv«, bekannte die andere. »Er war ein Computergenie, ohne einer dieser Nerds zu sein. Er wusste um seine Wirkung auf Frauen. Sobald eine Fernsehkamera lief, blühte er auf. Er schien Spaß daran zu haben, den Zuschauern sein Wissen zu vermitteln. Traf man ihn hingegen überraschend an, etwa in der Büroküche oder allein in der Kantine, wirkte er verschlossen. Geheimnisvoll. Als würde er etwas verbergen. Mir blöder Tussi gefiel diese Kombination.«

»Wahrscheinlich gibt es keine Frau, die sich in ihrem Leben noch nie für einen vermeintlich geheimnisvollen Mann interessiert hat.«

»Es geschah übrigens nach einer Weihnachtsfeier. Wir hatten alle zu viel getrunken, ich hatte mich sechs Wochen zuvor von einem Typen getrennt, was die meisten im Büro wussten. Irgendwann stand er neben mir, brachte mir etwas zu trinken, wich nicht mehr von meiner Seite. Morgens um zwei schlug er vor, dass wir uns gemeinsam ein Taxi nehmen könnten. Er nannte dem Fahrer seine Adresse, und es beeindruckte mich, wie er die Initiative ergriff. Deswegen stiegen wir zusammen aus. In der Diele knutschten wir – und er war ein verdammt guter Küsser. Nachdem ich nackt war, hielt er einen Schal in der Hand, um mir die Augen zu verbinden. Ich erlaubte es ihm. Kurz darauf spürte ich etwas an meinen Handgelenken. Er band sie am Bettgestell fest. Das ging mir zu weit. Ich bat ihn, die Fesseln zu lösen. Daraufhin boxte er mir in den Bauch. Er war so unfassbar brutal. Mir tat hinterher alles weh. Als er mich losband, humpelte ich nackt in den Hausflur. Meine Kleidung habe ich erst außerhalb der Wohnung wieder angezogen. Ein Taxi hat mich zur Polizei gebracht, und ich erstattete bei einer einfühlsamen Beamtin Anzeige. Sie haben ihn noch in derselben Nacht verhaftet. Doch dieses Arschloch behauptete, ich hätte mich freiwillig auf harten Sex und Fesselspiele eingelassen. Damit stand Aussage gegen Aussage.«

Nach diesem atemlosen Monolog wartete Eva einen Moment, bevor sie behutsam nach Details fragte. »Hat er nach der Tat schockiert gewirkt?«

»Nein. Im Gegenteil. Er wirkte absolut selbstzufrieden. Wie jemand, der einen lange ausgearbeiteten Plan endlich umgesetzt hat.«

»So wie Sie die Ereignisse schildern, glaube ich ebenfalls nicht an eine spontane Handlung. Er ist bewusst auf Sie zugegangen, hat Sie mit Alkohol versorgt, Sie zu sich nach Hause dirigiert, Ihnen die Augen verbunden. Wahrscheinlich, damit Sie die Fesseln nicht sehen. Klingt nach einem Mann, der genau wusste, was er tat.«

35

»Wenn du das machst, wird Viktor dir das sehr übel nehmen«, warnte Stefan.

Sie hatten bis in die Nacht hinein darüber gesprochen, wie sie das Buchprojekt torpedieren könnten. Letztlich sah Eva nur eine radikale Lösung: Sie musste vor ihm mit den Quellen sprechen und sie überzeugen, Viktor keine Informationen zu geben. Eine weitere – allerdings für sie selbst ungünstigere – Möglichkeit bestand darin, alle recherchierten Sachverhalte der Öffentlichkeit zugänglich zu machen. Dadurch verlöre sein Projekt an Exklusivität, was ihm die Suche nach einem Verlag erschweren würde.

»Ich weiß«, sagte sie deprimiert. »Aber ich kann eine solche Veröffentlichung einfach nicht hinnehmen.«

»Und du willst wirklich heute losfahren?«

»Noch wird Viktor den Braten nicht riechen. Sobald ich am Wochenende nicht erreichbar bin, kommt er bestimmt schnell drauf.«

»Dann müssen wir wegen deiner Bewachung Traunstein unterrichten.«

»Rufst du sie an? Ich versuche, die drei Personen zu erreichen, mit denen sich Viktor laut seinen Notizen nächste Woche treffen will. Vielleicht haben sie schon Freitag oder Samstag Zeit.«

* * *

Andrea Traunstein kam gerade aus einer Besprechung mit dem Polizeipräsidenten, als ihr Handy klingelte. Das Gespräch mit Wöhler war unerfreulich verlaufen. Er erwartete endlich Ergebnisse bei der Jagd nach dem Serienmörder. Gleichzeitig bemängelte er den überbordenden Personaleinsatz.

Den bissigen Kommentar, dass ihr ein Blick in die Glaskugel Claussens Unterschlupf nicht verraten hätte, hatte sie sich im letzten Moment verkniffen.

»Ja«, meldete sie sich.

»Stefan Trapp hier.«

»Haben Sie eine Entscheidung bezüglich Ihres Aufenthaltsorts getroffen?«

»Am Sonntag oder spätestens Montag werden wir in meine Wohnung wechseln.«

Traunstein atmete erleichtert auf. Statt sechs Polizisten würden dann vier pro Schicht reichen. Diese Neuigkeit würde Wöhler gern hören. »Bis dahin bleiben Sie in Frau Hallers Haus?«, vergewisserte sie sich.

»Nicht ganz«, erwiderte er. »Wir fahren nach Luxemburg.«

»Wieso das?«, hakte sie alarmiert nach. In dem Nachbarland war Matthias Claussen aufgewachsen.

Der Leibwächter fasste die Entwicklung des gestrigen Abends kurz zusammen. Das hatte ihr noch gefehlt! Ein Boulevardjournalist, der ein Buch über den Serienkiller schrieb. Es bedurfte keiner großen Fantasie, sich auszumalen, wie die Arbeit der Soko darin wegkommen würde.

»Wird eigentlich auch in Luxemburg nach Claussen gefahndet?«, fragte Trapp.

Sie erreichte ihr Büro und schloss die Tür hinter sich. »Die ausländischen Kollegen sind über unsere Fahndung informiert. So etwas ist in der EU Standard. Polizeibeamte haben vorgestern den einzigen dort lebenden Verwandten aufgesucht – der hat allerdings von seinem Bruder seit Jahren nichts gehört. Er hat versprochen, sich zu melden, sobald Claussen ihn kontaktiert.«

»Glauben Sie ihm?«

»Warum nicht? Familienbande hin oder her – einen so brutalen Täter würde wohl niemand decken.«

»Hat die bisherige Suche neue Hinweise ergeben?«

»Nein. Er ist wie vom Erdboden verschluckt.« Sie dachte kurz nach. Ihre Personalkapazitäten ließen es nicht zu, Ermittler in das Beneluxland zu schicken – zumindest solange es keine Anhaltspunkte dafür gab, dass er sich in seiner alten Heimat aufhielt. Möglicherweise konnte sie die Journalistin und den Leibwächter für ihre eigenen Zwecke einspannen.

»Sie wissen, dass ich Ihnen im Ausland keinen Schutz zur Verfügung stellen kann? Jedenfalls nicht in so kurzer Zeit. Damit ein deutscher Polizeibeamter im Ausland tätig werden darf, müssen diverse bürokratische Hürden überwunden werden. Das dauert.«

»Ich bin ja auch noch da«, meinte Trapp. »Falls ich nicht gerade wegen falscher Verdachtsmomente verhaftet werde, kann ich wenigstens eine Weile auch allein auf sie aufpassen.«

»Sehr witzig«, entgegnete Traunstein brüskiert. »Bei der Indizienlage blieb – «

»Das sehe ich anders«, unterbrach er sie, »bringt uns jedoch nicht weiter.«

»Was werden Sie mit den Informationen machen, die Sie in Luxemburg erhalten?«

»In erster Linie hoffen wir, die Leute überzeugen zu können, dass sie nicht mit dem Journalisten sprechen.«

»Würden Sie mir Ihre Ergebnisse mitteilen? Vielleicht entdecke ich Einzelheiten, die uns bei der Fahndung weiterhelfen.«

»Dagegen wird Eva keine Einwände haben.«

»Sagen Sie rechtzeitig Bescheid, bevor Sie zurückkommen. Dann organisiere ich den Personenschutz für Ihre Adresse.«

Sie beendete das Gespräch und wählte danach über die Büroleitung Wöhlers Durchwahl an.

»Ich habe gerade mit Frau Haller gesprochen«, behauptete sie. »Sie ist einverstanden, vorübergehend ihr Haus zu verlassen und in Trapps Wohnung zu ziehen, wo wir pro Schicht lediglich vier statt sechs Mitarbeiter benötigen.«

* * *

»Ich habe auch einiges erreicht«, sagte Eva, nachdem sie sich angehört hatte, was Stefan zu berichten hatte. »Zwei der Leute, mit denen sich Viktor treffen wollte, sind bereit, uns morgen zu sehen.«

»Also brechen wir gleich auf«, folgerte Stefan.

»Ich fange direkt an zu packen. Wie lange brauchst du?«

»Gib mir zwanzig Minuten.«

* * *

Viktor Wolff probierte zum wiederholten Mal, Maximilian Claussen zu erreichen.

Sein Ressortleiter glaubte, er würde an einem Hintergrundbericht über den Serienmörder arbeiten, und hatte deswegen eine Reise nach Luxemburg genehmigt, sodass Viktor sogar die eingereichten Urlaubstage aufsparen konnte. Dass die meisten der dort gesammelten Informationen letzten Endes eher in einem Buch als in der Zeitung landen würden, musste sein Vorgesetzter vorab nicht wissen.

»Hallo?«, meldete sich eine mürrische Stimme.

»Spreche ich mit Maximilian Claussen?«

»Wer sind Sie und was wollen Sie?«

Viktor stellte sich als deutscher Journalist vor, der an einem Artikel über Matthias Claussen arbeitete und der Familie die Gelegenheit einräumen wollte, sich von den schrecklichen Taten des nahen Verwandten zu distanzieren. Er empfand es schon als Erfolg, dass der jüngere Bruder nicht sofort auflegte.

»Was heißt hier distanzieren?«, fragte der stattdessen misstrauisch.

»Falls es unappetitliche Familiengeheimnisse gibt, wäre es doch besser, wenn Sie dazu von Anfang an klar Stellung beziehen würden«, wagte Viktor einen Schuss ins Blaue.

»Lassen Sie mich gefälligst in Ruhe!«, entgegnete sein Gesprächspartner und trennte abrupt die Verbindung.

Viktors Jagdfieber war geweckt. Gab es etwas in Claussens Vergangenheit, was die Taten erklären konnte? Zumindest deutete die Reaktion des jüngeren Bruders darauf hin.

Nachdem er ein paar Minuten gegrübelt hatte, griff er erneut zum Telefon, um Eva zu bitten, das Vergewaltigungsopfer nicht erst am Wochenende anzurufen. Die Story war so heiß, dass er Verzögerungen vermeiden wollte. Aber er erreichte sie weder per Festnetz noch übers Handy. Also bat er sie zweimal um einen Rückruf. Vielleicht konnte er sie ja überzeugen, Annika Löwenstein schon an diesem Abend zu kontaktieren.

* * *

Nach einer knapp dreistündigen Autofahrt kamen sie an einem Hotel im Randbezirk der Hauptstadt an. Stefan hatte während der Fahrt sehr genau darauf geachtet, ob ihnen jemand folgte, weswegen sie fünfmal auf Rastplätzen kurze Zwischenstopps eingelegt hatten.

Von unterwegs hatte Eva Viktors Nachricht abgehört. War er bereits argwöhnisch geworden? Sie würde ihn in einigen Stunden zurückrufen, ihm ihren Aufenthaltsort aber nicht verraten.

Fünf Minuten blieben sie auf dem hoteleigenen Parkplatz im Wagen sitzen, ehe Stefan weitgehend sicher sein konnte, dass ihnen wirklich niemand auf der Spur war. Dann stiegen sie aus und holten die Taschen aus dem Kofferraum.

»Wir werden übrigens ein Doppelzimmer nehmen müssen«, sagte er wie nebenbei. »Wenn jeder sein eigenes Zimmer hätte, könnte ich dich viel schlechter beschützen.«

»Kein Problem«, entgegnete sie.

Schon bei ihrem Aufbruch in Köln hatte sie über ihre Unterbringung nachgedacht und war zu dem Ergebnis gekommen, dass Stefan dieses Arrangement wahrscheinlich vorschlagen würde. Der Gedanke daran, ihn die ganze Zeit in ihrer Nähe zu haben, beruhigte sie. Ansonsten hätte sie sich in der fremden Umgebung sicher unwohl gefühlt.

Gegen neun Uhr abends ließ sich der Anruf nicht länger aufschieben. Viktor hatte noch zwei Mal versucht, sie zu erreichen, und ihr eine SMS geschickt.

»Entschuldige bitte meinen verspäteten Rückruf. Ich war tagsüber beschäftigt«, behauptete sie, was gar keine Lüge war. Mittlerweile hatte sie eine dritte Person erreicht und den mit Viktor vereinbarten Termin ebenfalls vorgezogen.

»Ich hatte heute Kontakt zum jüngeren Bruder«, erklärte er. »Ich glaube, in seiner Familiengeschichte werden wir fündig.«

»Wird er sich mit dir in Luxemburg treffen?«

»Nein. Er hat am Telefon rasch abgeblockt. Genau das macht mich misstrauisch. Ich brauche die Hintergründe der ersten Vergewaltigung schnellstmöglich. Könntest du diese Löwenstein nicht jetzt kontaktieren?«

»Es ist zu spät«, stellte sie fest.

»Um neun Uhr?«

»Ich würde ein solches Gespräch nicht um diese Uhrzeit führen.«

Er seufzte. »Morgen?«

»Kann ich dir nicht versprechen.«

»Aber spätestens Samstag?«

»Meinetwegen.«

»Okay. Das muss mir dann reichen. Sag Bescheid, sobald du sie ausgequetscht hast.«

»Eine letzte Schonfrist«, sagte Eva, nachdem sie das Telefonat beendet hatte. »Er wird am Samstag nicht begeistert sein, wenn ich ihm erkläre, dass ich Annika nicht *ausquetschen* werde.«

Stefan hatte in der Tür zum Badezimmer gestanden. »Sollte er unangenehm werden, rede ich ein paar Takte mit ihm.«

Sie lächelte bei der Vorstellung, wie der athletische Bodyguard den füllig gewordenen Journalisten einschüchtern würde. Wahrscheinlich reichte dazu ein böser Blick.

Stefan drehte sich um, trat ans Waschbecken und griff zu seiner elektronischen Zahnbürste. Eva schaute ihm eine Weile zu. Er trug lediglich ein weißes T-Shirt und Boxershorts. Sie genoss den Anblick des attraktiven Mannes, bis sie ohne Vorwarnung den nackten Mörder vor ihrem inneren Auge sah. Frustriert startete sie an ihrem Smartphone den Browser, um ein wenig zu surfen und die Erinnerung aus ihrem Kopf zu vertreiben.

36

Eva schreckte mitten in der Nacht aus dem Schlaf. Für einen Moment fehlte ihr die Orientierung. Das hier war nicht ihr Zuhause. Der Lichteinfall durchs Fenster stimmte nicht, der Raum roch anders. Abgestanden. Dann fiel ihr ein, wo sie sich befand.

»Hast du schlecht geträumt?«, fragte Stefan, der offensichtlich ebenfalls wach geworden war. Oder hatte er gar nicht geschlafen?

»Ein Albtraum«, wisperte sie. »Sogar im Schlaf habe ich keine Ruhe.« Sie drehte sich vom Rücken auf die Seite, sodass sie abgewandt von ihm lag.

»Bald wird ihn die Soko schnappen.«

»Und wenn nicht?«

Eva versuchte, die aufsteigenden Tränen zurückzuhalten. Sie wollte nicht in Stefans Beisein weinen. Doch die Mischung aus Furcht und Verzweiflung war stärker. Leise fing sie an zu schluchzen.

Stefans Bettdecke raschelte. Er robbte näher an sie heran und legte einen Arm um ihre Hüfte. Die sanfte Berührung beruhigte sie langsam.

»Danke«, murmelte sie nach einer Weile.

Eigentlich hatte Eva damit gerechnet, dass er zurück auf seine Seite rutschen würde, aber er machte keinerlei Anstalten, den Körperkontakt zu unterbrechen.

Es fühlte sich gut an.

Plötzlich sah sie vor ihrem inneren Auge wieder den nackten

Mörder, wie er den Kellerraum betreten hatte. Würde diese Erinnerung sie bis ans Ende ihrer Tage quälen?

Bestimmt hatte Claussen beabsichtigt, seinen Opfern jeden Lebenswillen zu nehmen. Sollten sie ihre Ermordung als Erlösung empfinden?

Wut, gepaart mit einer gehörigen Portion Dickköpfigkeit, explodierte in ihr. Ich will kein Opfer mehr sein!, schrie sie ihm tonlos entgegen.

Sie berührte vorsichtig Stefans Hand, streichelte sie. Er schob ihre Hand nicht weg, sondern liebkoste mit den Fingern ihren Bauch. Eva drehte sich zu ihm um. Sie zögerte einen letzten Moment, ehe sie sein Gesicht suchte und es zärtlich anfasste. Kurz darauf spürte sie seine Lippen. Der erste Kuss war behutsam – als wären sie beide unschlüssig, ob sie diesen Weg gehen sollten. Jeder folgende Kuss steigerte die Leidenschaft.

»Machst du bitte eine Lampe an?«, fragte Eva. Sie wollte verhindern, dass ein weiterer Flashback den Augenblick zerstörte.

Stefan tastete nach dem Lichtschalter auf seiner Seite des Bettes. Eine Leselampe erhellte in der nächsten Sekunde einen Teil des Raumes.

Er zog sein T-Shirt aus und warf es achtlos zu Boden. Der Anblick seines muskulösen Oberkörpers erregte sie.

»Du hast ja sogar ein Sixpack«, stellte Eva anerkennend fest. Sie legte eine Hand auf den durchtrainierten Bauch und bemerkte die Bewegungen seiner Muskeln, als er ihn anspannte.

»Angeber«, hauchte sie.

Sie knutschten eine Weile, dann schob er ihr Nachthemd hoch, unter dem sie einen weißen Spitzenslip trug. Als er ihren Nabel küsste, zog sie den Bauch ein.

Seine Lippen wanderten höher, umschlossen ihre Brustwarzen. Ein Stöhnen entfuhr ihr. Schließlich streifte er ihr das

Nachthemd über den Kopf. Ihre Finger nestelten an seinen Boxershorts.

Nachdem er ihren Slip heruntergezogen hatte, sah er sie fragend an.

Eva nickte.

* * *

Am nächsten Vormittag saßen sie auf der Terrasse eines Cafés am Fischmarkt und warteten auf die ehemalige Grundschullehrerin von Claussen. Die Sonne schien von einem wolkenlosen Himmel, und Eva setzte ihre Sonnenbrille auf, um nicht geblendet zu werden.

Stefan war nicht sonderlich gesprächig. Nach dem Aufwachen hatten sie sich beeilt, um das reichhaltige Frühstücksbüfett zu genießen. Danach hatten sie sich für die Termine fertig gemacht und nicht über die letzte Nacht gesprochen.

»Bereust du es?«, fragte sie jetzt.

»Nein!«, antwortete er schnell. »Und du?«

Damit er ihre Augen sehen konnte, nahm sie die Brille ab. »Nicht eine Sekunde. Ich fand es total schön.«

Er zwinkerte ihr zu. In seinem Gesichtsausdruck erkannte sie eine Mischung aus Zufriedenheit und Erleichterung.

Unterdessen hatte sich eine ältere Frau ihrem Tisch genähert.

»Frau Haller?«

Die beiden standen auf und reichten ihr die Hand.

»Frau Leroy, schön, dass Sie kommen konnten.«

Stefan zog einen Stuhl zurück, und die alte Frau ließ sich umständlich darauf nieder. Eine Kellnerin kam zu ihnen, bei der die ehemalige Lehrerin ein Glas Orangensaft bestellte.

»Sie interessieren sich für die Familie Claussen«, sagte sie.

»Richtig«, bestätigte Eva. »Haben Sie die Nachrichten über die Mordserie in Köln verfolgt?«

»Ist Matthias wirklich der gesuchte Mörder?«

»Daran gibt es keinen Zweifel.«

»Er war ein intelligentes Kind«, erinnerte sich seine Grundschullehrerin. »Er kam mit sieben zu uns. Das ist für viele Kinder deutscher Eltern kompliziert. Sie müssen Deutsch, Luxemburgisch und Französisch sprechen. Ihm gelang das spielend. Seine Schwester und sein Bruder hatten damit mehr Schwierigkeiten, obwohl sie jünger waren.«

»Seine beiden Geschwister gingen also ebenfalls in Ihre Schule?«, vergewisserte sich Eva.

Die alte Dame nickte.

»Haben Sie die Eltern gekannt?«, fragte Stefan.

»Ich erinnere mich nur an die Mutter. Wahrscheinlich war es bei ihnen wie bei den meisten Familien damals. Der Vater verdiente das Geld, die Mutter kümmerte sich um den Nachwuchs.«

Die Kellnerin brachte den frisch gepressten Saft. Frau Leroy trank einen Schluck, ehe sie ihre Schilderung fortsetzte.

»Ich habe sie nicht als sonderlich liebevoll kennengelernt. Sie sprach mit den beiden Jungen in einem sehr herrischen Tonfall. Die Tochter wurde allerdings um einiges besser behandelt.«

»Tauchte mal einer der Söhne mit auffälligen blauen Flecken im Unterricht auf?«, erkundigte sich Eva.

»Nein. Das nicht.«

»Aber?« Sie spürte, dass der Lehrerin ein anderer Vorfall vor Augen schwebte.

»Carola war ein Jahr jünger als Matthias. Maximilian drei Jahre. In Carolas letztem Schuljahr, als Matthias schon die weiterführende Schule besuchte, fehlten sie und Maximilian eine ganze Woche. Angeblich aus Krankheitsgründen. Doch ich entsinne mich genau, dass vor allem Maximilian hinterher verändert war. Seine Leistungen brachen ein, und er durfte an keiner außerschulischen Aktivität mehr teilnehmen, obgleich das vorher kein Problem gewesen war. Den Klassenkameraden gegenüber wurde er immer verschlossener.«

»Haben Sie ihn oder die Mutter darauf angesprochen?«

»Selbstverständlich.«

»Gab es eine zufriedenstellende Erklärung?«

»Der Junge wirkte verängstigt, weigerte sich jedoch, mit mir darüber zu reden. Die Mutter behauptete felsenfest, ich würde Lügen verbreiten, und beschwerte sich deswegen sogar beim Direktor.«

»Haben Sie das weiterverfolgt?«

Bedauernd schüttelte sie den Kopf. »Der Schulleiter meinte, ohne äußere Anzeichen körperlicher Misshandlungen würde ich mich auf zu dünnem Eis bewegen.«

Nachdem die Kellnerin die Rechnung kassiert hatte, brachte Eva die Sprache auf Viktor.

»Der Journalist, der sie zuerst kontaktiert hat –«

»Dieser Herr Wolff«, unterbrach Frau Leroy sie.

»Richtig. Er plant, ein sensationslüsternes Buch über den Fall zu schreiben. Sie würden mir einen großen Gefallen tun, wenn Sie ihm keine Auskünfte geben würden.«

»Wieso bitten Sie darum?«, wunderte sich die Gesprächspartnerin. »Sind Sie Konkurrenten?«

»Nein. Ich bin das letzte Opfer des Serienmörders.«

Überrascht sah die Lehrerin sie an. »Die Frau, die knapp gerettet wurde?«

»Genau. Es wäre mir sehr unangenehm, wenn das alles in einem Buch ausgebreitet würde.«

Frau Leroy straffte die Schultern. »Das verstehe ich. Gut, dass Sie mich gewarnt haben. Von mir erfährt er kein Sterbenswörtchen.«

* * *

Spätnachmittags steuerten sie eine Adresse in einem Randbezirk der Hauptstadt an. Auf Viktors Liste stand der Name eines ehemaligen Nachbarn, der ebenfalls bereit war, sich mit ihnen zu unterhalten.

Der Mittfünfziger bat sie in seine kleine Wohnung.

»Entschuldigen Sie die Unordnung«, sagte er, als er einen Stapel Zeitschriften vom Tisch räumte. »Ich bin beruflich derzeit stark eingebunden. Außerdem zählt Aufräumen nicht zu meinen Lieblingstätigkeiten.«

Er schenkte ihnen Wasser ein, und Eva kam sofort auf den Grund ihres Besuchs zu sprechen.

»Ja, ich kann mich an die Claussens erinnern. Sie wohnten damals im Haus nebenan.«

Der Mann erzählte von einigen Begebenheiten, die ihm noch präsent waren, und verfestigte das Bild, das schon die Grundschullehrerin gezeichnet hatte: Die Mutter war eine tyrannische Frau gewesen. »Bei geöffnetem Fenster hat man sie oft schreien gehört.«

Eva dachte an die herausgeschnittenen Zungen der Opfer. Hatte dieser grausame Akt etwas mit der lautstarken Erziehungsmethode der Mutter zu tun? »Gab es ein besonderes Vorkommnis, als Matthias so ungefähr dreizehn, vierzehn Jahre alt gewesen ist?«, wollte sie wissen. »Das war Ende der Achtziger, Anfang der Neunziger.«

Ihr Gastgeber trommelte mit den Fingern auf die Tischplatte. »Ich bin mir nicht sicher, ob das zeitlich passt, aber in einem Sommer ist mir aufgefallen, dass die Jungen nicht mehr draußen zu sehen waren. Selbst bei schönstem Wetter nicht. In der Nachbarschaft gab es ein großes, unbebautes Wiesengrundstück, auf dem die Kinder nachmittags Fußball spielten. Nachdem Deutschland neunzig Weltmeister geworden ist, trugen viele die weißen Trikots der Nationalmannschaft. Wir Erwachsenen setzten uns nach der Arbeit dazu, unterhielten uns, tranken Bier zusammen. Gelegentlich wurde gegrillt. Ein angenehm harmonisches Miteinander.«

»Aus dem sich die Claussens heraushielten?«

»In den ersten Jahren, die ich dort lebte, nicht«, sagte der ehemalige Nachbar. »Doch so um die von Ihnen erwähnte Zeit fehlten die Kinder plötzlich. Irgendwann wurde das zum Gesprächsthema.«

»Hat jemand die Eltern darauf angesprochen?«

»Ich jedenfalls nicht.«

* * *

Abends im Hotelzimmer lag Eva auf dem Bett, während sich Stefan im Badezimmer rasierte. Seitdem sie die vorige Nacht angesprochen hatten, war ihr Umgang ungezwungen.

»Eine despotische, oft schreiende Mutter, die aus unbekannten Gründen plötzlich dafür sorgt, dass ihre Söhne nicht mehr nach draußen dürfen.«

Stefan betätigte den Wasserhahn. »Seine Opfer waren ebenfalls Gefangene«, stellte er über das Rauschen hinweg fest.

»Sobald die Frauen unter Polizeischutz standen, führten sie kein normales Leben mehr«, nahm Eva den Gedanken auf. »Sie durften ihre Schutzwohnungen nie verlassen.«

Lediglich mit Boxershorts bekleidet, kam Stefan aus dem Badezimmer. Der Anblick seines durchtrainierten Körpers war faszinierend. Um ihn zu necken, pfiff sie anerkennend. Und es tat ihr unglaublich gut, sich beinahe kindisch aufzuführen.

»Sexistin«, beschwerte er sich.

»Selbst schuld, wenn du dich so ungeniert präsentierst.« Sie griff zu ihrem Handy und versuchte zum wiederholten Mal, jemanden unter der Nummer zu erreichen, die angeblich Claussens Bruder gehörte.

Mehrfach ertönte das Freizeichen, bis das Gespräch endlich angenommen wurde.

»Ja?«

»Maximilian Claussen?«

»Wer will das wissen?«

»Ich recherchiere in der Mordserie – «

Augenblicklich unterbrach er die Verbindung.

»Verdammt!«, fluchte Eva. »Er hat aufgelegt.« Sie öffnete das Kurzmitteilungsprogramm.

Ich bin das letzte Opfer und konnte Ihrem Bruder entkommen. Ich versuche, seine Taten zu verstehen. Bitte helfen Sie mir!

Nach einer Viertelstunde klingelte ihr Telefon und übertrug die Rufnummer von Maximilian Claussen.

»Eva Haller! Danke für Ihren Rückruf.«

»Ist das die Wahrheit? Oder lügen Sie mich an?«

»Ich schwöre, es ist die Wahrheit. Am liebsten würde ich Sie persönlich treffen. Hätten Sie morgen Zeit?«

»Fünfzehn Uhr«, sagte er, nachdem es zunächst still geblieben war. Dann nannte er ihr seine Adresse, ehe er das Telefonat beendete.

»Ja!«, jubelte Eva.

»Ist er wirklich bereit dazu?« In Stefans Stimme schwangen Zweifel mit. Er setzte sich auf den Bettrand und schaute ihr über die Schulter, während sie den Straßennamen notierte.

»Wahrscheinlich hat er Mitleid mit mir.« Sie legte Stift und Block beiseite und drehte sich zu ihm um. »Hast du dich gestern eigentlich auch nur aus Mitleid mit mir eingelassen?«

Statt zu antworten, umfasste er ihren Kopf und zog ihn sanft zu sich heran. Sie küssten sich und setzten dort an, wo sie nachts aufgehört hatten.

* * *

Als Viktor zur abendlichen Entspannung vor dem Fernseher saß und wahllos irgendein Programm laufen ließ, erhielt er eine SMS.

Anhand der Nummer sah er, dass ihm Claussens alte Lehrerin eine Nachricht geschickt hatte. Neugierig öffnete er sie.

Ich werde nicht mit Ihnen sprechen. Schämen Sie sich!

»Was soll das?«, murmelte er.

Er tippte das Hörersymbol an, aber die Frau reagierte nicht auf seinen Anrufversuch. Ein paar Sekunden hörte er das Freizeichen, bevor das Besetztzeichen erklang. Offenbar hatte sie das ankommende Gespräch abgewiesen. Er probierte es erneut – diesmal vernahm er eine französische Bandansage. Nun hatte sie das Handy anscheinend ausgeschaltet.

Was hatte ihr Sinneswandel zu bedeuten? Steckte Matthias Claussen dahinter? Unruhig lief er in die Küche und holte eine Flasche Bier aus dem Kühlschrank.

37

Am nächsten Morgen fuhren Stefan und Eva zu einer Adresse in der Nähe der Altstadt. Sie waren dort mit einer Frau verabredet, die in früheren Jahren mit Carola Claussen befreundet gewesen war.

Misstrauisch bat die Frau sie in ihre Wohnung. Anfangs erzählte sie nur Belanglosigkeiten über Carola. Eva spürte jedoch, dass sie über wichtigere Informationen verfügte.

»Was ist in der Familie vorgefallen, als Carola zwölf war? Weswegen durften die Jungen nicht mehr aus dem Haus?«

»Sie wissen davon?«, entfuhr es der ehemaligen Freundin überrascht.

»Wären wir sonst auf Ihren Namen gestoßen?«, stieg Stefan in Evas Bluff ein.

»Ich bin nie dahintergekommen, ob sich Caro die Vorwürfe lediglich ausgedacht hat. Ich meine, welcher Vierzehnjährige versucht schon, die eigene Schwester zu vergewaltigen?«

Eva warf Stefan einen raschen Blick zu. Unterdessen stand die Frau auf und ging zum Wohnzimmerfenster.

»Hat sie Ihnen Einzelheiten geschildert?«, bohrte Eva nach.

»Ein paar. Eines Nachts sei er zu ihr ins Bett gestiegen. Sie sei von einem komischen Gefühl wach geworden. Er habe nackt auf ihr gelegen und mit einer Hand an ihrem Slip herumgezerrt. Um sie am Schreien zu hindern, habe er ihr den Mund zugehalten. Doch er spri–, äh ejakulierte wohl, bevor es zur Penetration kam. Dabei sei es Caro gelungen, ihn von sich herunterzustoßen. Sie schrie um Hilfe, davon wurden ihre Eltern wach und kamen ins Zimmer gestürmt.« Die Frau wandte sich ihnen wieder zu und zuckte mit den Achseln. »Das ist alles, was ich über die Sache weiß. Sie hat es mir auf einer Geburtstagsparty gebeichtet. Ehrlich gesagt wusste ich nicht, ob ich es glauben konnte. Caro war bekannt dafür, Lügen zu erzählen oder Geschichten aufzubauschen.«

»Und deswegen hat Matthias Stubenarrest bekommen«, vermutete Eva.

»Das war kein harmloser Stubenarrest. Nach der Schule wurde er in sein Zimmer gesperrt. Caro meinte, er musste an die Tür klopfen, um zum Klo gehen zu dürfen. Seine Mutter begleitete ihn dorthin und ließ ihn nicht aus den Augen. Es war ihm verboten, sein Teil anzufassen.«

»Aber wofür wurde der kleine Bruder bestraft? Laut unseren Informationen durfte er ebenfalls nicht mehr nach draußen.«

»Das war eine Art Vorsichtsmaßnahme. Die Mutter hatte Angst, dass in ihm die gleichen abartigen Fantasien steckten wie in seinem älteren Bruder, und die wollte sie im Keim ersticken.«

* * *

»Wirst du ihn mit unserem Wissen konfrontieren?«, fragte Stefan.

»Garantiert«, erwiderte Eva. »Ich muss nur den richtigen Zeitpunkt abpassen. Hängt davon ab, wie aufrichtig er wirkt.«

Sie hatten Maximilian Claussens Adresse eine Viertelstunde eher erreicht als geplant. Stefan hatte vorgeschlagen, direkt bei ihm anzuklingeln, doch Evas Berufserfahrung sagte ihr, dass es besser war, bis zur vereinbarten Uhrzeit zu warten.

»Was willst du mit dem ganzen Material machen?«, erkundigte er sich.

»Zunächst werde ich es zusammenfassen und Kommissarin

Traunstein vorlegen. Anschließend muss ich Viktor informieren.« Sie seufzte. »Das wird nicht gerade spaßig.« Eva hasste es, einen Kollegen hintergehen zu müssen. Hoffentlich konnte sie ihn überzeugen, das Projekt nicht weiterzuverfolgen.

»Ob er davon Abstand nimmt, nur weil die Zeugen in Luxemburg nicht mit ihm sprechen wollen?«, bezweifelte Stefan die Erfolgsaussichten.

»Kommt drauf an, ob sie ihr Versprechen halten.«

Neben der Lehrerin hatten auch der ehemalige Nachbar und Carolas Freundin zugesagt, keine Informationen an Viktor weiterzugeben. Trotzdem würde er wohl versuchen, sie mit Geld zu ködern oder neue Quellen ausfindig zu machen. Der Nachbar würde wahrscheinlich reden, falls das Angebot stimmte. Die beiden Frauen mussten allerdings befürchten, in einem Buch schlecht dargestellt zu werden. Hätten sie damals nicht die Pflicht gehabt, ihr Wissen offiziellen Stellen zu melden? Egal, was der Vierzehnjährige angestellt hatte – seine Bestrafung war zu grausam gewesen. Zumindest die Lehrerin hätte die Macht gehabt, etwas daran zu ändern.

Pünktlich um fünfzehn Uhr öffnete Eva die Beifahrertür. Stefan folgte ihr.

* * *

Matthias Claussen starrte auf die Anzeige. Dieser Trapp war gut – was die Ortung von Haller in der verlassenen Gegend bewiesen hatte. Jedoch bei Weitem nicht so gut, wie er glaubte. Nachdem er Haller entführt und ihr Handy in seinen Besitz gebracht hatte, hatte er die gespeicherte Nummer des Leibwächters notiert, die er zuvor nirgends hatte ausfindig machen können. Auf Trapps Homepage stand lediglich eine Festnetznummer.

Danach war es leicht gewesen, das Mobiltelefon zu orten. So wusste er von ihrer Reise nach Luxemburg, die ihn anfangs nicht beunruhigt hatte. Doch die Adresse, an der sie sich seit einer Stunde aufhielten, bereitete ihm Sorge. Würde Maximilian alte Familiengeheimnisse ausplaudern?

Er dachte an Helena Netzeband, die seine Aufmerksamkeit erregt hatte, weil sie nach der Geschichte mit der Redakteurin gegen ihn ausgesagt hatte. Netzeband hatte Caro gekannt und von seiner Jugendsünde erfahren. Deswegen war sie zu den Bullen gerannt, nachdem die Vergewaltigungssache an die Öffentlichkeit gelangt war. Glücklicherweise hatte sein Anwalt es geschafft, dass dieses Detail im Prozess nicht verwendet werden durfte, und der Ärztin außerdem eine Verleumdungsklage angedroht, falls sie sich dazu äußern würde.

Unschlüssig lief er in dem kleinen Raum auf und ab. So wie er Netzeband ausgeschaltet hatte, musste er sich nun auch endlich um Haller und Trapp kümmern. Sie hatten lange genug Dreck aufgewühlt. Zuerst musste er allerdings herausfinden, was ihnen sein Bruder verraten hatte. Denn sie würden das natürlich sofort haarklein den Bullen berichten. Weshalb er es bei seinen weiteren Schachzügen berücksichtigen musste.

* * *

Die Familienähnlichkeit zwischen Maximilian und Matthias Claussen war unverkennbar. Da er lediglich mit Eva gerechnet hatte, trat er nach dem Öffnen der Wohnungstür nicht beiseite, um sie hereinzubitten.

»Wer sind Sie?«, wollte er von Stefan wissen.

»Das ist Stefan Trapp, mein Leibwächter«, antwortete Eva stattdessen. »Ihr Bruder hat mich mittlerweile zweimal überfallen, daher habe ich Herrn Trapp zu meinem Schutz engagiert.«

»Oh Gott«, murmelte Maximilian Claussen betroffen. »Das tut mir leid.« Es klang so, als würde er sich für die Taten seines Bruders entschuldigen wollen.

Wenn die Aussage von Carolas Freundin stimmte, hatte die Sippenhaft sein Leben geprägt. Insofern war die Reaktion verständlich.

»Kommen Sie herein.« Er zeigte den schmalen Flur entlang. »Geradeaus durch ist das Wohnzimmer.«

Auf einem Tisch standen eine Flasche Mineralwasser und zwei Gläser. Die Einrichtung der Wohnung wirkte billig; anscheinend verfügte er nur über bescheidene finanzielle Mittel.

»Bedienen Sie sich«, sagte er, ohne Anstalten zu machen, selbst etwas zu trinken.

Seine Körpersprache und sein Verhalten verrieten Eva, dass er am ehesten mit der Wahrheit zu knacken wäre.

»Können Sie sich noch an Carolas Freundin Stefanie erinnern?«

Er nickte fast unmerklich.

»Carola hat ihr damals von Matthias' Vergewaltigungsversuch und den drastischen Folgen für ihn und Sie erzählt. Wir wissen Bescheid.«

Er verzog den Mund, senkte den Blick und betrachtete seine Finger.

Eva gab ihm die Zeit, die er benötigte.

»Ich habe nie darüber gesprochen. Selbst mit den Polizisten nicht, die mich aufgesucht haben.«

»Vielleicht hilft es Ihnen, den Ballast loszuwerden.«

Tatsächlich begann er stockend von jenen Ereignissen zu berichten, die seine Kindheit so nachhaltig erschüttert hatten.

Zwanzig Minuten später schüttete er Wasser in ein Glas und trank einen Schluck.

Carola hatte ihre Freundin also nicht angelogen. Doch daraus resultierten weitere Fragen.

»Matthias war vierzehn. Wieso hat er nicht aufbegehrt? Er hätte spätestens als Sechzehnjähriger abhauen können.«

»Mutter hat ihn unter Druck gesetzt«, erklärte Maximilian. »Sie hat den besudelten Slip in eine Plastiktüte gepackt und ihm eine Anzeige für den Fall angedroht, dass er die von ihr festgelegte vierjährige Strafe nicht akzeptierte.«

»Wäre sie wirklich zur Polizei gegangen?«, wunderte sich Stefan. »Immerhin war ihre Erziehungsmethode nicht unbedingt legal. In gewisser Weise war das Freiheitsberaubung.«

»Ich weiß es nicht«, gestand er. »Wir haben es geglaubt.«

»Und Sie?«, fragte Eva. »Warum haben Sie niemals protestiert? Oder Ihr Vater?«

»Sie kannten meine Mutter nicht. Eine Despotin. Caro wurde abgöttisch von ihr geliebt, aber die Männer der Familie waren lediglich geduldet, solange sie ihr nicht widersprachen.«

»Lebt Ihre Mutter noch?«

»Nein. Sie ist vergangenes Jahr in Kanada gestorben.«

»Wann genau?«, erkundigte sich Eva.

Maximilian nannte ein Datum, das nur wenige Wochen vor der Vergewaltigung von Judith Wirth lag. »Bei ihrer Beerdigung habe ich Caro das letzte Mal gesehen. Mein Vater ist bereits seit vielen Jahren tot.«

»Was hat Ihre Mutter nach Kanada verschlagen?«

»Caro hat irgendwann einen Kanadier kennengelernt und ist zu ihm nach Toronto gezogen. Als sie schwanger wurde, beschloss meine Mutter, ihr zu folgen. Vater war dagegen, doch letztlich hat sie ihren Willen durchgesetzt.«

»Matthias war nicht bei der Beerdigung?«, folgerte Stefan.

»Er war nicht erwünscht.«

»Wie ging es mit Ihnen weiter, nachdem Ihr Bruder in Deutschland ein Studium begonnen hatte?«

Maximilian legte den Kopf in den Nacken und starrte an die weiße Decke.

»Nach ein paar Monaten wurde es besser. Ich wurde zwar mit Argusaugen beobachtet, durfte jedoch langsam wieder ein normales Leben führen. Na ja, so normal, wie es eben geht, wenn man vier Jahre eingesperrt war.«

»Sagen Ihnen die Namen der getöteten Frauen etwas?«

»Das hat mich die Polizei schon gefragt. Nein, da klingelt nichts.«

Ein offener Punkt beschäftigte Eva. Die drei letzten Opfer hatten sich allesamt ähnlich gesehen. War es Zufall oder entsprachen sie seinen persönlichen Vorlieben? Oder hatte auch das mit seiner Vergangenheit zu tun?

»Haben Sie ein Foto von Ihrer Schwester?«

Maximilian holte sein Telefon und zeigte ihr ein nach der Beerdigung aufgenommenes Bild. Es bestand keine Ähnlichkeit zwischen Carola und den Toten. Das Aussehen der Schwester war also kein Schlüssel zu einem Teil der Morde.

Eva dachte darüber nach, welche Auswirkungen die Geschehnisse in der Jugend auf Claussen gehabt hatten. Traunsteins Vermutung stimmte wahrscheinlich. Claussen hatte Frauen getötet, die für die Rechte anderer Frauen eingetreten waren. Doch der Oberkommissarin war verborgen geblieben, dass das, was seine Mutter mit ihm gemacht hatte, der Auslöser für seine Taten war.

Ob die Mordserie deshalb kurz nach dem Tod der Mutter angefangen hatte?

38

»Tja, was soll ich sagen«, meinte Stefan, während er die Reisetasche vor der Wohnungstür abstellte und das Schloss aufsperrte. »Herzlich willkommen!«

Eva atmete tief durch. »So schnell bin ich noch nie zu einem Mann in dessen Bude gezogen«, versuchte sie das Ganze zu entkrampfen.

Doch sie musste sich eingestehen, dass sie angespannt war. Bis sie die Heimreise angetreten hatten, war es ihr gelungen, den bevorstehenden Ortswechsel zu verdrängen. Aber bereits bei der Rückfahrt hatte der Gedanke an die Drei-Zimmer-Wohnung Unwohlsein in ihr ausgelöst. Sie hatte sich an den vielen Platz in ihrem Haus gewöhnt; nun würden sie relativ beengt zusammenleben müssen. Eine Situation, die sich nur schlecht mit ihrem Freiheitsbedürfnis vereinbaren ließ.

Er stieß die Tür auf. »Ich werde ein neues Schloss einbauen. Dieses hat weder Claussen noch die Polizei aufgehalten. Außerdem installiere ich einen Bewegungsmelder, der Alarm schlägt, falls sich nachts jemand Zugang zur Wohnung verschafft.« Stefan betrat die Diele und überprüfte zunächst alle Räume.

Eva erinnerte sich daran, wie sie nach dem ersten Überfall hier angekommen war. Seitdem hatte sich einerseits nichts, andererseits viel geändert. Noch immer lebte sie in Angst vor einem wahnsinnigen Mörder. Die anfänglich rein geschäftliche Beziehung zwischen ihr und Stefan hatte eine unerwartete Entwicklung genommen, deren Ausgang derzeit nicht abzusehen war.

»Wenn du dich eingesperrt fühlst, dann sag es mir sofort«, bat er sie, nachdem er in die Diele zurückgekehrt war. »Wir würden bestimmt eine andere Lösung finden. Zum Beispiel das Haus deiner Freundin auf Borkum.«

»Keine Ahnung, ob das überhaupt frei wäre«, erwiderte sie, als sie in die Wohnung trat und die Tür zudrückte.

Verlegen schauten sie sich in die Augen. Ehe das Schweigen unangenehm wurde, klingelte Evas Handy.

»Viktor«, stellte sie nach einem Blick aufs Display fest.

Zu ihrer Überraschung hatte er sie gestern in Ruhe gelassen. Am heutigen Sonntag schien seine Geduld hingegen aufgebraucht zu sein.

»Hi«, begrüßte sie ihn.

»Wolltest du nicht spätestens Samstag mit der Löwenstein sprechen?«

»Ich weiß. Tut mir leid. Aber –«

»Lüg mich nicht weiter an!«, schrie er plötzlich.

»Wie redest du –«

»Du hast meine Quellen in Luxemburg besucht und sie aufgefordert, nicht mit mir zu reden. Warum? Was habe ich dir getan? Ist das der Dank für meine Hilfe?«

»Viktor, beruhige dich!«

»Du willst das Thema selbst ausschlachten!«, warf er ihr vor. »Du klaust meine Idee!« Seine Stimme überschlug sich.

»Nein, das stimmt nicht! Ich will nur verhindern, dass du darüber schreibst«, gestand sie.

»Wieso das denn?«

»Ich würde es nicht ertragen, dadurch erneut in den Fokus der Öffentlichkeit zu geraten.«

»Du bist bloß eine Randfigur!«

»Falsch. Ich bin die Frau, die überlebt hat. Die einzige, von Annika abgesehen.«

»Ich brauche diese Infos.«

»Du wirst sie nicht bekommen. Das haben mir die Luxemburger versprochen. Es tut mir wirklich leid. Können wir uns irgendwie einigen?«

»Einigen?«, brüllte er. »Ich werde dieses Buch schreiben! Darauf kannst du Gift nehmen!«

»Wenn es sein muss, stelle ich die recherchierten Hintergrundinformationen kostenlos online. Dadurch verliert dein Projekt an Exklusivität. Kein Verlag wird sich dafür interessieren.«

»Das werden wir ja sehen!«

Ein Piepsen erklang in der Leitung, die im nächsten Moment still wurde. Viktor hatte aufgelegt.

»Der klang richtig sauer«, stellte Stefan fest. Er war in der Diele stehen geblieben und hatte das Gespräch mitbekommen.

Eva schob das Handy in ihre hintere Hosentasche, ehe sie ihn umarmte und ihren Kopf an seine Schulter legte. »Wann ist dieser Albtraum endlich vorbei?«, fragte sie leise.

Sanft streichelte er ihr über die Haare. »Bald«, versprach er.

* * *

Um in das fünfgeschossige Haus zu gelangen, genügte es, bei einem der oberen Nachbarn zu klingeln. Da das Gebäude noch nicht einmal eine Gegensprechanlage besaß, wurde ihm ohne Nachfrage aufgedrückt.

»Merci!«, rief Matthias Claussen laut.

Er hatte die Gegend einen halben Tag lang observiert, ohne Anzeichen dafür zu entdecken, dass die Polizei seinen Bruder beschattete. Für eine solche Maßnahme gab es auch keinen Grund. Wahrscheinlich hatten sie ihn befragt und uneingeschränkt Auskunft erhalten.

Viel mehr interessierte Matthias allerdings, was er der Haller erzählt hatte.

Rasch eilte er die Stufen in die erste Etage hoch. Dort angekommen, klopfte er energisch gegen die Tür.

»Polizei! Öffnen Sie unverzüglich!«, befahl er auf Luxemburgisch.

Er hörte hektische Schritte, ehe die Wohnungstür aufgerissen wurde.

Entsetzt starrte ihn Maximilian an. Matthias nutzte die Verwirrung seines Bruders und zwängte sich an ihm vorbei.

»Schön, dich zu sehen, Bruderherz.«

»Was willst du?«

»Ich hatte Sehnsucht nach meiner Familie.« Er ging voran ins Wohnzimmer, wohin ihm Maximilian zögerlich folgte. Unaufgefordert setzte sich Matthias an den Tisch.

»Die Polizei sucht dich«, stellte sein Bruder überflüssigerweise fest.

Matthias lachte. »Echt? Wieso denn das? Ich habe nichts verbrochen.«

»Warum hast du die Frauen umgebracht?«, wollte Maximilian wissen.

»Quid pro quo?«

»Was?«

»Hast du in Latein nicht aufgepasst? Ich erzähle dir etwas, du erzählst mir etwas.«

»Machst du jetzt einen auf Hannibal Lecter?«

Matthias brach in dröhnendes Gelächter aus. »Deinen Humor habe ich immer gemocht, Kleiner.«

»Ich finde das alles nicht zum Lachen. Du bist für den Tod von zehn Menschen verantwortlich. Zehn! Was bist du nur für ein Monster!«

»Na ja. Das mit den Bullen war nicht beabsichtigt. Du musst

mir zugutehalten, dass ich lange versucht habe, keinem Polizisten ernsthaft zu schaden. Ich wusste, sie würden mich noch viel mehr jagen, wenn einer der Ihren stirbt.«

»Ist das bloß ein Spiel für dich?« In Maximilians Stimme schwang Abscheu mit.

»Nein. Kein Spiel. Weißt du, wer die Schuld an all dem trägt?«

»Lass mich raten. Mutter? Oder eher Caro?«

»Könntest du deine Arroganz ein winziges Stück runterfahren?« Matthias hielt Daumen und Zeigefinger auseinander und verringerte langsam den Abstand zwischen ihnen. »Wusstest du von dem Brief?«

»Von welchem Brief?«, fragte sein Bruder verständnislos.

»Also hattest du keine Ahnung.«

»Wovon?«

»Nach Mutters Beerdigung hat mir der Notar nicht nur schriftlich mitgeteilt, dass ich beim Erbe leer ausgehe; nein, er hat ein mehrseitiges Schreiben beigelegt, das sie vor ihrem Tod verfasst hat.«

»Was stand drin?«

»Eine detaillierte Auflistung, in welcher Hinsicht ich sie enttäuscht habe. Sie hat mich gehasst!« Matthias haute verärgert auf die Tischplatte. »Sie liegt im Sterben und bezeichnet mich mit krakeliger Schrift als pervers, geistesgestört, gemeingefährlich. Ihr Leben lang habe sie sich gewünscht, mich abgetrieben zu haben. Sie hat es ausgenutzt, dass ich ihr diese Zeilen niemals würde heimzahlen können. Hoffentlich hat sie jedes einzelne Wort unter Schmerzen niedergeschrieben. Das Geschreibsel endete mit dem Vorwurf, ich sei ein kompletter Versager. Aber weißt du, was sie wirklich damit angerichtet hat?«

»Du wirst es mir bestimmt sagen.«

Matthias wiederholte seine Daumen-Zeigefinger-Geste. »Nachdem diese verlogene Schlampe meine Karriere zerstört hatte –«

»Mutter?«, unterbrach ihn Maximilian mit verwirrtem Gesichtsausdruck.

»Nein. Diese Löwenstein mit ihren unsäglichen Behauptungen. Danach habe ich mir eine neue Identität aufgebaut. Habe unter ausgeliehenem Namen eine Firma gegründet, um potenzielle Kunden nicht zu verschrecken. Ein falscher Vergewaltigungsvorwurf ist wie ein Todesstoß – das wusste ich seit meiner Jugend. Rachegedanken schwelten in mir. Ich wollte mich an all jenen rächen, die schlecht über mich geredet hatten. Doch irgendwie fand ich nicht den Mut, loszulegen. Bis mich Mutters Brief erreichte. Postsendungen, die an Matthias Claussen adressiert waren, erhielt ich damals nicht viele. Der Briefkasten der kleinen Wohnung, in die ich höchstens einmal wöchentlich fuhr, quoll nie über. Umso erstaunter war ich, eine Nachricht aus Kanada zu erhalten. Ich erfuhr von ihrem Ableben und musste diese lächerlichen Anschuldigungen ertragen. Dann wurde mir klar, dass es ein Zeichen war. Ich würde ihr beweisen, dass ich kein Versager bin. Kurz darauf besuchte ich diese Judith Wirth, die sich erlaubt hat, öffentlich meinen Freispruch zu kritisieren.« Er schmunzelte. »Zweimal war ich bei ihr. Es war so herrlich, die Polizei und die Weiber an der Nase herumzuführen. Natürlich haben die Bullenschweine ihre Anstrengungen ständig verstärkt, um mich zu fassen – am Ende war es jedoch immer eine Frage der Geduld. Bei der Letzten musste ich nur ein paar Wochen warten, bis die Soko glaubte, ich hätte das Interesse verloren, und entsprechend das Wachpersonal reduzierte –«

»Das will ich gar nicht hören«, meinte Maximilian. »Das ist krank!«

Finster funkelte Matthias seinen Bruder an. »Ich habe bewiesen, dass ich kein Versager bin!«, zischte er wütend.

»Ich habe dich nie als solchen bezeichnet.«

»Der Punkt geht an dich. So, nun sag mir, was du der Haller und ihrem Leibwächter erzählt hast.«

»Das weißt du?«, fragte Maximilian erschrocken.

Matthias zog gleichgültig die Achseln hoch, als sei es nichts Besonderes. »Was wollten sie?«

»Sie haben über Caros Freundin davon erfahren.«

»Wovon?«

»Na rate mal«, entgegnete Maximilian genervt. »Glaubst du, Caro hätte sich niemandem anvertraut?«

»Wollten sie es von dir bestätigt haben?«

»Warum wären sie sonst gekommen?«

»Hast du es abgestritten?«

»Ich habe keinen Bedarf daran, dass das an die Öffentlichkeit gelangt.«

Doch Maximilians Augen verrieten die Wahrheit.

»Entschuldige«, sagte er. »Ich muss pinkeln.«

»Soll ich dich begleiten und aufpassen, dass du nicht an dir rumspielst?«

»Das ist nicht witzig!«

Maximilian stand auf und verließ das Wohnzimmer. Es dauerte ungewöhnlich lange, bis sich die Badezimmertür schloss.

* * *

Die Polizei hatte ihm eine Rufnummer hinterlassen, die er anrufen sollte, falls sein Bruder bei ihm auftauchte. Diese Nummer hatte er im Handy gespeichert, mit dem er sich jetzt ins Badezimmer zurückzog und einschloss. Hoffentlich erreichte er an einem Sonntag schnell jemanden.

Er setzte sich auf den Klodeckel und blätterte hektisch in den Kontakten, bis er den Eintrag gefunden hatte. Aber bevor die Verbindung aufgebaut war, hörte er einen Knall. Matthias schmiss sich von außen gegen die Tür.

»Lass mich in Ruhe!«, schrie Maximilian. »Geh weg! Ich bin dein Bruder! Du hast mir mein Leben versaut!«

Die dünne Tür sprang aus der Verankerung. Fassungslos sah er die Pistole in Matthias' Händen. Der aufgeschraubte Schalldämpfer machte ihm klar, dass es nicht bloß eine Drohung war.

»Bitte!«, wimmerte er. »Ich bin dein kleiner Bruder.« Er fühlte sich wie versteinert.

»Du hättest mich nicht anlügen sollen.«

Matthias drückte ihm die Waffe gegen die Stirn.

39

Montagvormittag klingelte Stefans Handy und übertrug Sophies Rufnummer. Eva und er saßen in der Küche und erstellten einen Ablaufplan für die kommenden Tage.

»Hm«, brummte er. »Fängt sie nun mit den Anrufen an?«

»Sophie«, folgerte Eva.

»Yep. Was meint die Expertin? Soll ich sie ignorieren?«

»Möglicherweise hält sie dich für einen Vergewaltiger«, sagte sie. »Ich hatte sie nach deiner Verhaftung angerufen und gehofft, sie könnte dir ein Alibi verschaffen. Um das aufzuklären, solltest du vielleicht rangehen.«

Er wischte übers Display und nahm das Gespräch entgegen. »Ja. Was gibt's?«

»Oh Schatz, bin ich froh, deine Stimme zu hören. Ich hatte Angst, diese schreckliche Frau würde mir wieder Lügengeschichten auftischen.«

»Weshalb rufst du an? Reicht es nicht, dass ich deine ganzen SMS ignoriere?«

»Ich war gerade beim Arzt. Wir müssen dringend miteinander reden.«

Hoffte sie tatsächlich, dass ihre Bereitschaft, sich in Therapie zu begeben, seine Meinung ändern könnte?

Er verdrehte entnervt die Augen. Als Eva daraufhin voller Mitleid lächelte, hatte er jedoch eine Idee. Würde Sophie nicht automatisch aufgeben, wenn er ihr seine neue Partnerin präsentierte?

»Meinetwegen. Passt dir sechzehn Uhr?«

»Egal wann – Hauptsache, du kommst.«
»Bis später.« Mit dieser knappen Verabschiedung beendete er das Telefonat.
»Du fährst zu ihr?«, wunderte sich Eva.
»Falsch«, sagte er hinterlistig lächelnd. »*Wir* fahren zu ihr. Vielleicht lässt sie mich künftig in Ruhe, wenn sie uns zusammen erlebt.«
»Ich weiß nicht«, murmelte Eva. »Keine schöne Vorstellung.«
»Bitte! Du musst das für mich tun!«

* * *

Um zwanzig vor vier verließen Stefan und Eva seine Wohnung. Nach dem Besuch bei Sophie wollten sie zum Bogensportplatz, um sich ein wenig abzulenken und einen erneuten Lagerkoller zu vermeiden.

Direkt vor dem Haus stand ein Streifenwagen. Etwas versetzt ein zweiter. Die offensichtliche Präsenz sollte Claussen abschrecken.

Stefan informierte die Polizisten über ihre Pläne. Gemeinsam beschlossen sie, dass ein Team ihnen folgen würde, während die andere Wagenbesatzung an Ort und Stelle bliebe, um dem Mörder keine Chance zu geben, heimlich in die Wohnung einzubrechen und dort zu warten.

* * *

Wie er es früher oft erlebt hatte, war die Haustür sperrangelweit offen. Schweigend stiegen sie langsam in die zweite Etage. Mittlerweile war sich Stefan nicht mehr sicher, ob es eine gute Idee gewesen war, hierherzukommen. Bestimmt machte sie sich Hoffnungen auf eine Fortsetzung der Beziehung.

Zögerlich drückte er die Klingel. Eine fröhliche Melodie erklang, kurz danach hörte er, wie jemand zur Wohnungstür lief.

»Schatz!«, rief Sophie strahlend, nachdem sie geöffnet hatte. Dann bemerkte sie Eva. Ihr Lächeln erstarb. »Wer ist das?«, fragte sie eisig.

»Eva Haller. Meine –«

»Ah, Sie haben mir doch diese Lügen erzählt. Komisch, dass ein Vergewaltiger einfach so vorbeikommt, oder?«

»Sie hat nicht gelogen. Ich war tatsächlich einige Stunden in Polizeigewahrsam. Ein Missverständnis.«

Statt darauf zu reagieren oder sich bei Eva für den unangemessenen Ton zu entschuldigen, drehte sich Sophie um und ging ins Wohnzimmer.

Stefan und Eva sahen sich an.

»Bringen wir es hinter uns«, flüsterte sie.

Widerwillig folgten sie ihr. Auf dem Esstisch standen ein Teller mit Waffeln und eine kleine Schüssel voll Schlagsahne.

Sophie setzte sich. »Das habe ich für dich zubereitet. Oder hättest du gern warme Kirschsoße? Ich könnte ein Glas in der Mikrowelle erwärmen.«

»Wir sind nicht für ein Kaffeekränzchen hier«, entgegnete Stefan genervt.

Missmutig verzog sie den Mund und verschränkte die Arme vor dem Körper. »Weswegen bist du denn dann gekommen?«

Ungläubig starrte er sie an. Ihre Eigenart, sich von einer Sekunde auf die andere in ein bockiges Mädchen zu verwandeln, hatte ihn schon früher irritiert. Sophie war eine Frau mit extremen Stimmungsschwankungen. Innerhalb von Minuten konnte ihre Gefühlslage von überglücklich zu traurig wechseln. Die Diagnose bipolare Störung hatte ihn nicht überrascht.

»Du hast einen Arztbesuch erwähnt. Wirst du dich nun endlich in Therapie begeben?«

»Therapie?« Sie klang amüsiert. »Ich bin nicht krank, sondern schwanger. Ich kriege ein Baby. Dein Baby.« Sophie zog ein Ultraschallbild unter der Tischdecke hervor.

»Du verarschst mich.«

»Ganz im Gegenteil. Ich bin in der neunten Woche. Erst habe ich mir wegen der ausbleibenden Periode nichts gedacht. Heute hatte ich einen Routinetermin beim Frauenarzt und habe es erfahren. Ist das nicht wundervoll?«

»Ist es wirklich meins?«

»Hältst du mich für eine Schlampe? Es hat immer nur dich gegeben.«

Zu der Zeit waren sie noch zusammen gewesen. Tatsächlich konnte er sich nicht vorstellen, dass sie ihn betrogen hatte.

Lächelnd griff Sophie zu einer Waffel und schaufelte eine beträchtliche Portion Sahne darauf. »Als Schwangere hat man immer eine Ausrede parat. Schließlich muss ich für zwei essen.«

»Du hast doch die Pille genommen!«

»Na und?«

»Was hast du nun vor? Zum Beispiel mit deinem Arbeitsplatz.«

»Das passt prima. Ich arbeite bis zum Beginn des Mutterschutzes, danach bekomme ich ein Jahr lang Elterngeld.«

»Okay. Ich zahle selbstverständlich Unterhalt, sobald das Kind auf der Welt ist.«

»Nein!« Entrüstet schob sie den Teller zur Tischmitte. »Ich mache das nicht allein.«

»Was machst du nicht allein?«

»Ein Kind großziehen!«

»Wie stellst du es dir dann vor?«

»Wir beide werden wieder ein Paar. Diesmal schaffen wir es.« Über den Tisch hinweg streckte sie ihm ihre Hand entgegen. »Ich habe Fehler gemacht«, gab sie zu. »Kein Wunder, dass du gegangen bist. Aber dieses Baby ist unsere Chance für einen Neuanfang.«

»Ich bin mit Eva zusammen.«

»Trenn dich von ihr«, forderte Sophie und würdigte Eva keines Blickes. »Sie macht mir nicht meine Familie kaputt.«

»Wir sind keine Familie.«

»Entweder wir ziehen das Kind gemeinsam als Paar groß, oder ich treibe ab!«

»Sophie! In dir wächst ein Mensch heran. Den kannst du nicht töten!«

»Ich würde es als Alleinerziehende niemals packen. Du kennst mich. Dann breche ich lieber ab. Du musst mir helfen.«

40

Die Polizisten stellten ihr Fahrzeug in der Nähe des Eingangs ab und beobachteten die Journalistin und den Leibwächter, wie sie das Trainingsgelände betraten.

»Mir gefällt die Umgebung nicht«, meinte der Beamte, der am Steuer saß.

»Na ja, wenigstens gibt es nur eine Zufahrt zu dem Platz«, entgegnete sein Kollege.

»Trotzdem. Er könnte sich vom Wald anschleichen, der an den Sportplatz grenzt. Ich informiere Traunstein. Soll sie entscheiden, ob sie Verstärkung schickt.«

Er griff zum Funkgerät und bat darum, zu ihr durchgestellt zu werden. Doch da sich die Sokoleiterin gerade in einer Besprechung mit dem Polizeipräsidenten und dem stellvertretenden Bürgermeister befand, musste er sich gedulden.

* * *

»Eva! Stefan!«, begrüßte sie der Vereinsvorsitzende strahlend. »Ich freue mich so, euch zu sehen. Wie geht's euch?«

Eva nahm Walter in den Arm und flüsterte: »Ich wünschte, sie würden ihn endlich schnappen.«

Nach der Umarmung schaute sich Eva um. Insgesamt standen nur drei Vereinsmitglieder an der Schusslinie. »Nicht viel los.«

»Liegt am Wetter«, vermutete Walter. »Zu viel Wind. Letzte Woche war es jeden Tag rappelvoll.«

»Kommt noch jemand aus dem Schnupperkurs her?«

»Zwei Damen. Eine der beiden hat bereits den Mitgliedsantrag abgegeben, die andere will sich bis Mittwoch festlegen.«

»Gut.« Jedes neue Mitglied war überlebenswichtig für den Verein, der finanziell nicht auf Rosen gebettet war. »Jochen Wilde ist nicht mehr hier gewesen?«

»Nein. Aber der hatte eh kein Talent.«

Eine halbe Stunde später schossen Eva und Stefan auf eine siebzig Meter entfernt stehende Scheibe. Nach anfänglichen wetterbedingten Schwierigkeiten traf Eva inzwischen regelmäßig in die goldene Mitte der Zielscheibe, während er an den Windböen verzweifelte. Oder war er gedanklich zu abgelenkt? Sie hatte ihm auf der Fahrt hierher angeboten, über Sophies Schwangerschaft zu sprechen. Er war jedoch sehr einsilbig geblieben und hatte lediglich zum Ausdruck gebracht, dass er sich nicht erpressen lassen wolle.

Walter saß auf einem Klappstuhl neben ihnen und gab Tipps – die übrigen Sportler hatten sich mittlerweile verabschiedet.

Doch nach einer Weile deutete er zum Geräteschuppen. »Kommt ihr ohne mich klar? Ich muss mich noch um die Trainingsgeräte kümmern.«

Sie nickten, woraufhin er sich mühselig erhob und Richtung Container trottete.

* * *

Claussen hatte den Wagen an der Abbiegung zum Sportplatz geparkt und beobachtete aus sicherer Entfernung die Umgebung. Zwei Bullen in einem Streifenwagen. Kein unüberwindliches Hindernis.

Bestimmt waren sie extrem wachsam. Also musste er schnell sein.

Der Schalldämpfer und die Verkehrsgeräusche von der nahen Autobahn würden verhindern, dass die Schüsse zu hören waren. Und da er sich den Bart abrasiert und den Kopf kahl geschoren hatte, würden sie ihn zumindest nicht auf Anhieb erkennen.

In gemütlichem Tempo näherte er sich dem Polizeifahrzeug. Um unauffällig zu wirken, hielt er sich das Handy ans Ohr und sagte gelegentlich etwas.

Das Beifahrerfenster war heruntergelassen, was ihm entgegenkam.

Als er in Hörweite der Polizisten war, begann er ein vermeintliches Gespräch über das Bogenschießen.

»Ja, Schatz. Ich bin jetzt am Platz und frag gleich mal nach, ob die ein Probetraining für Kinder anbieten. Wäre doch toll, wenn unser Kleiner Spaß an dem Sport finden würde. Außerdem ist das Gelände vom neuen Haus aus fußläufig zu erreichen.«

Er schien zu lauschen – tatsächlich bereitete er sich jedoch auf die Schüsse vor. Er war kein wirklich guter Schütze, aber je geringer die Entfernung, desto höher seine Zielgenauigkeit.

»Quatsch, Kevin ist nicht der einzige dicke Junge in seiner Klasse. Er hat halt noch Babyspeck.«

Blitzschnell zog er die Pistole. Einer der Bullen schien etwas zu ahnen, reagierte jedoch zu langsam. Mit zwei Schüssen schaltete Claussen die beiden Aufpasser aus.

* * *

»Sie darf die Schwangerschaft nicht abbrechen. Das würde mich ewig verfolgen.« Offensichtlich wollte er nun doch darüber reden.

»Ob sie es am Ende wirklich von deinem Verhalten abhängig macht?«

»Wir haben während der Beziehung nicht über die Folgen einer ungewollten Schwangerschaft geredet. Ihre Einstellung zu Abtreibungen? Keine Ahnung.« Er zog den letzten Pfeil aus seinem Köcher und schoss. Dann legte er den Bogen auf den Ständer. »Ich bin ohne Vater aufgewachsen«, erklärte er. »Mein Erzeuger hat meine Mutter verlassen, als ich zwei war. Ich habe danach nie etwas von ihm gehört, bin ihm nie begegnet. Ich war natürlich zu klein, um mich an ihn erinnern zu können; ich kenne ihn nur von Fotos. Meine Mutter hat bis zu ihrem Tod keinen anderen Mann an sich herangelassen. Sie ist schon mit zweiundfünfzig Jahren gestorben, wahrscheinlich, weil sie so verbittert war.«

Tröstend berührte Eva seine Schulter, was er mit einem dankbaren Lächeln quittierte, ehe er fortfuhr.

»Ich hatte kein männliches Vorbild. Das ist wohl einer der Gründe, warum ich alles darangesetzt habe, mich männlich zu fühlen. Als Sechzehnjähriger habe ich regelmäßig Kraftsport betrieben. Meine freiwillige Verpflichtung beim Bund. Mein Job. Dass mein Vater uns verlassen hat, verfolgt mich bis heute.«

»Als Vater hast du Rechte. Sie kann es dir nicht vorenthalten.«

»Kann ich meinem Kind zumuten, bei einer alleinerziehenden Frau aufzuwachsen, die psychische Probleme hat?«

Bevor Eva etwas erwidern konnte, entdeckte sie einen ihr unbekannten Mann, der das Trainingsgelände betreten hatte. Warum tauchte ausgerechnet jetzt jemand auf? Dieses Gespräch war wichtig. Wenn er Informationen zum Bogensportverein wünschte, würde sie ihn zu Walter schicken.

Stefan bemerkte ihre kurze Abgelenktheit und blickte über die Schulter.

»Oh verdammt!«, schrie er plötzlich. »Eva, lauf weg! Verschwinde im Wald!«

Entsetzt huschte ihr Blick zwischen dem Neuankömmling, der nun auf sie zustürmte, und ihrem Beschützer hin und her.

War das Claussen?

Stefan stellte sich vor sie und griff nach seiner Waffe. Der Mann hatte jedoch seine eigene bereits gezogen. Mit instinktiver Gewissheit erkannte sie, dass er schneller war.

»Nein!«, brüllte Eva.

Ein Schuss ertönte. Stefan brach zusammen und blieb reglos am Boden liegen. Ohne ihn zu beachten, kam Claussen auf Eva zu.

Endlich schaffte sie es, sich aus ihrer Schockstarre zu befreien. Sie schnappte sich ihren Bogen und sprintete auf den Wald zu, der fünfzig Meter entfernt war. Ein weiterer Schuss wurde abgefeuert, doch sie verspürte keinen Schmerz.

Trotz des unhandlichen Sportgeräts in ihrer Rechten und trotz des Köchers, der gegen ihren Oberschenkel schlug, kam sie gut voran. Gerade als sie das Ende des Trainingsgeländes erreichte, bohrte sich die nächste Kugel in einen Baum, an dem sie nur mit einer Armlänge Abstand vorbeilief. Ein Teil der Baumrinde spritzte ihr an den Hals, weswegen sie ein Stück nach rechts auswich.

* * *

Walter tauschte eine defekte Pfeilauflage an einem der Leihbögen aus, als Evas Stimme zu ihm drang, gefolgt von einem Knall. Verwirrt hielt er inne und legte den Bogen auf einen kleinen Tisch. So schnell es seine Arthrose zuließ, durchquerte er humpelnd den Container. Innerhalb weniger Sekunden ertönten zwei weitere Schüsse.

Der Vorsitzende schob die Tür vorsichtig einen Spaltbreit auf. Sein Instinkt warnte ihn, nicht zu neugierig zu sein. Er spähte durch den Spalt und bekam im letzten Moment mit, wie Eva vom Trainingsgelände in den Wald flüchtete. Ein glatzköpfiger Mann verfolgte sie.

Als von beiden nichts mehr zu sehen war, ging Walter zu einem der Schränke und holte eine Armbrust heraus, in die er einen Pfeil einspannte. Dann schlüpfte er aus dem ehemaligen Schiffscontainer. Er entdeckte eine Gestalt, die reglos am Boden lag. Während er sich ihr näherte, fischte er sein Handy aus der Hosentasche und wählte den Polizeinotruf.

»Hier spricht Walter Brunner. Ich bin auf dem Platz des Bogensportvereins Opladen am Birkenberg. Ein Mann ist getroffen worden.«

»Von einem Pfeil?«, fragte der Polizist. »Soll ich einen Krankenwagen rufen?«

»Nicht von einem Pfeil. Von einer Pistolenkugel.« Er versuchte, sich an den Namen des Mörders zu erinnern. »Claussen!«, fiel ihm ein. »Das war bestimmt dieser Claussen! Er will Eva Haller töten.« Walter erreichte den leblos wirkenden Leibwächter. Im Brustbereich bemerkte er ein blutendes Loch. »Beeilen Sie sich bitte! Schicken Sie ein Rettungsteam und Streifenwagen vorbei.« Trotz des Protests seiner Hüftgelenke kniete er sich hin und tastete vergeblich nach dem Puls. »Oh Gott, ich spüre keinen Puls. Was soll ich tun?«

»Sehen Sie eine blutende Wunde?«

»Ja!«

»Spritzt das Blut fontänenartig heraus?«

»Nein.«

»Gut. Dann ist keine Arterie getroffen worden. Haben Sie einen Verband oder ein Tuch zur Hand? Das könnten Sie auf die Wunde legen. Danach tasten Sie wieder nach dem Puls.

Falls Sie erneut keinen spüren, beginnen Sie mit einer Herzdruckmassage. Die Verletzung könnte einen kardiogenen Schock ausgelöst haben.«

Walter legte die Armbrust beiseite, um in seinen Hosentaschen nach Taschentüchern zu suchen.

41

Wohin?, fragte sie sich panisch.

Sie sprintete querfeldein durchs Gelände und überlegte, Bogen und Köcher wegzuwerfen, um keinen Ballast mit sich herumzuschleppen. Aber dann wäre sie unbewaffnet.

Auf dem leicht abschüssigen Weg kam sie gut voran.

Bloß nicht stolpern, dachte sie. Da sie vor sich keine Stolperfallen entdeckte, warf sie einen raschen Blick über die Schulter.

Der Killer hetzte hinter ihr her, der Abstand zwischen ihnen schien sich jedoch zu vergrößern. Diese Momentaufnahme verlieh ihr Mut für ihr Vorhaben, ihn zu überlisten. Vor ihrem inneren Auge sah sie Stefan, der getroffen zusammensackte. Dieses Bild weckte eine grenzenlose Wut in ihr. Der Zorn würde ihr helfen, sich der letzten Konfrontation zu stellen. Sie musste ein Versteck finden, an dem er ahnungslos vorbeilaufen würde. Dann einen Pfeil einspannen, dabei an Stefan denken und den Dreckskerl mit einem gezielten Schuss in den Rücken zur Strecke bringen. Sollte ihn der erste Schuss nicht tödlich verwunden, blieb ihr noch ein zweiter Pfeil.

Wie ein Hase schlug sie einen Haken, verließ den Weg, sprang über eine Baumwurzel, kam sicher auf und rannte in eine andere Richtung.

* * *

Führte sie etwas im Schilde oder versuchte sie nur, möglichst viel Vorsprung herauszuholen? Sie war schneller als er erwartet hatte. Schnaubend setzte er ihr nach. Sein unruhiger Atem und die schlechten Sichtverhältnisse zwischen den Bäumen machten einen Treffer unwahrscheinlich.

Wann hörte der Ärger mit Haller endlich auf?

* * *

Walter hasste seinen alten, schwachen Körper. Die Taschentücher, die er auf die Wunde gepresst hatte, waren mittlerweile dunkelrot. Er versuchte, Stefan durch eine Herzdruckmassage am Leben zu halten, doch seine eigene Kraft schwand immer mehr.

»Halt durch!«

Dann vernahm er endlich das anschwellende Geräusch einer Sirene.

»Hilfe kommt! Stirb mir jetzt nicht!«

Noch einmal verstärkte er den Druck auf die Brustgegend. Ein Krankenwagen bog mit Blaulicht um die Ecke und raste bis zum Eingang. Zwei Streifenwagen folgten.

Die Besatzung des Krankenwagens sprang aus dem Fahrzeug und rannte auf ihn zu. Gerade als ihm ein Sanitäter aufhalf, gelangte auch der erste Polizist zu ihm.

»Der Mörder ist in den Wald geflüchtet«, japste Walter erschöpft. Ihm war schwindelig. »Sie müssen Eva in Sicherheit bringen!«

»Wer ist Eva?«

Schwarze Flecken tanzten vor seinen Augen.

»Ev–«, stöhnte er.

Wie aus weiter Ferne hörte er eine Stimme.

»Verdammt! Hat der Alte etwa einen Herzinfarkt?«

* * *

»Verschwinden Sie von hier! Mich verfolgt ein Mörder!«, warnte Eva eine Spaziergängerin, die im Wald stand und in aller Seelenruhe eine Nachricht in ihr Handy tippte.

»Was?«, fragte diese begriffsstutzig.

Aber Eva war bereits an ihr vorbeigerannt. Sie erreichte einen extrem abschüssigen Schotterweg. Sorgsam achtete sie darauf, nicht ins Rutschen zu geraten.

* * *

Die Zeugin schaute zunächst der Haller verwirrt hinterher, ehe sie ihn erblickte.

»Paula!«, rief sie. »Bei Fuß!«

Aus einem Gebüsch tauchte ein Dobermann auf. Die Hundebesitzerin blickte grimmig.

»Lassen Sie die Frau in Ruhe! Sonst hetze ich meinen Hund auf Sie!«

Unwillkürlich wich Claussen nach links aus. Gleichzeitig feuerte er zur Warnung einen Schuss ab.

Die Hundehalterin schrie entsetzt auf. Sie hielt die Hündin am Halsband fest und ging ein paar Schritte zurück. Claussen lief an ihr vorbei. Vor ihm befand sich ein steil abfallendes Wegstück, an dessen Ausläufer Haller ins Trudeln geriet. Er nutzte ihre Schwierigkeiten und schoss.

Haller stürzte.

* * *

Ein monoton piepsendes Geräusch weckte ihn aus einem seltsamen Traum. Walter schlug die Augen auf und sah sich um. Er lag in einem Krankenwagen, ein Sanitäter saß neben ihm.

»Was ist los?«, flüsterte er.

»Wir fahren Sie ins Krankenhaus. Sie haben einen Schwächeanfall erlitten.«

»Lebt Stefan?«

»Ja. Sie haben das fantastisch hinbekommen. Nach der OP wissen wir, ob er die Schussverletzung übersteht.«

»Manchmal sind sogar wir Alten noch zu etwas zu gebrauchen.« Gerade als er sich nach Eva erkundigen wollte, fielen ihm die Augen wieder zu.

* * *

Unten angekommen, wurde ihr Schwung zu groß. Der Bogen prallte gegen ihren Oberschenkel, Eva verlor das Gleichgewicht und stürzte. Sie ließ das Sportgerät los. Erneut zerriss ein Schuss die Stille. Schmerzhaft schrammte ihr Kinn am Boden entlang, mit den Händen versuchte sie, sich abzufangen.

Als ihr Körper nicht mehr weiterrutschte, stöhnte sie auf. Doch ihr blieb keine Zeit, sich selbst zu bemitleiden. Mühselig rappelte sie sich auf und griff nach dem Bogen, der anscheinend unbeschädigt war. Zu allem Überfluss waren die beiden Pfeile aus dem Köcher katapultiert worden. Sie hob den ersten auf und steckte ihn zurück. Den zweiten fand sie jedoch nicht sofort. Nach einem Blick zu Claussen hinauf humpelte sie vorwärts.

Er schoss.

Die Kugel verfehlte sie nur um Zentimeter.

* * *

»Verdammt!«

Inzwischen hatte er mehrere Gelegenheiten verpasst, sie zu erledigen.

Er war einfach kein guter Schütze. Den Leibwächter hatte er wohl nur getroffen, weil der sich vor die Haller gestellt und nicht bewegt hatte.

Aber wenigstens war sie aufgrund ihres Sturzes angeschlagen. Endlich konnte er aufholen und die Sache zu Ende bringen.

* * *

Vier Polizisten liefen den Weg entlang. Die Hundehalterin kam ihnen mit ihrem angeleinten Dobermann entgegen.

»Ein Irrer hat auf mich geschossen!«, rief sie hektisch. »Er verfolgt eine Frau.«

»Wo sind sie lang?«

Die Spaziergängerin zeigte in die entsprechende Richtung.

* * *

Der Weg machte eine kleine Biegung. Er führte an einem Bach vorbei, Bäume und Sträucher säumten die Strecke, doch es gab keine Möglichkeit, sich zu verstecken.

Da ihre Kräfte schwanden, zweifelte sie nicht daran, dass er sie bald einholen und erschießen würde.

Ihr Augenmerk richtete sich auf den Wasserlauf. Früher hatte sie gelegentlich an 3-D-Turnieren teilgenommen, bei denen die Sportler durch einen Wald hetzten und auf dreidimensionale Tiermodelle schossen. Manchen Schuss musste man seitlich liegend durchführen, um eine Chance zu haben, das Modell überhaupt zu treffen.

Ohne die Vor- und Nachteile endgültig abgewogen zu haben, rannte sie zum Wasser, dessen Tiefe sie auf dreißig Zentimeter schätzte. In höchster Eile klemmte sie den Pfeil an die

Sehne, ehe sie sich in dem kalten Bach in Position brachte. Von den Füßen bis zum Bauchnabel wurde sie umspült; Brust, Kopf und Arme hielt sie hingegen über der Oberfläche.

Eva zog die Sehne zurück.

* * *

Da Claussen mit einem Hinterhalt rechnete, bewegte er sich vorsichtiger. Die Waffe nach vorn gestreckt, folgte er der Biegung.

Wie erstarrt blieb er stehen.

Von Haller fehlte jede Spur.

»Das kann nicht sein!«

Es gab hier keinen Baumstamm, der dick genug war, um sich dahinter zu verbergen.

Wo war sie?

Sein Blick schweifte umher, glitt übers Wasser. Für einen Moment glaubte er, dass ihm seine Augen einen Streich spielten. Doch die Haller lag tatsächlich im Bach und zielte auf ihn.

* * *

Das Visier war vom Training auf eine Distanz von siebzig Metern justiert, Claussen befand sich jedoch höchstens zwanzig Meter entfernt. Aufgrund ihrer großen Erfahrung berücksichtigte sie diesen Umstand und schoss.

* * *

Claussen drückte den Abzug. Dann spürte er einen heftigen Schmerz. Ein Pfeil bohrte sich seitlich durch seinen Kehlkopf.

Schreiend griff er sich an den Hals, seine Beine gaben nach, er stürzte zu Boden.

* * *

Das Wasser spritzte knapp neben ihrem Oberkörper auf. Eva kam hoch und ließ den Bogen entkräftet fallen. In diesem Augenblick kippte der Mörder zur Seite. Sein Kopf knallte auf den Schotter.

Um sich zu vergewissern, lief sie zu ihm. Blut sprudelte aus der Halswunde, die Pistole war ihm aus der Hand geglitten. Mit einem Fuß angelte Eva danach, hob sie auf und richtete sie auf den reglosen Claussen. Erst jetzt bemerkte sie, wie sehr sie zitterte.

42

Wegen der Abschürfungen und des Schocks blieb Eva für eine Nacht zur Beobachtung im Krankenhaus – was ihr recht war, denn Stefan wurde in derselben Klinik behandelt. Am frühen Abend klopfte es an der Zimmertür, und eine Krankenschwester betrat den Raum.

Bei ihrem Anblick beschleunigte sich Evas Puls. Die junge Schwester hatte ihr versprochen, sofort Bescheid zu sagen, wenn es Neuigkeiten von Stefan gab.

»Die Operation ist beendet«, sagte die Frau. Sie trat zu ihr und überprüfte Evas Temperatur. »Er hat sie überstanden, dennoch sind die nächsten achtundvierzig Stunden sehr kritisch. Ihr Freund hat einen kardiogenen Schock erlitten. Die Kugel hat zwar das Herz und die Arterien verfehlt, aber die linke Lunge durchbohrt. Immerhin rechnet der behandelnde Chefarzt mit einer Wahrscheinlichkeit von siebzig zu dreißig, dass Herr Trapp überlebt.«

»Danke«, flüsterte Eva.

Sie benötigte eine Weile, um diese Information zu verarbeiten. Dann stieg sie aus dem Bett, um ein auf demselben Gang liegendes Zimmer aufzusuchen. Während sie dank ihrer Zusatzversicherung in einem Einzelzimmer lag, teilte sich Walter mit drei weiteren Männern einen Raum. Noch bevor Eva die Tür geöffnet hatte, hörte sie Gelächter. Offensichtlich verstanden sich die Patienten hervorragend.

Walter wurde direkt auf sie aufmerksam. »Gibt es was Neues von Stefan?«

Voller Angst um dessen Leben nahm sie sich einen Stuhl, platzierte ihn nah am Bett, sank darauf nieder und legte ihren Kopf auf Walters Brust.

»Ist er gestorben?«

»Nein. Er liegt auf der Intensivstation. Die OP ist wohl ganz gut verlaufen. Erst in den nächsten Tagen wird sich aber zeigen, ob er stark genug ist.«

»Bestimmt packt er es«, tröstete sie der Vereinsvorsitzende. »Ich will mir die Mühe schließlich nicht umsonst gemacht haben. Lebensretter Brunner klingt einfach klasse.«

»Damit hast du deine Frau sicher schwer beeindruckt.«

»Stimmt. Sie hat mich wie einen Helden angehimmelt.« Sanft streichelte er ihr über den Kopf.

* * *

Nach ihrer Abschlussuntersuchung am folgenden Vormittag fuhr Eva mit dem Aufzug in die vierte Etage, auf der sich die Intensivstation befand. Ein Pfleger hatte ihr verraten, dass es weiterhin Grund zu Optimismus gab. In ihren Ohren klang das, als seien Stefans Chancen auf achtzig zu zwanzig gestiegen.

Als sie aus dem Fahrstuhl stieg, entdeckte sie Sophie, die vor dem Eingang zur Intensivstation stand und wahrscheinlich hoffte, Stefan besuchen zu dürfen. Sie trug eine weite Baumwollhose und ein eng anliegendes Poloshirt. Die blonden Haare waren zu einem Dutt hochgesteckt. Rasch machte Eva kehrt. Für diese Konfrontation fehlte ihr die Kraft.

* * *

Kurz bevor Eva am nächsten Tag zum Krankenhaus aufbrechen wollte, erhielt sie einen Anruf aus Leverkusen.

»Ich bin's«, begrüßte sie eine matte Stimme, die sie trotzdem sofort erkannte.

»Stefan!«, stieß sie erleichtert aus. »Du bist aufgewacht.«

»Und du hast ihn getötet«, stellte er anerkennend fest. »Mit einem Pfeilschuss in den Hals.«

»Wer hat es dir erzählt?«

»Eine der Krankenschwestern. Vor deinen Schießkünsten muss man sich wohl in Acht nehmen.«

»Zumindest als perverser Mörder, der es auf mich abgesehen hat.«

Sein Lachen ging in ein Husten über.

»Musstest du mit Sophie reden?«, fragte sie, als er wieder ruhig atmete.

»Ich habe den Krankenschwestern gesagt, dass sie sie nach Hause schicken sollen. Ich bin momentan nicht in der Lage, mich mit ihren Erpressungsversuchen auseinanderzusetzen.«

»Glaubst du, das wird sie davon abhalten, es weiter zu versuchen?«

»Nein. Ich fürchte, sie wartet in meiner Wohnung auf mich. In der einen Hand die Tasche mit ihren Sachen, in der anderen die Ultraschallbilder.«

Nun lachte Eva. »Auf ewig wirst du dich nicht im Krankenhaus verbarrikadieren können.«

»Mir schwebt eine bessere Lösung vor«, sagte er so leise, dass sie ihn kaum verstehen konnte.

»Ich bin gespannt.«

Er musste erneut husten und brauchte eine Weile, bis er weitersprechen konnte. »Wahrscheinlich dauert es nach der Entlassung etwas, bis ich vollständig genesen bin. Und da dachte ich …« Er räusperte sich mühsam. »Äh, ich meine, ich wollte dich fragen, na ja, ob du dir vorstellen könntest, mich ein paar Wochen bei dir aufzunehmen.«

»Jederzeit«, antwortete sie, ohne zu zögern.

Während er versprach, ihr trotz seiner angeschlagenen Gesundheit nicht zur Last zu fallen, malte sie sich aus, wie es wohl sein würde, Zeit mit ihm zu verbringen, ohne in Lebensgefahr zu schweben.

Nachwort

Inspiriert zu dieser Geschichte haben mich in erster Linie die Bogensportler des *BS Opladen*. Zwar hat sich im Laufe der Jahre, in denen ich den Sport ausgeübt habe, herauskristallisiert, dass mein Talent sehr begrenzt ist – trotzdem hatte ich auf dem Trainingsgelände stets Spaß. Selbst dann, wenn meine Pfeile weit neben die Zielscheibe flogen. Allerdings muss ich darauf hinweisen, dass ich mir bei der Beschreibung des Bogensportplatzes und seiner näheren Umgebung gewisse Freiheiten erlaubt habe.

Sollten Sie, liebe Leserin, lieber Leser, Interesse daran haben, das Bogenschießen auszuprobieren, kann ich Ihnen den Sport sehr ans Herz legen. Bestimmt finden Sie einen Verein in Ihrer Nähe, und vielleicht haben Sie ja mehr Talent als ich.

Abschließend möchte ich folgenden Personen danken:

meinem Sohn Joshua, der als wichtigster Mensch in meinem Leben dazu beiträgt, wer ich bin;

meiner Lebensgefährtin Petra, die wie immer am Schreibprozess beteiligt war und deren Liebe mich beflügelt;

den Mitarbeitern von Egmont LYX, vor allem für das in mich gesetzte Vertrauen, und Ulrike Gerstner sowie Ruggero Leò besonders dafür, dass sie mir das Gefühl vermitteln, im Verlagshaus jederzeit willkommen zu sein;

meiner Lektorin Claudia Schlottmann für ihre großartige Unterstützung;

Nina Arrowsmith und den Mitarbeitern der Arrowsmith Agency;

Dr. Jörg Meyer für seinen medizinischen Rat beim Thema Schussverletzungen – ich freue mich bereits auf den nächsten ›Portugiesen-Abend‹ mit dir, Paulo und Sara;

Stefan, Christian, Anja, Thomas – ihr wisst, was ihr mir bedeutet.

Und vor allem gilt mein Dank meinen Lesern, ohne die das Ausdenken und Schreiben solcher Geschichten keinen Sinn hätte.

Marcus Hünnebeck
März 2015

Leseprobe

SVEA TORNOW
eXXXit

Michelle kannte nur den Vornamen ihres Tanzpartners und wusste nicht einmal, welchen Beruf er ausübte. Aber das störte sie nicht. Er zahlte den üblichen Satz, da konnte sie genauso gut mit ihm tanzen gehen.

Für Michelle war es das erste Mal. Das erste Mal, dass jemand sie nicht für Sex bezahlte, sondern für … ihre Gegenwart.

Paul war ein ausgezeichneter Tänzer. Letzte Woche hatte er beiläufig erwähnt, dass er gern in die neu eröffnete Salsa-Bar am Neuen Pferdemarkt gehen wollte … aber mit wem?

Im Scherz hatte sie geantwortet: »Mit mir natürlich – ich hab sogar mal einen Salsa-Kurs gemacht.«

Sie hatte nicht damit gerechnet, dass er auf ihr Angebot eingehen würde. Oder doch? Warum sonst hätte sie den Vorschlag gemacht – diese Tür geöffnet? Michelle wusste ganz genau, dass man sich niemals privat mit Kunden einlassen sollte. Und bislang hatte sie sich immer an diese Regel gehalten. Aber Paul war … anders.

Jedenfalls hatte er spontan gesagt: »Ja, gern! Nächsten Freitag um neun?« Und ohne auch nur zu zögern, hatte er hinzugefügt: »Keine Angst – es ist kein Date. Ich bezahle dich für deine Zeit, genau wie immer.«

Es war kein Date, aber es machte Spaß. Paul war ein guter Tänzer, und der DJ wusste, was er tat. Neun Uhr war zu früh für das Partyvolk, aber die neue Location hatte sich offenbar in der Salsa-Szene bereits herumgesprochen. Etwa zehn weitere Paare wirbelten um sie herum. Hier trug niemand hochhackige Schuhe oder Angeber-Jacketts – die Leute waren zum Tanzen hier, mit ihrem Partner oder Tanzpartner, sie verloren sich in der Musik. Die meisten Männer waren dunkelhäutig; Charaktergesichter von Kerlen, die hart arbeiten mussten, um über die Runden zu kommen. Aber im schnellen Rhythmus des Tanzes, im flackernden Stroboskoplicht, mischten sich die fröhlich bunten Kleider der Frauen und die flirrenden Melodien aus Südamerika zu einem halluzinogenen Kaleidoskop. In der Luft lag die Freude an der Musik, am Tanz, am Leben. Dazu kam der Duft nach Limetten, Rum und Rohrzucker. Der Barkeeper kam kaum nach mit Mojitos und Cuba Libres. Ab und zu steckten typische Pistengänger die Köpfe zur Tür herein, verschwanden aber schnell wieder. Hier wurde heute kein Pop gespielt, hier waren nicht die bekannten Hits zu hören. Die Musik war ebenso eigenwillig wie verzaubernd – wer dem atemlosen Salsa-Takt einmal verfallen war, kam davon nie wieder los.

Michelle hatte keine Ahnung, wovon die Texte der Lieder handelten. Sicher waren sie nicht so fröhlich, wie sie klangen. Die Songs kamen aus einigen der ärmsten Gegenden der Welt.

Paul wirbelte sie über den Betonboden, fing sie auf, schob sie fort, hielt sie fest. Er zog sie dicht an seine Brust, ließ sie dann von sich schnellen wie ein Jojo. Sie musste nichts tun, außer die Füße im rasanten Takt aufzusetzen, er führte souverän. Bei ihm fühlte sie sich sicher, federleicht, und eine unbefangene Fröhlichkeit, die sie lange nicht mehr verspürt hatte, ergriff von ihr Besitz. »Ich hab heut Nachtschicht, muss um halb elf los«, hatte er gleich zu Anfang angekündigt, als sie an der Bar standen.

Auch Michelle musste noch arbeiten. Doch jetzt, für eine kurze, unerwartete Stunde, gab sie sich dem Moment hin, den Lichtern und der Musik. Sie durfte bloß nicht anfangen, etwas für Paul zu empfinden. Nur für den Bruchteil einer Sekunde lächelte sie ihn an. Unmöglich zu sagen, ob er es sehen konnte, so schnell drehten sie sich umeinander. Michelle genoss den Augenblick. Sie dachte nicht weiter darüber nach, weil sie es nicht wahrhaben wollte, schon gar nicht im Zusammenhang mit einem Kunden, aber sie war glücklich.

2

Michelle war die Einzige im *Pretty Woman*, die unrasiert war. Landing Strips, Brazilian, Hollywood Cut, Pfeile, Triangles, verspielte Schmetterlinge, der typische europäische Puschel auf dem Venushügel, alles im Überangebot. Aber den guten, alten Busch, den gab es nur bei ihr. Das war gar nicht schlecht im Sinne von Angebot und Nachfrage, weil sie etwas zu bieten hatte, was es bei den anderen nicht gab. Vor allem aber ermöglichte die Nicht-Rasur ihr eine gezielte Definition des Kundensegments. Ihre Männer waren älter, gesettled, grundanständig. Die wollten keine Sperenzchen, die wollten nur mal wieder ordentlich vögeln.

Manche dieser Typen hatten einen Bauch und andere Mundgeruch, aber das war allemal besser als ständig Analverkehr.

Der Kerl über ihr war deutscher Durchschnitt. Nicht zu groß, nicht zu klein, nicht wirklich selbstsicher, aber auch keiner, der im Bett den Rambo machen musste. Bisschen übergewichtig, aber ging noch. Jeansjacke, Karohemd, Baseballmütze, Kordhose, Boxershorts, Fußbettschuhe.

Im *Pretty Woman* reichte das Angebot von/bis, und sie war da für das »von«: angstfreier Blümchensex mit dem freundlichen Mädchen von nebenan. Schulterlanges, leicht gewelltes honigblondes Haar, ein natürliches Lächeln. Kein Make-up. Jetzt im Sommer trug sie High Heels, Hotpants und karierte ärmellose Tops – in dem Outfit könnte sie jede Gartenparty in der Stadt crashen, und keiner würde sich beschweren. Im Winter sah man Michelle in Thermohosen und einem Daunenblouson von Napapijri. Der Marketingaufwand lohnte sich, ihre Zielgruppe suchte Geborgenheit. Sie hatte in den wenigen BWL-Vorlesungen, die sie besucht hatte, gut genug aufgepasst, um sich von Anfang an geschickt zu positionieren: grundsolide, eine sichere Sache, der VW Golf unter den Mädchen für eine Nacht.

»Ja, Baby, ja – genau so, gib's mir, du bist so gut!«, murmelte sie, ohne bei der Sache zu sein.

3

»Fuckscheiße!«

Gordons Lieblingswort. Es konnte alles bedeuten, von Desinteresse bis zu heller Begeisterung. In diesem Fall war es ein Ausdruck seiner Unzufriedenheit.

»Sieh dir das an! Das geht so nicht!« Vorwurfsvoll deutete er auf die nackte Fleur.

Gordon trug ein Daft-Punk-T-Shirt, *vintage* vom ersten Album, obwohl er vermutlich gar nicht wusste, was er da für ein Sammlerstück anhatte. Darüber eine Lederjacke. Der Hosenboden seiner Levi's hing tief, dazu weiße Socken und Adidas.

Michelle stand in ihrem Bademantel neben ihm und starrte die Tote an. Sie hatte bei ihrer Freundin geklopft, um ein wenig zu plaudern. Dann war sie ins Zimmer nebenan zurückgekehrt und hatte Gordon gerufen. Ganz ruhig, ohne etwas zu fühlen. Sie fühlte noch immer nichts, außer ihrem zu raschen Herzschlag.

Fleur lag mit offenen Augen auf dem Bett. Der Radiowecker auf dem Nachttisch spielte leise Radio Hamburg: »… lange nicht gehört: *Angel* von Robbie Williams!«, freute sich der Moderator.

Lange Wimpern berührten fein gezupfte Augenbrauen. Die Nase war seit einer Operation im letzten Jahr von unmerklich irritierender Gleichmäßigkeit.

Auf Fleurs Lippen war noch ein Rest des Lippenstifts zu ahnen, überraschendes Dunkelblau mit einem Stich ins Violette. Ein Hauch ihres Parfüms lag in der Luft.

Ihre kleinen Brüste ragten wie makellose Pfirsiche auf, die Brustwarzen von einem faszinierend dunklen Braun. Der Torso der jungen Thailänderin war knabenhaft schlank und wirkte biegsam wie der einer Tänzerin. Deutlich zeichneten sich ihre unteren Rippen und das Becken unter der Haut ab, ohne dass sie knochig gewirkt hätte. Um diese zeitlose Schönheit hatte Michelle Fleur vom ersten Tag an beneidet.

Ihr Körper war zart und elfenhaft wie der einer Puppe oder eines Models. Nur der linke Knöchel war nach einem Brandunfall auf der Innenseite mit knotigem Narbengewebe überzogen. Die Haut spannte sich an dieser Stelle so straff, dass sie fast durchsichtig wirkte. Und hinter ihrem rechten Ohr, in dieser Position nicht sichtbar, hatte Fleur eine geschwungene Tätowierung – den stilisierten Flügel eines Phönix, der sich aus der Asche erhebt. Weil sie in ihrem kurzen Leben bereits so viel durchgemacht und überstanden hatte und trotz allem fest daran glaubte, dass eine goldene Zukunft auf sie wartete.

Doch da hatte sie sich geirrt. Denn Fleur atmete nicht mehr.

Michelle war wie betäubt. Wusste nicht, was sie tun sollte.

Sie bemerkte einen eigenartigen Geschmack in ihrem Mund. Ein ganz leichter Hauch nur. Metallisch. Als hätte ihr jemand im Schlaf eine Centmünze unter die Zunge geschoben. Absurd.

Plötzlich verspürte Michelle den eigenartigen Drang zu lachen, obwohl an der Situation nun wirklich nichts komisch war.

Gordon neben ihr schien sich wie im Zeitraffer zu bewegen, auch der Radiomoderator hörte sich an wie Micky Maus. Wie war es ihr eigentlich eben gelungen, Fleurs Zimmer zu verlassen und ihren Boss zu verständigen? Sie konnte sich nicht erinnern. Sie konnte sich auch nicht daran erinnern, wann sie Fleur das letzte Mal lebend gesehen hatte. Worüber sie gesprochen hatten. An die letzten Worte, die ihre Freundin zu ihr gesagt hatte. Sie konnte sich nicht erinnern, sie konnte …

Sie starrte Fleurs Mund an.

Ihre Freundin war tot. Was hatte sie zuletzt zu ihr gesagt?

Michelle schloss die Augen und versuchte zurückzudenken. Wann hatte sie … wo … wann … was hatte sie …

Dann riss sie die Augen wieder auf. Mit einem Mal schienen die Reize auf sie einzustürzen. Farben. Licht. Töne. Bewegung.

Fleur war tot.

Nein, Fleur war nicht einfach tot, sie war *ermordet* worden. Vielleicht absichtlich, vielleicht unabsichtlich – ihr Job war nicht ungefährlich, das war auch Michelle klar. Aber Fleur war viel zu jung gewesen, um einfach so zu sterben.

»Wir müssen die Polizei …«, setzte sie an. Ihre Stimme klang unsicher.

Im selben Moment sagte Gordon: »Ich kenne jemanden, der bringt …«

Sie starrten einander an.

»Nein, nein, nein!« Gordon schüttelte den Kopf. »Das ist ganz schlecht fürs …«, aber Michelle ließ ihn nicht ausreden.

»Polizei«, sagte sie. Diesmal lag Entschlossenheit in ihrer Stimme.

Gordon stöhnte genervt. Dann zog er ein platt gesessenes Tütchen Koks aus einer Gesäßtasche, wischte es von beiden Seiten am T-Shirt ab, vermutlich um seine Fingerabdrücke zu entfernen, und ließ es in die geöffnete Nachttischschublade fallen. »So haben die Bullen wenigstens ein bisschen Spaß. Vielleicht sehen sie die Sache dann etwas lockerer.«

Michelle biss die Zähne zusammen. Sie konnte Gordons Misstrauen verstehen. Auch sie war keine große Anhängerin offizieller Vorgehensweisen. Aber sie war es Fleur schuldig. Wenigstens das.

Möglicherweise hatte der Täter Fleur nicht als junge Frau gesehen, die den Großteil ihres Lebens noch vor sich hatte – sondern als Ware, die kaputt gegangen war. Und dann hatte er sie im Laden liegen gelassen, in der Hoffnung, die Geschäftsführung würde schon sauber machen. Polizei und Skandale waren schlecht fürs Geschäft.

Krank, aber von einer gewissen Logik. Sie selbst zog andere Männer an als die exotische Fleur. Mit ihren biederen Freiern hatte sie noch nie wirklich beängstigende Momente erleben müssen. Aber die Kerle, die auf ein zartes Thaigirl standen, waren ein anderes Kaliber.

Michelle konnte sich einfach nicht vorstellen, dass irgendwer Fleur absichtlich getötet hatte. Warum? Aber andererseits … es waren keine Würgemale zu sehen, keine Kampfspuren, keine Hinweise auf schiefgelaufene Sadomaso-Experimente.

»Was noch?« Gordon sah sich um. Wütend stapfte er ins Bad. »Fuckscheiße!«, grummelte er wieder und kam mit einem benutzten Handtuch zurück. In der anderen Hand hielt er einen kleinen grünen Mülleimer. Michelle hatte genau so einen, nur in Blau. »Da, nimm.« Er hielt ihr die Sachen hin, unwillkürlich griff sie zu. Auf dem Boden des Mülleimers lagen zwei benutzte Kondome.

»Du hast nichts gesehen. Niemand hat was gesehen. Nur ich, klar?« Gordon zuckte einmal mit dem Kinn, um ihr zu bedeuten, das Zimmer zu verlassen, dann ging er selbst hinaus und ließ sie einfach stehen.

Michelle schüttelte den Kopf. Der würde sich schon wieder einkriegen. Wortlos stellte sie den Mülleimer wieder zurück ins Bad. Da drin waren wichtige Spuren für die Ermittler. Sie würde nicht zulassen, dass der Mord an Fleur unter den Teppich gekehrt wurde.

Auf keinen Fall.

Was, wenn es sich um die Tat eines durchgedrehten Kunden handelte? Vielleicht würde er wiederkommen.

Sie mussten die Polizei rufen und bei den Ermittlungen unterstützen. Egal, wie Gordon es fand. Da musste er durch. Er würde es überleben.

Im Gegensatz zu …

Sie warf einen letzten Blick auf Fleur. Ihr aufklaffender Mund, ihre glatt rasierte Scham. Die nackte Unschuld. Ihre Augen, dunkel wie schwarze Murmeln, waren im Tod milchig geworden, wie von Frost überzogen.

Unwillkürlich berührte Michelle die Stelle hinter ihrem rechten Ohr, wo sie dieselbe Tätowierung trug wie Fleur.

4

Im Flur stand Mina-Cheyenne mit ihrem vierjährigen Sohn Raven. »Er kann nicht schlafen, er hat ein bisschen Fieber«, sagte sie verzweifelt. »Eigentlich sollte er heute bei seinem Vater sein, aber der ist nicht gekommen.«

Mina-Cheyenne brauchte das Geld noch viel nötiger als Michelle. Ravens Vater war ein arbeitsloser Gitarrist, der sich so wenig wie möglich um seinen Sohn kümmerte. Michelle hatte ihn einmal kennengelernt und konnte verstehen, was ihre Kollegin an ihm gefunden hatte. Er war charmant, unzuverlässig und unbekümmert, wie es nur Kleinkinder und Musiker sein können.

»Komm mit«, sagte Michelle und nahm Ravens Hand. Sie wunderte sich, wie normal ihre Stimme klang. Erstaunlich, zu was der Mensch fähig ist, wenn es sein muss. Der Junge trug einen Schlafanzug mit »Star Wars«-Motiv. »Soll ich dir was vorlesen?«

Raven nickte. Michelle hatte selbst keine Kinder, aber sogar sie konnte sehen, wie übermüdet er war.

»Seine Sachen sind in Steffis Zimmer, wir haben auch ein paar Bücher mitgebracht«, sagte Mina-Cheyenne, während sie schon rückwärts Richtung Treppe lief. Sie trug Hotpants, weiße Turnschuhe, ein transparentes Top und einen neonpinken BH darunter. Ihr Haar war zwei Drittel blond, ein Drittel violett. »Danke, danke, danke, du bist wirklich ein Schatz!« Sie verschwand um die Ecke.

Brav ging Raven neben Michelle her. Steffis Zimmer befand

sich am Ende des Gangs, es war das ruhigste von allen im *Pretty Woman*. Michelle fragte sich, wer darauf gekommen war, den Jungen Raven zu nennen – mit seinen weichen, freundlichen Zügen, den kinnlangen blonden Locken und Pausbacken sah er eher nach Rauschgoldengel als nach Rabe aus.

»Hier, willst du dich hinlegen?«, fragte sie und klopfte auf das Bett. Neben dem Kopfkissen lagen zwei Stofftiere, ein Hund und eine Katze.

Sie deutete auf die beiden Tiere. »Sind die beiden Freunde?«, fragte sie.

Raven nickte ernst. »Die besten«, sagte er. »Die allerbesten.« Dann zog er seine Hausschuhe aus und schlüpfte unter die Decke. »Bärenstern«, sagte er.

»Bärenstern?«

Raven nickte. »Bärenstern!«

Michelle griff nach einem kleinen Rucksack mit einem Piratenkopf auf der Klappe, der neben dem Bett stand. Darin steckten Ravens Klamotten, außerdem ein Raumschiff aus Legosteinen und zwei Bücher. Eines handelte von Piloten, in dem anderen suchten ein Bär und seine Freunde den Abendstern.

Sie hielt das Buch hoch. Raven nickte erneut. »Bärenstern.« Zufrieden schloss er die Augen. Ein Lächeln erhellte sein Gesicht. Glücklicherweise verstand Raven noch nicht, wo er war – er machte einfach nur die Erfahrung, dass seine Mutter und ihre Freundinnen sich gut um ihn kümmerten, wenn es ihm schlecht ging.

Mit sanfter Stimme begann Michelle vorzulesen. Sie fragte sich, ob ihr jemals jemand vorgelesen hatte. Aber sie konnte sich nicht erinnern. Ihr Vater … sie hatte alle Erinnerungen an ihren Vater verdrängt. Und ihre Mutter … irgendwann bestimmt einmal.

»… und schließlich saßen die Tiere des Waldes dicht aneinandergekuschelt auf der Lichtung und sahen hinauf zu den Sternen. Und einer von ihnen strahlte ganz besonders hell und beschützte sie. Er nahm ihnen die Angst und machte ihnen Mut. Und so schliefen sie ein und träumten von all den schönen Dingen, die sie am nächsten Tag miteinander unternehmen würden.«

Michelle klappte das Buch zu. Raven atmete ruhig und tief. Er war eingeschlafen.

Sie würde nie wieder mit Fleur unter dem Sternenhimmel sitzen und von der Zukunft träumen.

Wann kam endlich die Polizei?

5

»Ich hab Fleurs Zimmer abgeschlossen, aber ansonsten geht alles seinen Gang«, sagte Gordon. »Die anderen wissen noch gar nichts.«

Michelle presste die Lippen aufeinander. Es hatte gutgetan, Raven vorzulesen, aber jetzt traf die Realität sie wieder mit voller Wucht. Sie ließ sich auf ihre Bettkante sinken und starrte gegen die Tür. Nicht mal ihr Handy hatte sie, um sich abzulenken.

»Verdammte Fuckscheiße«, sagte Gordon noch einmal. Aber es klang müde und nicht so, als wäre er noch ernsthaft empört. Ausnahmsweise traf sein Spruch die Sachlage ja sogar perfekt.

Er ging. Sie musste unbedingt den Geschmack dieser Nacht aus dem Mund bekommen. Im Nachttisch lagen noch ein paar alte Zigaretten. Michelle trat an das gekippte Fenster. Drei Züge lang half das, dann begann sie zu husten und schmiss die noch brennende Kippe nach draußen. Ein Funkenbogen stob durch die Nacht, unbemerkt im Neonfeuerwerk der Reeperbahn.

Als sie die Augen zusammenkniff, weil der Hustenanfall schlimmer wurde, spürte sie das Brennen der Tränen. Schnell schlang sie die Arme um sich selbst, kniff fest in ihre Oberarme. Der Schmerz vertrieb die Trauer.

Das Schlimme am Weinen waren nicht die Tränen, sondern das Gefühl zu ersticken. Deshalb hatte sie vor vierzehn Jahren für immer aufgehört zu weinen. Und sie würde jetzt nicht wieder damit anfangen. Ganz sicher nicht.

Verdammt! Sie war wütend auf sich, wütend auf Fleur – dass die sie auch einfach so im Stich gelassen hatte. Wütend auf alle.

6

Paul Hinnerken und Svenja Meißen betrachteten die nackte Frau, die ausgestreckt auf einem Bett im dritten Stock des Hamburger Bordells *Pretty Woman* lag.

Meißen seufzte und schüttelte den Kopf. »Was für Männer kommen nur hierher?«, fragte sie ihren Partner, während sie Fotos mit der digitalen Spiegelreflexkamera schoss, die um ihren Hals hing – Fotos von vorne, von der Seite, aus jedem nur denkbaren Winkel.

Schamlos, dachte Hinnerken, obwohl ihm klar war, dass Meißen nur ihre Arbeit tat. Und zwar sehr gut und gründlich.

Er wusste, im Verlauf der Ermittlungen würde er dankbar sein für ihre Aufnahmen. Aber jetzt …

Und dann auch noch diese Bemerkung. Ganz normale Männer kamen hierher. Männer wie *er*.

»Und was muss im Leben einer Frau geschehen sein, damit sie hier arbeitet?«, fuhr Meißen fort, während sie sich hinkniete und unter das Bett sah. Dann machte sie von den Staubmäusen ein Foto. »Ich weiß, Sex gehört zum Leben, und in der Großstadt ist es ein Business wie alle anderen auch. Aber trotzdem.«

Sie richtete sich auf und zuckte ratlos mit den Schultern.

Eine einfache Energiesparbirne tauchte das Zimmer in bläulich kaltes Licht. Das Bett war ein Prunkstück. Massivholz, deutsche Buche, handgewachst, Überbreite. Durchaus einladend. Auf dem Nachttisch stand eine Digitaluhr mit Weck- und Projektionsfunktion sowie integriertem iPod-Dock, davor lag der rote Drücker für Notfälle. Die Schublade unter der Tischplatte war nicht ganz geschlossen. Der Radiowecker auf dem Nachttisch spielte leise Reamonns »Supergirl«. Das Display zeigte 01:34. So spät nachts war Hinnerken noch nie hier gewesen.

Unter dem Bett standen Hausschuhe ordentlich nebeneinander. Das flauschige Rosa biss sich mit dem Dunkelrot des Vorhangs.

Die Scham der Frau war glatt rasiert, sie hatte die Beine gespreizt. Ihre Arme lagen seitlich neben dem Körper, die Handflächen nach oben gerichtet, die Finger leicht gekrümmt. Auch die Achselhöhlen waren sorgfältig enthaart, ebenso die Beine. Die Spitzen der schillernd blau lackierten Nägel zeigten zur Zimmerdecke. Ein kleines weißes Blümchen klebte auf dem rechten großen Zehennagel.

Hinnerken presste die Lippen aufeinander. Er hatte nichts Verbotenes getan. Er kannte die Frau auf dem Bett nicht. Vielleicht hatte er sie einmal gesehen, zufällig im Flur. Wenn überhaupt. Aber wahrscheinlich nicht.

Also kein Interessenskonflikt. Ganz klar.

Meißen ging ins Badezimmer und fotografierte weiter. Duschkabine, Toilette, Waschbecken, Spiegel. In der Ecke stand ein kleiner grüner Mülleimer. Das Bad war weiß gefliest und in gutem Zustand, die Fugen hell.

Auf einem rechteckigen Hocker neben der Duschkabine lagen mehrere gestreifte Handtücher, ordentlich gefaltet. Neben dem Waschbecken hingen zwei kleinere Handtücher auf dem Handtuchhalter, ebenfalls gestreift, aber aus einer anderen Serie. Ein großes Handtuch war nach der Benutzung achtlos auf den Boden vor der Duschkabine geworfen worden.

Ein trockenes, leicht rissiges Stück Seife fand sich auf der Ablage des Waschbeckens. Es gab kein Bord unterhalb des

Spiegels, obwohl Löcher in die Fliesen gebohrt worden waren, in denen rote Dübel steckten. Ein kleiner rechteckiger Kosmetikspiegel stand hochkant an die Wand gelehnt hinter dem Wasserhahn.

Hinnerken hatte nie hier geduscht, und er ging davon aus, dass es auch keiner der übrigen Kunden tat. Ein Puff war schließlich kein Sportclub.

»Können Sie die Tote identifizieren?«, fragte Hinnerken den Mann, der abwartend in der Tür stand.

»Was?«, fragte der.

»Wissen Sie, wie sie heißt?« Der Polizist deutete auf die Frau auf dem Bett.

»Na logo. Das ist Fleur. Aus Thailand, wenn Sie wissen, was ich meine!«, posaunte der Mann und zog gleichzeitig die Nase und seine zu tief hängende Hose hoch.

»Nein, ich weiß nicht, was Sie damit meinen«, schnappte Hinnerken verärgert, während Meißen hinter ihm unaufhörlich klick-, klick-, klickte. »Wenn Sie mich bitte aufklären würden?«

Tolle Wortwahl, dachte er. Aber außer ihm merkte es keiner.

»Das weiß doch jeder. Die Thaimädchen, die haben's drauf. Alles, meine ich. Und sie sind schön eng. Weil sie so klein sind. Da stehen viele drauf. Gerade Männer, denen man es nicht ansieht.«

Er zwinkerte Paul Hinnerken zu.

Scheiße, dachte der Kommissar der Mordkommission. *Der erinnert sich an mich.*

Oder?

Svea Tornow

eXXXit

Thriller

Raffiniert inszeniert – fesselnd bis zur letzten Seite!

Als in einem Hamburger Bordell eine junge Prostituierte tot aufgefunden wird, ist schnell klar: Das war kein Unfall, das war Mord! In dem Etablissement will man die Sache am liebsten unter den Tisch kehren, doch Michelle, eine Kollegin der toten Thailänderin, kann sich damit nicht abfinden und beschließt, auf eigene Faust zu ermitteln. Dabei kommt sie einem unglaublichen Fall von Industriespionage auf die Spur, der sie selbst in Lebensgefahr bringt.

»Spannender und temporeicher Hamburg-Thriller. Bitte mehr davon!« *LovelyBooks*

Band 1 der Serie
416 Seiten, broschiert mit Klappe
€ 9,99 [D]
ISBN 978-3-8025-9592-9